Michael Gärtner

Million

Ein Felsenland-Krimi

Bibliographische Information der
Deutschen Nationalbibliothek:
Die Deutsche Nationalbibliothek verzeichnet diese Publikation
in der Deutschen Nationalbibliographie; detaillierte bibliographische Daten sind im Internet über
http//dnb.dnb.de abrufbar.

© 2023 Michael Gärtner
Herstellung und Verlag: BoD – Books on Demand, Norderstedt
ISBN: 9 783752 867374

Eine Million zu haben oder nicht zu haben,
kann den Unterschied
zwischen Leben und Tod bedeuten.

Dahner Felsenland
September 2007

In zwei Tagen ist es so weit. Morgen werde ich dort sein. Ich werde nur einen kleinen Koffer benötigen. Ich möchte noch einmal einen alten Schulfreund besuchen, habe ich euch gesagt. Das Taxi wird mich zum Flughafen bringen, dann in den Zug, am Bahnhof werde ich abgeholt. Alles Weitere ist geregelt. Vielleicht wird es schon in der nächsten Nacht sein. Anderenfalls werde ich noch 24 Stunden warten müssen. Ich tue es für dich, meine Liebe, und die Kinder. Ich hoffe, du wirst es verstehen.

2

1

In dem ehemaligen Köhlerdorf Gebüg begann jener Tag wie jeder andere. Die Berufstätigen verließen am frühen Morgen den Ort mit dem Auto, manche bildeten Fahrgemeinschaften, die Schulkinder wurden vom Bus abgeholt, die Kindergartenkinder von den Eltern nach Fischbach gebracht. Die Älteren schliefen länger und ließen den Jungen den Vortritt auf den Straßen. Es war schon sehr lange her, dass an dieser Stelle im Wald nur ein paar Hütten standen, in denen die Köhler mit ihren Familien hausten. Die Holzkohle wurde zur Verhüttung des Eisenerzes gebraucht, das man an einigen Stellen der Gegend mithilfe mühsam in die Berge getriebener Stollen schürfte. Dort oben am Fuße des Maimont befand sich ein Buchenwald, den man ausbeutete, solange das Eisenerz geborgen und die Holzkohle benötigt wurde. Von »Buche« soll auch der Name stammen: das Gebüg.

Alfred von Boyen hatte diesen Tag wie jeden Tag begonnen – er war den Weg des Bogens gegangen. Die alte Kunst des Kyu-Do hatte er bei einem Meister in New York gelernt und sie hatte ihn fortan begleitet. Seit er sich vor einigen Jahren in die Stille des Gebüg zurückgezogen hatte, konnte er dieser Übung des meditativen Bogenschießens ungestört jeden Morgen nachgehen. Das hatte ihm sehr dabei geholfen, über die Brüche in seinem Leben, die ungewollten und die selbst gewählten, hinwegzukommen. Das ehemalige

Köhlerdorf bestand aus nur wenigen Häusern. Was an einem Ende gerufen wurde, konnte man am anderen hören, oft sogar verstehen.

Kaum hatte er den Bogen und die Pfeile wieder an ihren angestammten Platz zurückgestellt, wurde es laut im Dorf. Immer mehr Stimmen waren zu hören, sie fielen übereinander her und vermischten sich zu einem undeutbaren Rufen und Schreien. Von Boyen hatte sich für diesen Tag – wie immer – ein festes Pensum an Arbeit vorgenommen. Sein jüngstes Projekt war ein populärwissenschaftliches Buch zur Geschichte der Religionen Europas und deren Miteinander, das nicht selten auch ein Gegeneinander gewesen war. Er wollte endlich aufklären, mit alten Vorurteilen aufräumen und damit zu einem guten Zusammenleben der Menschen in der multikulturellen Gesellschaft Europas beitragen. Er war getrieben von dem Wunsch, seinen Teil zu mehr Frieden in Europa und rund um das Mittelmeer zu leisten.

Die Rufe am anderen Ende des Dorfes wurden lauter. Von Boyen ließ sich nicht gerne bei der Arbeit stören. In diesem Moment kam seine Nachbarin angelaufen. Sie klingelte ununterbrochen an der Haustür, ungewöhnlich für die sonst so zurückhaltende Frau.

»Kommen Sie!«, rief sie ihm zu, als er ihr die Tür geöffnet hatte. »Ich denke, das müssen Sie sich anschauen!«

Die Nachbarin konnte sich für manches begeistern und über vieles aufregen, von dem Alfred von Boyen nicht aus der Ruhe zu bringen war. Er hatte schon so viel Schreckliches und Schönes gesehen, dass ihm die kleinen Aufregungen des bundesdeutschen Alltags meist wie Hohn vorkamen gegenüber dem, was andere Menschen auf dieser Erde durchmachen mussten. Er wusste jedoch auch, dass die menschliche Natur täglich ihren Teil an Aufregung und Neuigkeiten brauchte, damit sie in einem wohlgeordneten Leben nicht an Langeweile krank wurde.

Er zog sich schnell eine Jacke an, lief über den Hof auf die lediglich mit Schotter bedeckte Straße vor seinem Haus und suchte nach seiner Nachbarin. Sie stand unten an der Gabelung der beiden Straßen im Gebüg und winkte ihm zu.

Es war noch früh am Vormittag. Die im Ort Zurückgebliebenen, die wenigen Hausfrauen und die Alten, waren aber nun alle auf der Straße und liefen auf den Wald zu. Am Ende des Dorfes, beim letzten Haus in der Maimontstraße, hörte die geteerte Straße auf und ging in einen unbefestigten Wirtschaftsweg über. Da war ein Parkplatz für einige wenige Wagen, begrenzt von dem kleinen Bach auf der einen Seite und dem ansteigenden Hang des Berges auf der anderen. An den Wochenenden konnte man dort gelegentlich die Autos von Wanderern mit Kennzeichen aus den Städten und Landkreisen entlang des Rheines finden. Heute Morgen parkte hier niemand.

Die Nachbarin hatte gewartet. Von Boyen ging mit ihr zum Wald hinauf. Die Menschen vor ihnen blieben bei den ersten Bäumen auf der Straße stehen und schienen heftig miteinander zu diskutieren. Der Anblick erinnerte an eine Herde der kleinen Hochlandrinder auf den umliegenden Wiesen, die mit Empörung ihr Futter einforderten. Der sich anschließende Waldweg war ausgefahren und von den Regenfällen der letzten Tage an einigen Stellen tief zerfurcht. Der Bach, der zur Rechten durch ein kleines Tal hinunter zum Ort floss, war hoch gefüllt. Normalerweise war an dieser Stelle, wenn man die letzten Häuser hinter sich gelassen hatte, nur das Rauschen des Windes in den Bäumen und das Gluckern des kleinen Baches zu hören. Ansonsten umfing den Spaziergänger bereits die wohltuende Stille des Waldes. Heute jedoch gellten die Rufe der Dorfbewohner durch das Unterholz.

»Weshalb haben Sie mich gerufen?«, fragte von Boyen, als er seine Nachbarin erreichte. »Was ist dort los?«

»Dort oben soll ein Mensch liegen. Ein Toter. Mehr weiß ich auch nicht.«

Die alte Frau König aus dem Eckhaus an der Kreisstraße hatte die Leiche entdeckt. Sie war an diesem Tag – wie jeden Morgen – mit ihrem Hund in den Wald gegangen. Sie wartete – auch wie immer - , bis alle Autos den Ort verlassen hatten und ging dann los. So musste sie ihren Hund nicht anleinen und konnte ihm von der Haustür an freien Lauf lassen. Der Hund war eine hübsche Promenadenmischung mit der nachteiligen Begabung, in mehreren Hundesprachen bellen zu können, und dies so laut, dass bei Frau Königs morgendlichem Spaziergang regelmäßig auch die letzten Schläfer des Dorfes geweckt wurden.

Der Vierbeiner stürmte auf die Straße vor dem kleinen Haus von Frau König und markierte mit lautem Kläffen sein Revier. Dabei drehte er sich um sich selbst, als gelte es, eine ganze Herde Wölfe zu verscheuchen. Er war jedoch völlig allein, lediglich zwei alte Spatzen betrachteten ihn mit wohlwollender Gleichgültigkeit. Er wartete, bis Frauchen die Haustür abgeschlossen hatte, und stürmte dem Ende der Straße zu. Dort, an dem kleinen Parkplatz, blieb er stehen. Er ging nie ohne die alte Frau in den Wald hinein. Vermutlich hatte er Respekt vor den vielen fremden Gerüchen, die dort auf ihn eindrangen. Die machten ihn andererseits neugierig, und als Frau König ihn erreicht hatte, wagte er sich in ihrem Schutz in den Wald hinein.

An diesem Morgen kamen sie nicht sehr weit. Sie waren vielleicht fünfzig Meter gegangen – wobei der Hund diesen Weg mehrmals hin- und zurückgelaufen war – als er plötzlich stehen blieb und sein Kläffen einstellte. Frau König rätselte eine Weile herum, was ihren Hund so plötzlich zum Schweigen gebracht hatte. Dann entdeckte sie einen Hut und eine Hand und wagte sich nur noch langsam an das Etwas heran, vor dem der Hund still Haltung angenommen hatte.

Das seltsame Geräusch, das sie nun wahrnahm, kam aus der Richtung des Menschen, der dort lag. Es waren Hunderte Fliegen, die um den Körper herum schwirrten, sich auf ihm niederließen und wieder davonflogen. Frau König bekam Angst und auch der Hund blieb respektvoll auf Distanz. Allein wollten sie nicht näher an die Leiche herangehen – denn, dass es sich um eine solche handelte, war Frau König vom ersten Moment an klar. Also machten beide auf dem Absatz kehrt und gingen so schnell wie möglich ins Dorf zurück.

Dort angekommen, klingelte sie an der Tür des ersten Hauses. Jedoch, wie schon befürchtet, war niemand da. Verzweifelt lief sie auf die Straße zurück und begann zu rufen: »Hilfe!«

Es rührte sich nichts. Sie musste zu einer wenig geschätzten Nachbarin gehen und dort läuten. Als diese die Tür öffnete und Frau König etwas von einer Leiche im Wald sagte, war sich die Frau in der Kittelschürze nicht sicher, ob es die komische Alte aus dem Haus unten an der Kreisstraße nun endgültig erwischt hatte, oder ob das wieder eine von deren gelegentlich skurrilen Geschichten war. Bei ihr siegte jedoch die Neugierde, sie ging zusammen mit Frau König ein Haus weiter und klingelte den jungen Rentner aus seiner Wohnung.

Noch im vergangenen Jahr war er zum ‚Briefträger des Jahres‘ von den Anwohnern seines Zustellbezirks in Pirmasens gewählt worden. Sechzig bis achtzig Kilo Briefe und Broschüren hatte er jeden Tag ausgefahren, zwölf bis fünfzehn Kilometer legte er täglich zurück. Dann hatte eines Tages der alte Französischlehrer aus der Reihenhaussiedlung den Rückwärtsgang seines Wagens mit dem Vorwärtsgang verwechselt und den ‚Briefträger des Jahres‘ überfahren. Monate im Krankenhaus, dienstunfähig. Nun war er den ganzen Tag in seinem kleinen Haus und wusste nicht so recht, was er mit dem Leben anfangen sollte. Er hielt noch die Kaffeetasse in der Hand, als er an die Tür trat, und war dann sofort bereit, die beiden alten Damen zu begleiten. So gingen sie zu dritt, einer stark humpelnd, eskortiert von einem ungewöhnlich schweigsamen Hund, in den Wald hinein. Die Frauen blieben zurück, der Mann wurde, immer noch die Kaffeetasse in der Hand, nach vorn geschickt.

Er kam zurück, kreidebleich wie Frau König fand, nahm einen Schluck aus seiner Kaffeetasse und sagte: »Dort liegt ein toter Mann.«

»Sind Sie sicher, dass der Mann tot ist?«, fragte die Nachbarin.

»Der Kopf ist völlig kaputt und die Brust ist ganz blutig.«

»Wir sollten die Polizei holen«, meinte Frau König.

»Das ist sicher richtig«, sagte der Mann mit der Kaffeetasse.

»Dann machen Sie das«, wies ihn die Nachbarin an.

Der Mann ging in sein Haus, Frau König und die Nachbarin zurück ins Dorf.

Die Nachricht von dem Toten im Wald rollte wie eine ständig größer werdende Lawine die Straße hinunter und hatte sich an der einzigen Kreuzung des Gebüg verzweigt.

Als von Boyen am Waldrand ankam, war bereits das halbe Dorf versammelt. Die meisten blieben in einem respektvollen Abstand vor dem Tod, der glücklicherweise nicht der ihre war, stehen. Einige hatten sich jenseits der Grenze des Waldes zu dem leblosen Etwas vorgewagt. Von Boyen warf einen kurzen Blick auf

9

den schrecklich zugerichteten Leichnam und sagte dann in ruhigem, fast pietätvollen Ton zu den Umstehenden: »Es wird das Beste sein, wenn wir jetzt alle zurück zur Straße gehen. Die Polizei muss bald eintreffen und wir haben, so befürchte ich, schon viele Spuren verwischt.«

Die Menschen hörten auf den als Einsiedler bekannten Mann aus dem einstöckigen Haus am oberen Ende des Ortes. Alfred von Boyen hatte sich in den vergangenen Jahren viel Anerkennung und auch Zuneigung bei den Menschen erworben. Nicht nur, weil er den ungeliebten Job eines Kirchdieners übernommen hatte, und das auch noch unentgeltlich, sondern er galt zudem als ein Mensch von großer Bildung, Zuverlässigkeit und Menschenfreundlichkeit zu sein.

Es dauerte wirklich nur noch wenige Minuten, dann war die Polizeistreife aus Dahn am Ende der Maimontstraße angekommen. Das Blaulicht spiegelte sich in den Fenstern der letzten Häuser. Die beiden Männer in Uniform ließen sich den Weg zeigen, gingen in den Wald hinein und kamen mit der Bitte zurück, von nun an den Waldweg nicht mehr zu betreten und nichts zu berühren. Sie platzierten ihr Fahrzeug wie eine Sperre an das Ende der Straße und baten die Menschen, in ihre Häuser zu gehen. In absehbarer Zeit würde die Kriminalpolizei aus Pirmasens eingetroffen sein und sich um alles kümmern.

Die Gebüger zerstreuten sich widerwillig. Von Boyen ging zurück in sein Haus und setzte sich an seine selbst gewählte Arbeit. Er hatte seine Professur niedergelegt und sich aus dem Berufsleben zurückgezogen. Als Politikberater war er auch nicht mehr tätig. Man kannte seinen Namen allerdings nach wie vor. Immer wieder einmal wurde er als Experte in Fernsehsendungen eingeladen. Er hoffte, dass seine Popularität der Verbreitung des neuen Buches helfen würde, so könnte er immer noch etwas bewegen.

Das Arbeitszimmer war unter dem niedrigen Satteldach des Hauses eingerichtet. Es bestand aus einem Schreibtisch, einigen Ablagemöglichkeiten und vielen Bücherregalen. Wenn er von seinem Schreibtisch den Blick nach links wandte, sah er einen kleinen Dachaustritt, von dem aus man einen überwältigenden Blick auf das Tal und die in der Ferne bläulich schimmernden Hügel des Pfälzer Waldes hatte. Der Blick ging in die Weite, verlor sich jedoch nicht ins Unendliche.

Nach jeder Unterbrechung dauerte es eine Weile, bis er ins Schreiben kam. Nach dieser grausigen Entdeckung im Wald war es besonders schwer, sich zu konzentrieren. Das hatte es im Gebüg wohl seit dem Zweiten Weltkrieg nicht mehr gegeben. Ein Toter. Ein Mensch war gewaltsam zu Tode gekommen und im Wald am Ortsrand abgelegt worden. Vielleicht war es auch der Tatort. Die Untersuchungen der Polizei würden bald erste Erkenntnisse ergeben. Er wollte jetzt nicht darüber nachdenken.

Doch der Anblick holte ihn wieder ein. Alfred von Boyen klappte den Deckel seines Laptops zu und schaute über den Dachaustritt in die Ferne. Keiner der Umstehenden hatte den Toten gekannt. Das hieß noch

11

nicht viel. Trotzdem konnte sich die Tat im Gebüg ereignet haben. Trotzdem konnte der Mörder oder die Mörderin aus dem Ort stammen. Er stellte sich vor, was in den Köpfen der Menschen vor sich ging. Angst und Misstrauen würden um sich greifen. Am Mittag würden die Kinder nach Hause kommen, am Abend die Berufstätigen. Die Vermutungen und Gerüchte würden überquellen wie ein Topf kochender Milch und die Atmosphäre im Ort verpesten.

Alfred von Boyen war noch in Gedanken versunken, als es wieder an seiner Haustür klingelte. Er ging die Wendeltreppe ins Erdgeschoss hinunter und öffnete. Vor ihm stand Klaus Scheller. Er musste lächeln, als er ihn sah. Mit Klaus Scheller verband er einige Erlebnisse im Zusammenhang mit zwei Fällen in den vergangenen Jahren, die das ganze Dahner Felsenland erschüttert hatten. Der Polizeikommissar aus Pirmasens war ein guter Ermittler. Er hatte jedoch auch über Jahre hinweg den Ruf eines Frauenhelden gehabt. Angeblich ermittelte er – wie er es gelegentlich selbst ausgedrückt hatte – in seiner Freizeit weiter, um einen Überblick über die Vielfalt des weiblichen Geschlechtes zu bekommen. Das führte leider oft dazu, dass er unausgeschlafen zum Dienst erschien. Dieses unstete Leben hatte er seit einiger Zeit aufgegeben. Die Ursache war leicht zu finden: Eine attraktive und energische Krankenschwester, mit der Scheller nun schon seit fast zwei Jahren liiert war. Noch eines hatte Klaus Scheller ausgezeichnet – eine gewisse Respektlosigkeit, vor allem gegenüber dem ihm weltfremd erscheinenden von

Boyen. Inzwischen hatten die beiden sich miteinander arrangiert und die jeweils guten Seiten des anderen entdeckt.

»Schön, Sie zu sehen, Herr Scheller.« Die Begrüßung fiel ausgesprochen freundlich aus.

»Ganz meinerseits, Herr von Boyen«, erwiderte Klaus Scheller und lächelte sympathisch. »Leider bin ich, wie Sie sich denken können, aus dienstlichen Gründen hier. Mein Chef bittet Sie, zum Fundort der Leiche zu kommen, wenn es Ihnen zeitlich möglich sein sollte.« So gewählt drückte er sich selten aus.

Schellers Chef war Bernd Peters, ein groß gewachsener, blonder Mann mit einer tiefen Stimme und dem unüberhörbaren Slang seiner norddeutschen Heimat. Er hatte sich im Anschluss an eine persönliche Krise nach Pirmasens versetzen lassen – was aus seiner ehemals Kieler Perspektive das Ende der Welt war. Das verband ihn mit Alfred von Boyen, der wie Bernd Peters im Südwesten der Republik einen Neuanfang gesucht hatte.

»Mache ich gerne«, sagte Alfred von Boyen. »Bitte warten Sie doch einen Moment.«

Als Alfred von Boyen vor die Tür trat, zeigte Klaus Scheller auf die Garage und fragte: »Na, läuft er noch?«

»Wen meinen Sie?«, fragte von Boyen.

»Na, den alten Rover.«

»Kein Problem. Er läuft und läuft und läuft. Und er säuft und säuft und säuft. Das Problem mit dem Benzinverbrauch ist nicht zu lösen. Für heutige Verhältnisse genehmigt er sich einfach zu viel. Deshalb benutze ich ihn auch so selten wie möglich. Aber hier oben kommt man ohne Auto leider nicht aus.«

»Also«, sagte Klaus Scheller, »wenn Sie mal wieder eine Spritztour machen: Ich wäre dabei!«

»Ich habe schon einmal überlegt, mir einen Zweitwagen zuzulegen. Einen kleinen Diesel oder Ähnliches. Aber es macht leider entschieden zu viel Spaß, mit dem Rover zu fahren.«

Die beiden unterhielten sich noch eine Weile über Autos. Ein Thema, das sie verband. Als sie die Straße zum Wald hochgingen, wurden sie aus den Fenstern und von den Balkonen neugierig beäugt. Von Boyen kannte inzwischen alle Einwohner des Gebüg und nickte freundlich nach rechts und links – und man grüßte zurück.

Die Szenerie am Waldrand hatte sich in der letzten Stunde völlig verändert. Der Weg in den Wald war mit einem rot-weißen Flatterband abgesperrt, der Parkplatz mit Dienstwagen der Polizei belegt. Auf der Straße stand der Leichenwagen eines lokalen Bestattungsinstitutes. Die beiden Mitarbeiter lehnten in dezentes Schwarz gekleidet an ihrem Wagen. Wenn keine Angehörigen eines Toten in der Nähe waren, scheuten sie sich nicht, eine gewisse Langeweile angesichts des Todes durchblicken zu lassen. Weiter oben durchforschten Männer und Frauen in weißer Schutzkleidung den Wald, sammelten hier und da einen Gegenstand auf, machten Fotos und nahmen Abdrücke vom Boden. Es war ein geschäftiges Treiben in Schwarz und Weiß vor dem Hintergrund des braun grünen Waldes.

Als Scheller und von Boyen herantraten, löste sich ein Mann aus einer Gruppe und kam auf sie zu.

»Schön, dass du Zeit hast, Alfred«, sagte er. »Ich hätte gerne deinen Rat in diesem Fall.«

»Ich freue mich, dich zu sehen«, gab Alfred von Boyen zurück. »Ich befürchte, dass dieser Mord noch viel Unruhe in unseren kleinen Ort bringen wird.«

»Das denke ich auch. Deshalb möchte ich so schnell wie möglich weiterkommen.« Bernd Peters war der Leiter der Kriminalinspektion in Pirmasens. Er kannte Alfred nun schon bald fünf Jahre und die beiden trafen sich immer wieder einmal privat, zumeist im Pfarrhaus in Schönbach bei Barbara Fouquet, Peters' Lebensgefährtin.

»Ist dir heute Morgen, als du das erste Mal hier warst, bei den Reaktionen der Menschen aus Gebüg etwas aufgefallen?«, fragte Bernd Peters.

Sie traten zur Seite, weil die Mitarbeiter des Bestattungsunternehmens sich in Bewegung gesetzt hatten und den Leichnam abtransportieren wollten.

»Nein, sie waren verständlicherweise alle entsetzt. Niemand kannte den Toten. Zugegebenermaßen ist von seinem Gesicht auch nicht viel zu erkennen.«

Er schaute in den Waldweg hinein. Gerade wurde der Deckel auf den Metallsarg gehoben. In einer Stunde würde der Leichnam bei der Gerichtsmedizin sein. »Die Leute fragen sich vor allem, wie das passieren konnte, ohne dass jemand im Dorf etwas bemerkt hat«, fuhr er fort.

»Die Identität des Toten ist geklärt«, sagte Bernd Peters. »Er hatte Papiere bei sich, unter anderem Personalausweis und Führerschein. Danach handelt es sich um einen gewissen Sebastian Mahler aus Pirmasens.«

Der Sarg wurde an ihnen vorbeigetragen und in den Leichenwagen geschoben. Die Klappe des Laderaums schloss mit einem dezenten Klacken, die Männer bestiegen die Vordersitze.

»Die Personenabfrage hat ergeben«, setzte Peters neu an, »dass er Inhaber einer Firma für Computersoftware ist, die nicht weit von hier auf dem Gelände des ehemaligen amerikanischen Depots hinter Petersbächel ihren Sitz hat. Scheller wird gleich hinfahren und ein Kollege aus Pirmasens ist zur Privatadresse unterwegs.«

Der Leichenwagen wendete und fuhr die Maimontstraße hinab.

»Eigentümlich finde ich die Kleidung des Toten«, sagte Alfred von Boyen. »Der Mantel und die Schuhe sind von außergewöhnlicher Qualität. Zwei hochwertige Marken. Die Firma scheint gut zu laufen.«

»Das ist uns auch aufgefallen. Der Hut muss kostspielig gewesen sein. Allerdings ist die restliche Kleidung eher einfach.«

»Das ist eine ungewöhnliche Kombination. Und dann dieses zerstörte Gesicht. Da muss Hass im Spiel gewesen sein, eine ungeheure Aggression. Das ist kein einfacher Mord.«

Alfred von Boyen schaute nachdenklich auf die beiden Polizisten. »Ich bin gespannt, was ihr herausbekommen werdet.«

Er verabschiedete sich und winkte Klaus Scheller zu, als der auf dem Weg zu Mahlers Firma an ihm vorbeifuhr.

Am Nachmittag kamen die Kinder aus der Schule. Wenn es auch die eine oder andere Mutter schaffte, ihrem Kind nicht sofort die Neuigkeit zu erzählen, so gelang es nicht allen, und zehn Minuten nach Ankunft des Schulbusses trafen sich die Kinder auf der Straße.

Ihr erster Weg führte sie an den Waldrand. Die Enttäuschung war groß, denn außer den Absperrbändern war nicht mehr viel zu sehen. Die meisten Polizeiwagen waren abgerückt, lediglich drei Mitarbeiter der Spurensicherung machten noch die letzten Abdrücke und nahmen einige Fotos auf. Die angespannte Geschäftigkeit des Vormittags war einer gewissen Ruhe gewichen und die Kinder konnten den drei Fachleuten ihre Fragen stellen. Endlich war der Krimi aus dem Fernsehen in das wirkliche Leben herübergekommen.

Das Ganze wurde noch viel aufregender, als ein Fernsehteam des Südwestrundfunks anrückte und die Kameras auspackte. An diesem Abend wäre Gebüg im Fernsehen. Die Kinder drängten sich an die Absperrbänder in der Hoffnung, sich selbst am Abend dort sehen zu können. Endlich kam einmal Leben in dieses sonst so langweilige Dorf. Am nächsten Tag würde man in der Schule viel zu erzählen haben. Vielleicht sollten sie gleich ein paar andere aus der Klasse anrufen. Aber noch war das Fernsehteam da. Die durften sogar hinter die Absperrbänder und den Fundort filmen.

Die meisten Kinder hatten auf das Mittagessen verzichtet und waren direkt an den Waldrand gelaufen. Nun meldete sich langsam der Hunger. Aber es war alles viel zu interessant. Als die Männer von der Spurensicherung abrückten und das Fernsehteam seine Sachen packte, wurde es schon langsam dunkel. Das älteste der Gebüger Schulkinder war Michael mit seinen 14 Jahren. Er hatte den ganzen Nachmittag ausgeharrt und die meisten Fragen gestellt. Nun wollte er selbst sehen, wo die Leiche gelegen hatte. Aber eigentlich durfte man den Tatort nicht betreten. Ein Schild wies ausdrücklich darauf hin. Andererseits war niemand da, der ihn daran hätte hindern können.

Michael ging los und Svenja, die Zweitälteste, trottete hinter ihm her. Die drei anderen Kinder, die noch auf der Straße warteten, blieben ängstlich zurück. Michael machte manchmal Sachen, die sie sich selbst nicht trauten, und von denen ihre Eltern sagten, sie sollten sie auch nicht tun. Michael war groß und stark und für die drei Kleinen ein Vorbild. Er war ihnen aber oft auch unheimlich. Immer wieder machte er eben solche Sachen, die man nicht machen sollte. Sie hätten jetzt nach Hause gehen können, aber sie waren viel zu gespannt, was Michael und Svenja erzählen würden.

Die beiden bückten sich unter dem Absperrband hindurch und gingen mit vorsichtigen Schritten in den

Wald hinein. Überall sah man noch Reste der Arbeit der Spurensicherung – kleine Markierungen, Gipskleckse auf dem Boden, Löcher, in denen die Stative der Kameras gesteckt hatten. Die Abenddämmerung hatte eingesetzt, es war im Wald deutlich dunkler als tagsüber. Nun begann die Stunde, in der sich im Wald alles veränderte. Es war spürbar kühler geworden. Der Weg war nicht gut zu erkennen, Licht und Schatten verwandelten sich in eine diffuse Dunkelheit, die Bäume und Büsche formierten sich zu neuen Gestalten. Manches, was da gewesen war, verschwand, anderes wurde neu sichtbar.

Michael und Svenja tasteten sich langsam vor. Mit jedem Schritt wurden sie weniger mutig. Der kurze Weg erschien ihnen recht lang. Svenja ergriff Michaels Hand. Das hatte sie noch nie getan. Der Wind schlug um. Nun rollte er langsam vom Maimont hinunter ins Dorf. Die Blätter und kleinen Zweige gerieten in Bewegung, es zog ein leichter Hauch über den Boden. Je weiter sie gingen, umso weniger konnten sie sehen. Michael wurde mulmig zumute, wollte es wegen Svenja jedoch nicht zugeben. Er war der mutige Anführer der Gebüger Kinder, der Held der Kleinen. Das wollte er auch bleiben.

Endlich kamen sie an die Stelle, wo der Tote gelegen haben musste. In der Dämmerung konnten sie das Blut nicht von der Erde unterscheiden. Michael war das auch gar nicht mehr wichtig. Er wollte nur noch zurück.

»Man kann ja gar nichts mehr erkennen«, sagte er enttäuscht.

»Komm, wir gehen zurück«, sagte Svenja. Sie zog an seiner Hand.

Michael wollte sich gerade umwenden, als hinter ihnen etwas den kleinen Hang herunterrutschte. Die beiden erschraken. Svenja stieß einen leisen Schrei aus. Das Etwas rappelte sich auf und stellte sich vor sie. Michael nahm allen Mut zusammen und sah genau hin. Vor ihm stand eine Frau, die wirklich komisch gekleidet war, wie er fand. Er zuckte zusammen. Svenja versteckte sich hinter ihm.

Die Frau stellte sich direkt vor Michael hin. »Verschwindet von hier und lasst euch nie wieder sehen!«

Die beiden liefen los, blieben hinter der nächsten Wegbiegung stehen.

»War das ein Geist?«, fragte Svenja.

Sie war zwölf Jahre alt und ein liebes, hübsches Mädchen, aber manchmal doch noch wie ein kleines Kind.

»Wie kommst du auf die Idee, dass das ein Geist gewesen sein soll?«

»Sie war so plötzlich da.«

»Das war eine komische Frau und sie war sehr unangenehm«, sagte Michael.

»Sie hat mich entsetzlich erschreckt«, sagte Svenja.

»Mich auch«, gab Michael zu.

»Was erzählen wir den anderen?«

»Am besten gar nichts«, sagte Michael. »Diese Frau bleibt unser Geheimnis – aber ich wüsste gerne, was sie dort gemacht hat.«

Im Spätsommer fielen die Kletterer ins Dahner Felsenland ein. Die Tage waren noch lang genug, es war jedoch nicht mehr so heiß wie im Juli und August, die Sonnenuntergänge gestalteten sich um ein Vielfaches schöner, die Luft hatte schon ein herbstliches Aroma, die Bäume begannen sich zu verfärben, der Indian Summer bot von den Burgen und Felsen einen überwältigenden Anblick. Wenn dann die Maronen von den Bäumen fielen und der gärende Most des Neuen Weines die wenigen Kilometer aus der Rheinebene in großen Tanks herangefahren wurde, dann gab es nichts, was dem Leib fehlte, und die Seele fühlte sich wohl.

Anna Hoger, die Bäckersfrau aus Schönbach, hatte in der Kombination aus gerösteten Esskastanien und Neuem Wein seit einigen Jahren eine gute Geschäftsidee für den farbenprächtigen Herbst entwickelt. Die »Käschte«, wie die Esskastanien kurz genannt wurden, ließ sie von den Kindern des Dorfes in den umliegenden Wäldern sammeln und kaufte sie ihnen ab. Den Neuen Wein bezog sie von einem Winzer aus Nussdorf. Sie hatte die Genehmigung bekommen, vor ihrer Bäckerei eine Bierzeltgarnitur aufzustellen, falls durchziehende Wanderer sich dort ausruhen und Neuen Wein und geröstete Maronen gleich vor Ort essen wollten. Mehr als diesen einen Tisch hatte sie nicht gewollt, sonst hätten der Wirt des *Hirschen*, der letzten verbliebenen Gaststätte des Ortes, und der der Pizzeria in ihr eine Konkurrenz gesehen. Gegenüber dem *Hirschen* hatte sie den Vorteil, dass sich die Maronen im Ofen der Bäckerei wunderbar rösten ließen. Der aus Kroatien stammende Wirt der Pizzeria hatte zwar auch einen gut geeigneten Ofen, aber ihm war wichtig, dass in seinen Steinofen nichts anderes als Pizza hineinkam. Selbst zu Flammkuchen war er nicht zu überreden gewesen. So hatte Anna Hoger ihre Geschäftsidee umsetzen können.

Das Dahner Felsenland hatte viele wandernde und kletternde Stammgäste, die im Jahr einmal vorbeikamen. Dass der ‚Neue‘ bei der Bäckerei Hoger in Schönbach besonders gut und die Maronen perfekt geröstet waren, sprach sich innerhalb dieser Kreise schnell als Geheimtipp herum. So hatte Anna Hoger im Herbst alle Hände voll zu tun, um die Nachfrage zu befriedigen. Es war für sie und ihren Mann eine wichtige Einnahmequelle, denn es war nicht leicht, sich als kleine Bäckerei gegenüber den Backautomaten der Supermärkte zu behaupten.

Anna hatte Überlegungen angestellt, ob sie nicht ein gut ausgewähltes Sortiment an regionalen Produkten aufbauen sollte – hauptsächlich für die Wanderer, aber vielleicht hätten auch Einheimische daran Interesse. Ein paar Tage zuvor hatte sie Kontakt mit einem Arztehepaar aus Kröppen aufgenommen, die sich mit der Produktion von Ziegenkäse aus biologischer Haltung der Tiere versuchten. Die Qualität sollte hervorragend sein.

Die Bäckerei Hoger war neben den Gaststätten eines der wichtigsten Kommunikationszentren des Ortes und der Gegend. Anna Hoger förderte dies dadurch, dass sie eine gute Zuhörerin war, keine Ratschläge gab, aber – einer guten Therapeutin vergleichbar – die richtigen Fragen stellte. Damit hatte sie schon so manchen über eine Krise hinweg geholfen und Auswege finden lassen. Das bewunderte ihre beste Freundin, die Ortspfarrerin Barbara Fouquet, an ihr. »Man könnte meinen, du hättest einen Seelsorgekurs oder eine Ausbildung als Psychotherapeutin hinter dir«, sagte sie so manches Mal, wenn Anna von ihren Gesprächen in der Bäckerei erzählte oder auch einmal an Barbara eine solche weiterführende Frage gerichtet hatte.

Im Jahr zuvor war eine geraume Zeit lang ein immer wiederkehrendes Thema ihrer gelegentlichen nachmittäglichen Gespräche bei einer Tasse Kaffee die Frage gewesen, ob Barbara ihrem Bernd anbieten sollte, zu ihr ins Pfarrhaus zu ziehen. Das war zwischen den beiden ein ständiges Diskussionsthema. Bernd Peters hatte ein kleines Appartement in Pirmasens, wo auch der Dienstsitz der Polizeidirektion war, bei der er als Kriminalkommissar arbeitete. Sein Pflichtbewusstsein sagte ihm, er müsse dort wohnen, damit er, wenn es notwendig wäre, schnell auf der Dienststelle sein könnte. Von Schönbach aus benötigte er fast eine Stunde. Das würde sich erst reduzieren, wenn die B 10 weiter ausgebaut worden wäre. Auch das war ein jahrelang wiederkehrendes Thema. Barbara konnte nicht nach Pirmasens ziehen, denn sie musste im Pfarrhaus wohnen. Das sah das Pfarrerdienstgesetz so vor. Die Situation erschien ausweglos.

»Ich möchte ihn nicht in Gewissensnöte bringen«, hatte Barbara immer wieder gesagt. »Aber ich kann nicht hier weg. Obwohl – es wäre schon schön, zusammenzuwohnen.«

»Höre ich da Hochzeitsglocken läuten?«, fragte Anna. Sie erzählte nicht jede Neuigkeit weiter, aber wissen wollte sie sie schon.

»Alles hat seine Zeit«, meinte Barbara daraufhin nur und lächelte ein geheimnisvolles Lächeln.

»Habt ihr eine Alternative zum gemeinsamen Wohnen hier in Schönbach?«, fragte Anna nach einer Weile.

Barbara schwieg. Sie dachte nach. Anna hatte recht mit ihrer Frage. Es gab keine Alternative. Sie könnten weiterhin in getrennten Wohnungen leben, Bernd könnte manchmal eine Nacht bei ihr verbringen, sie seltener eine Nacht bei ihm. Aber es wäre nicht das, was sie wollte. Was sie beide wollten. Nein, es gab keine wirklich wünschenswerte, akzeptable Alternative. Also musste sie ihn darauf ansprechen und ihm diese Lösung vorschlagen.

An jenem Abend war Bernd ziemlich erschöpft erst spät am Abend aus Pirmasens zurückgekommen. Erst suchte er im Kühlschrank nach etwas Essbarem, dann griff er zu einer Flasche Bier und schließlich setzte er sich unter Stöhnen auf die Couch. Barbara sah ihn mitfühlend und fragend an. Es dauerte eine Weile, bis er das erste Wort herausbekam.

»Ich schätze ihn ja sehr und in der Regel ist er auch ein guter Chef, aber was ihn geritten hat, für morgen früh um acht Uhr diesen nicht gerade wichtigen Termin anzusetzen, verstehe ich nicht. Er weiß doch, wie spät es oft bei uns wird.«

Barbara lächelte möglichst verständnisvoll und fragte: »Ein nicht gerade wichtiger Termin am frühen Morgen?«

»Es geht um eine Vereinfachung bei der Zuteilung der Dienstwagen. Inhaltlich ändert sich gar nichts, nur das Verfahren soll verändert werden.«

»Aha.«

»Das macht bei uns ohnehin meistens Jenny. Eigentlich müsste ich da gar nicht hin.«

»Du hast doch einen kompetenten Kollegen.«

»Wen meinst du?«

»Scheller natürlich.«

Schweigen.

»Du, mit deiner norddeutschen Gründlichkeit meinst, was du nicht selbst machst, wird nicht ordentlich gemacht.«

Wieder Schweigen.

»Ich habe morgen meinen ersten Termin um zehn Uhr. Dann geht es allerdings durch bis in den späten Abend. Wenn du also Scheller anrufst und ihn bittest, dich bei dieser so wichtigen Besprechung zu vertreten, schlägst du zwei Fliegen mit einer Klappe.«

Verdutztes Schweigen.

»Du signalisierst Scheller, dass du ihn ernst nimmst, und du hättest die Möglichkeit für ein Frühstück im Bett – oder anderes.«

Aufmerksames Schweigen.

»Und außerdem bin ich der Meinung, dass wir da jetzt endlich einen Schnitt machen sollten und du endgültig zu mir ziehst – und Klaus Scheller erlaubst zu beweisen, dass er ein ernst zu nehmender Kollege ist.“

Skeptisches Schweigen. Eine sich aufhellende Miene. Ein entschiedener Kuss.

Als er seine Entscheidung am Tag darauf seinem Vorgesetzten mitteilte, meinte der: »Das war aber überfällig, lieber Kollege. Und zur Hochzeit kommen meine Frau und ich auch gerne.«

Das war nun schon eine Zeit lang her. Bernd wohnte seit einigen Monaten im Pfarrhaus. Die morgendlichen Einkäufe der Frühstücksbrötchen hatten damit eine größere Dimension angenommen, liefen aber immer noch nach dem gleichen Schema ab. So auch an diesem Tag. Nachdem »the same procedure as every day« absolviert war, fragte Anna: »Hast du schon etwas über den Toten gehört, den sie im Gebüg gefunden haben? Es soll ein Unternehmer aus Pirmasens gewesen sein.«

»Ja, das stimmt. Die Mitarbeiter seiner Firma haben erzählt, dass der Chef tags zuvor noch in der Firma gewesen sei und man gestern den ganzen Tag versucht habe, ihn oder seine Familie zu erreichen, jedoch ohne Erfolg.«

Die Tür der Bäckerei öffnete sich und drückte den elektrischen Kontakt an der Oberseite zusammen. In

27

der Hinterstube des Verkaufsraums ertönte dieser markante Ton, der einmal ein Klingeln gewesen war, sich aber im Laufe der Jahre in ein Schnarren verwandelt hatte. Der Duft des Brotes zog nach draußen, die frische Spätsommerluft kam herein. Mit ihr eine Frau mittleren Alters in einem dunklen Kleid aus leichtem Stoff. Sie wartete, bis Anna Hoger sich ihr zuwandte. Mit unverkennbar französischem Akzent fragte sie, ob sie statt des Neuen Weines auch Mineralwasser bekommen könnten. Es sei doch noch recht früh am Tag. Das sei kein Problem, meinte Anna Hoger, und sie wolle gleich hinauskommen.

»Vielleicht warten die da draußen schon eine Weile, während wir uns hier unterhalten haben«, meinte Anna ein wenig verlegen.

»Ich habe, was ich brauche, und mach mich auf«, sagte Barbara, winkte, ging hinaus und sah die morgendlichen Gäste.

Die Frau war nicht allein gekommen. Eine andere, junge Frau in einem elektrischen Rollstuhl und ein knapp sechzig Jahre alter Mann warteten bei der Bierzeltgarnitur. Sie bildeten ein sehr ungleiches Paar. Die junge Frau saß in sich versunken in dem schweren Gerät, abgemagert und eingefallen sah sie aus. »Muskelschwund« war Barbara Fouquets erster Gedanke. Der Kopf hing herunter und baumelte ein wenig. Die Haare aber standen nach allen Seiten ab und waren in den Nationalfarben Frankreichs gefärbt. Das blau-weiß-rote Strahlen der Haare stand in einem krassen Gegensatz zu der Verfallenheit des Körpers, als sollte es deutlich machen, dass der Wille, ein eigenständiger Mensch zu sein, durch die Krankheit nicht gebrochen werden konnte. Der Körper des Vaters dagegen strotzte vor Kraft. Es musste lange gedauert haben, bis er diesen Berg an Muskeln aufgebaut hatte, den er trotzig durch ein knappes Hemd zur Schau stellte. Barbara fragte sich, warum ein Mann in dem ehrenwerten Alter eines Endfünfzigers sich derart präsentierte und wie dies auf seine Tochter, deren Muskeln jeden Tag weniger wurden, wirken musste. Vielleicht war es sein Protest gegen den körperlichen Verfall seines Kindes. Vielleicht wollte er die Botschaft senden, dass der Muskelschwund seiner Tochter nichts mit ihm, dem Vater, zu tun habe. Oder er wollte einfach nur stark bleiben, damit er sein Kind tragen, ins Bett legen und in den Rollstuhl setzen konnte. Neben den grell gefärbten Haaren und den kraftstrotzenden Muskeln stand die Mutter im schlichten dunklen Kleid. Barbara machte sich auf den Weg nach Hause, musste jedoch noch lange über dieses Trio nachdenken.

Bernd Peters nahm sich nach dem Frühstück noch einmal den Tatort vor. Sie hatten nicht viel in der Hand – der Tote, die Geschosse, keine Hülsen, diverse unbrauchbare Fußabdrücke, keine Zeugen, die Familie war nicht zu erreichen. Sebastian Mahler war verheiratet, hatte zwei Kinder, die eigentlich in der Schule hätten sein müssen, aber von der Familie fehlte jede Spur. Vater tot, Mutter und Kinder verschwunden – eine eigentümliche Konstellation. Aber noch hatte man wenig

Zeit zum Suchen gehabt. Am heutigen Tag sollten die Freunde der Kinder befragt werden, die Mitarbeiter des Getöteten, in dessen Firma auch die Ehefrau arbeitete. Sebastian Mahler hatte keine Verwandten, die Frau eine Mutter in Hannover, einen Bruder in Berlin und eine Schwester an einem unbekannten Ort in Südamerika. Es würde eine Weile dauern, bis man die gefunden hatte. Dieser Fall ließ sich nicht gut an.

Bernd Peters fuhr ins Gebüg und parkte auf dem Hof des Hauses von Alfred von Boyen. Alfred hatte es nicht gerne, wenn man ihn bei der Arbeit störte, aber Bernd gehörte zu den Menschen, die das durften. Er wollte ihn bitten, noch einmal mit zum Tatort zu kommen.

»Tut mir leid, dass ich dich aus der Vergangenheit in die Gegenwart zurück geklingelt habe«, sagte er, als von Boyen die Tür öffnete. »Hast du noch einmal eine halbe Stunde für mich?«

»Gerne auch eine Stunde, wenn du noch einen Kaffee möchtest«, kam als Antwort.

»Vielleicht nachher. Kommst du noch einmal mit mir zum Tatort? Ich denke, der Ort der Tat kann uns vielleicht schon etwas sagen.«

Von Boyen antwortete nicht, griff zum Haustürschlüssel auf der Ablage und zog die Tür hinter sich zu. Sie gingen die wenigen hundert Meter zu Fuß, den Tannenweg hinunter, die Maimontstraße hinauf. Alle im Ort hatten den Wagen von Bernd Peters gehört und nun erschien hinter manchem Vorhang ein neugieriges Gesicht. Die Häuser des kleinen Ortes waren sehr unterschiedlich: Einfache aus den Fünfzigerjahren, zwei oder drei schön renovierte mit Fachwerk im Obergeschoss, einige recht neue – da hatten die Kinder auf dem Grundstück der Eltern gebaut. Ein Gang durch den Ort war wie das Blättern in einem Geschichtsbuch.

Gegen Ende der Maimontstraße wurde das Tal schnell enger. Die letzten beiden Häuser standen bereits mit den Rückwänden am Hang, nur durch die schmale Straße getrennt. Alles lag hier im blaugrünen Schatten der Fichten. Die warme, trockene Sommerluft wich der feuchten Kühle des Waldes, vom würzigen Duft der Sträucher im Unterholz getönt.

Die Absperrung mit den rot-weißen Flatterbändern tauchte auf. Sie sollte noch für einige Tage stehen bleiben. Wie wenig sie respektiert wurde, zeigten die vielen Fußspuren im zertretenen Gras des Weges. Von Boyen und Peters setzten sich auf einen Baumstumpf am Wegrand.

»Wir wissen noch nicht viel über den Toten«, begann der Kommissar. »Seine Familie haben wir auch nicht erreicht. Wir versuchen es nun über die Mutter und die Geschwister der Frau. Die geschäftlichen Umstände sind erst ansatzweise recherchiert. Da werden sich hoffentlich noch weitere Spuren ergeben.« Er machte eine kleine Pause und strich sich nachdenklich über das Gesicht. »Ich möchte aber gerne mit dir über diesen Ort hier nachdenken. Was sagt uns der Ort des Verbrechens? Warum hier?«

»Abgeschieden, mit dem Auto jedoch gut zu erreichen«, meinte von Boyen.

»Nicht allzu weit von der Firma Sebastian Mahlers«, ergänzte Peters.

»Wie ist er überhaupt hierhergekommen? Zu Fuß?«

»Niemand hat ihn die Straße hinaufgehen sehen.«

»Dann ist er auch nicht die Straße hinaufgegangen. In diesem Ort kann sich niemand auf der Straße bewegen, ohne von irgendwem gesehen zu werden.« Alfred von Boyen lächelte.

»Es steht kein herrenloses Auto im Ort herum.«

»Vielleicht ist er ein kurzes Stück durch den Wald gegangen und der Wagen steht in der Nähe. In Petersbächel vielleicht.«

»Keiner will etwas gehört haben.«

»Vielleicht wurden die Schüsse gehört, aber nicht bemerkt. Hier wird gejagt. Da sind Schüsse etwas Normales und können leicht unter der Bewusstseinsschwelle bleiben.«

Die Gedanken und Sätze der beiden flossen ineinander, wie bei einem Selbstgespräch.

»Warum ist er überhaupt hierhergekommen?«

»Ein Spaziergang?«

»Vielleicht soll es so aussehen.«

»Dann ist er ganz unerwartet am Ortsende von Gebüg einem Menschen begegnet, der ihn spontan erschossen hat?!«

»Professionell, mit zwei Schüssen – in Herz und Kopf? Das haben die ersten Untersuchungen ergeben. Und dann noch eine Ladung Schrot ins Gesicht?«

»Ein Profi, der einfach einen Spaziergänger erschießt? Eher unwahrscheinlich! Nein, der Mörder wollte genau diesen Menschen erschießen.«

»Er hat ihm aufgelauert, weil Mahler immer oder zumindest oft diesen Weg zu dieser Zeit geht? Muss man überprüfen.«

»Vielleicht waren sie verabredet.«

»Termin mit meinem Mörder. Der Titel könnte von Agatha Christie stammen. So wie ‚Appointment with Death‘.«

»Termin ja, aber nicht mit einem Mörder. Vielleicht eine Verhandlung, eine Geldübergabe, Rauschgift, geheime Akten, Staatsgeheimnisse, Spionage.«

»Okay, der Möglichkeiten sind viele. Vermutlich wurde das Opfer nicht zufällig ausgewählt und einiges spricht für eine Verabredung. Eine Verabredung, die dann ganz anders verlaufen ist, als Sebastian Mahler sich das vorgestellt haben wird.«

»Mit einem Mörder, der keine Spuren hinterlassen hat.«

»Der in einer Beziehung zu ihm gestanden haben muss.«

»Wenn er nicht ein bezahlter Profi war. Dafür spricht die Präzision der Schüsse.«

»Dann wird es schwierig. Auf jeden Fall müssen wir das Leben Mahlers von A bis Z durchleuchten.«

Alfred von Boyen erhob sich. »Dieses Geschäft versteht ihr ja gut. Jetzt steht Polizeiarbeit vom Feinsten an.« Er schaute Peters fragend an. »Doch noch einen Kaffee?«

»Nein, ich glaube nicht«, meinte der. »Ich fahre jetzt auf dem Weg ins Büro noch einmal bei der Firma von Mahler vorbei. Dann schaue ich, ob es schon erste Ergebnisse gibt und wie wir weitermachen können.«

Die beiden gingen zurück zum Haus von Alfred von Boyen. Der setzte sich an einen Schreibtisch, während Bernd Peters zum Industriepark fuhr.

Ob ich Angst habe? Selbstverständlich habe ich Angst. Den Menschen möchte ich kennenlernen, der keine Angst hat, wenn er dem Tod ins Auge sehen muss. Vielleicht Soldaten, die nach vorn stürmen, nicht wissen, ob es sie erwischen wird oder nicht, durch den Druck der Gruppe und des Befehls vorangetrieben, nicht an den Tod denkend, sondern an das Ziel für den ersten eigenen Schuss. Oder der zum Tode Verurteilte, der sich über Monate und Jahre auf diesen Moment vorbereiten konnte, geübt darin, sich in sein Schicksal zu ergeben. Der Widerstandskämpfer vor der Mauer im Angesicht der auf ihn gerichteten Gewehre, für den der Tod eine letzte Möglichkeit ist, seiner Verachtung gegenüber den Unterdrückern Ausdruck zu geben. Der Schwerkranke, der selbst für die Angst zu schwach ist und die Apathie des Morphiums genießen darf. Mag sein, dass sie alle keine Angst vor dem Tod haben. Ich habe sie. Aber es muss sein. Es soll sein. Die Entscheidung ist richtig. Ich tue es für euch, meine Familie.

3

Die Familie von Sebastian Mahler blieb verschwunden. Mithilfe der Kolleginnen und Kollegen vor Ort war es gelungen, Kontakt zur Mutter und zum Bruder von Yvonne Mahler aufzunehmen. Sie hatten seit drei Tagen nichts mehr von ihr gehört und konnten sich das plötzliche Verschwinden auch nicht erklären. Auf die Frage nach einem möglichen Hintergrund des Mordes an ihrem Schwiegersohn sagte Frau Mahlers Mutter lediglich: »Das musste eines Tages so weit kommen«, wollte sich aber nicht näher äußern. Der Bruder konnte sich die ganze Sache nicht erklären, musste jedoch eingestehen, dass der Kontakt zu seiner Schwester in den vergangenen Jahren eher lose gewesen war.

Das Problem der Identifizierung des Toten war zu lösen. Die Ehefrau kam momentan nicht infrage. Ein zweiter, rechtlich nicht ganz so sicherer Weg, wäre gewesen, einen Freund oder Mitarbeiter zu bitten. Aber würde der besondere körperliche Merkmale benennen können? Von dem Gesicht war nicht mehr viel zu erkennen. Anderseits war es auch nicht so eilig. Schließlich hatte der Tote seine Papiere bei sich. Ein Vergleich mit dem Passbild war aufgrund des zerstörten Gesichts nicht möglich. Letztlich müsste man auf einen DNA-Test zurückgreifen, aber das hatte Zeit.

Eine überraschende Wende ergab sich, als Scheller nach zwei Tagen die richterliche Erlaubnis zu einer Durchsuchung des Hauses der Familie Mahler erhielt und ein kleiner Trupp von Spezialisten sich dieser Aufgabe widmete.

Bis dahin hatten Scheller und Peters vorrangig versucht, etwas über das Leben von Sebastian Mahler herauszubekommen. Das erschien zunächst nicht leicht, weil es offenbar keine lebenden Verwandten gab. Jenny, Peters' findige Mitarbeiterin, war es wieder einmal gewesen, die einen auskunftsfähigen Freund Mahlers aufspürte. Sie recherchierte seine letzten Wohnsitze, stieß darauf, dass er aus Zweibrücken stammte, dort Anfang der Achtzigerjahre das Herzog-Wolfgang-Gymnasium besucht hatte und einer seiner Klassenkameraden inzwischen als Staatsanwalt am Oberlandesgericht arbeitete. Der wiederum konnte einen Freund Mahlers benennen, der am Studienseminar des Saarlandes für das Fach Informatik zuständig war. Den besuchte Peters noch am selben Tag, während Klaus Scheller sich ein Bild über die geschäftlichen Aktivitäten Mahlers zu machen versuchte.

Martin Engel wurde von manchen seiner Schülerinnen und Schüler und den Referendaren auch als ein solcher angesehen. Er war Pädagoge mit Leib und Seele, Lehrer und zugleich Fachleiter für Informatik, Mathematik und Physik, ein begeisterter Naturwissenschaftler und beseelt von der Aufgabe, Jugendliche durch ihr zweites Lebensjahrzehnt zu begleiten, das Beste aus ihnen herauszuholen und ihnen Wissen und Fähigkeiten zu vermitteln, mit denen sie im Berufsleben bestehen und für sich und andere Gutes erreichen konnten. Am Studienseminar versuchte er diesen Geist an die Referendare und Referendarinnen weiterzugeben. Das fiel nicht immer auf fruchtbaren Boden.

Bernd Peters besuchte ihn zu Hause in Saarbrücken. In seinem Arbeitszimmer schienen die Wände mit Büchern und Aktenordnern tapeziert. Die drei großen Bildschirme und die Tastatur auf dem Schreibtisch in dessen Mitte erinnerten an die Steuerungszentrale eines Kraftwerkes.

»Mit Sebastian habe ich noch in der vergangenen Woche telefoniert. Es ging um ein spezielles Softwareproblem, an dem er gerade arbeitete, und die Frage, wo genau sich der Informatiker-Stammtisch beim nächsten Mal treffen würde. Er hatte es vergessen.«

Martin Engel hatte zunächst schockiert reagiert, als ihn Bernd Peters über den Tod von Sebastian Mahler unterrichtete. Sie seien seit der Schulzeit Freunde gewesen und hätten sich regelmäßig gesehen und oft miteinander telefoniert, meinte Engel. Er war durchaus bereit, die Fragen von Peters zu beantworten, wirkte bei dem Gespräch jedoch völlig verunsichert und unkonzentriert.

»Er war ein wirklich kluger Kopf, ein genialer Informatiker. Immer wieder ist er auf tolle Ideen gekommen, wenn es darum ging, für seine Kunden neue Anwendungen zu entwickeln. Es fing mit der Software für Werkzeugmaschinen an. Das ist bis heute ein Standbein seiner Firma.«

Martin Engel stand auf und begann unruhig im Zimmer hin- und herzulaufen.

»Aber das macht er schon lange nicht mehr selbst. Er hat dann unter anderem die Steuerung einer ganzen Produktionsanlage bei der BASF in Ludwigshafen geschrieben. Weil es ihm immer gelang, gut funktionierende Schnittstellen zu anderen Programmen zu entwickeln, konnte er sogar mit den Großen wie SAP mithalten und ihnen manchen Auftrag wegnehmen.«

Er setze sich hin, stützte sich mit den Unterarmen auf seinen Beinen ab und ließ den Kopf hängen.

»Wir suchen nach einem Motiv für seine Ermordung«, sagte Peters, vorsichtig das Gespräch lenkend. »Das könnte im persönlichen Bereich liegen. Da sind wir noch nicht weit. Oder eben im geschäftlichen. Gibt es da aus Ihrer Sicht irgendwelche Anhaltspunkte?«

»Ich weiß nicht«, sagte Martin Engel, schüttelte den Kopf und bemühte sich sichtlich um Konzentration. »Die Firma ist in den letzten Jahren enorm gewachsen. Sie hat noch zwei Standorte bei Hannover und München. Ich glaube, der jährliche Umsatz lag zuletzt im dreistelligen Millionenbereich.«

Er schüttelte noch einmal nachdrücklich den Kopf. »In der Informatikbranche pflegt man allerdings nicht, die Konkurrenten umzubringen. Dann schon eher aufzukaufen.«

»Was waren denn seine letzten Projekte?«, wollte Peters wissen.

»Er war gerade dabei, groß bei BMW in München einzusteigen. Dafür hatte er extra ein neues Team gebildet, mit dem er jeden Tag eine kurze Videokonferenz abhielt. Das war meines Wissens sein größtes derzeitiges offizielles Projekt. Es geht um die Steuerung einer ganzen Produktionsstraße.«

»Gab es auch ein inoffizielles?«

»Ich weiß nicht, ob das wirklich ein Projekt war. Zuletzt wollte er immer wieder über den Schutz vor Hackerangriffen fachsimpeln. Die anderen Freunde vom Stammtisch konnten das bald schon nicht mehr hören. Er war wie besessen davon.«

Martin Engel schien auf eine seltene Weise, Kompetenz und Menschlichkeit miteinander zu vereinen. Der ideale Pädagoge. Klar in seiner Position, gut darin, zu erklären, Selbstbewusstsein und Annahme des Gegenübers ausstrahlend. Einfach sympathisch. Aber da war etwas, das nicht ausgesprochen wurde, spürte Bernd Peters.

»Wie muss ich mir das vorstellen?«, fragte er nach und ließ seine Augen über die Rücken der Aktenordner schweifen. Mit manchen Aufschriften konnte er etwas verbinden, die meisten jedoch hatten für ihn den Aussagewert von Hieroglyphen.

»Nun ja, der Schutz vor Angriffen von außen, also vor dem unbefugten Eindringen in ein Netzwerk, ein Programm, eine Firewall, das gehört eigentlich immer dazu. Das ist Standard und nichts Besonderes mehr. Heutzutage muss man mit allem rechnen. Bei einem Kraftwerk zum Beispiel oder einer Produktionsanlage für Chemikalien muss selbstverständlich ausgeschlossen werden, dass sich jemand von außen einloggen kann und die Steuerung zum Absturz bringt oder gar umprogrammiert.«

Peters merkte, dass Engel nun in seinem Element war: Er konnte etwas Kompliziertes verständlich erklären.

»Wie kann man das erreichen?«

»Am einfachsten wäre es, wenn man die Steuerung eines Kraftwerks physisch von allen anderen Netzen trennt. Es darf sozusagen keinen Draht geben, der aus den Computern, die das Kraftwerk steuern, nach draußen führt – und auch keinen Funkkontakt. Dann müsste alles, was an Informationen herausgehen muss, von einem Menschen abgelesen und in eine andere Maschine neu eingegeben werden, die mit der Außenwelt verbunden ist. Es wäre also nicht möglich, etwa die momentane Leistung der Turbinen an die Steuerungszentrale für das gesamte deutsche Stromnetz zeitgleich weiterzugeben. Das müsste händisch geschehen – mit allen Fehlermöglichkeiten und dem Zeitverzug. Aber auch wenn das irgendwie gewährleistet wäre, dann könnten ganz Raffinierte über die den Strom abführenden Leitungen in die Elektronik des Kraftwerks eindringen. Also, Sie sehen, man kommt um schützende Software nicht herum.« Martin Engel atmete tief durch.

»Wie ist das denn erst im militärischen Bereich?«, fragte Peters. »Die modernen Großwaffen sind doch auch alle über Computer gesteuert.«

»Genau, und über Funk mit den Zentralen verbunden. Ein wunderbarer Angriffspunkt.«

»Und in diesem Bereich war Sebastian Mahler tätig?«

»Das kann ich Ihnen nicht sagen.«

»Was meinen Sie damit?«

»Wenn Sebastian seit zwei Jahren über dieses Thema geredet hat, dann war er schon seit drei Jahren dabei, eine Art Schutzsoftware zu entwickeln und hatte sie spätestens vor einem Jahr fertiggestellt.«

»Er hatte also eine neue Firewall entwickelt?«

»Das kann ich Ihnen nicht sagen. So gerne er diskutierte, an manchen Punkten war er äußerst schweigsam.«

»Also müssen wir doch bei der Konkurrenz ansetzen?«, fragte Peters nachdenklich.

»Wie gesagt, glaube ich nicht. Das ist nicht der Stil in der Branche.« Martin Engel war ziemlich wortkarg geworden.

»In Ordnung«, sagte Peters. Er hatte das Gefühl, an dieser Stelle nicht weiterzukommen. »Dann vielen Dank. Das hat mir geholfen, auch wenn es Sebastian Mahler nicht wieder lebendig macht. Nur noch eine Frage: Wir können seine Frau und seine Kinder nicht erreichen. Sie scheinen wie vom Erdboden verschluckt und wir können nichts ausschließen, auch nicht eine Entführung. Haben Sie Kontakt zu Yvonne Mahler?«

»Nein, tut mir leid. Wir haben uns selbstverständlich öfter gesehen, aber ich war ein Freund von Sebastian, nicht ein Freund der Familie.«

Klaus Scheller hatte sich unterdessen in der Firma von Sebastian Mahler näher umgesehen. Software Elektronics Development, kurz SED, war in einem Gebäude im ehemaligen amerikanischen Militärdepot zwischen Petersbächel und Ludwigswinkel untergebracht. Die Fahrt von Pirmasens dorthin führte ihn über kurvige Straßen durch den Wald und die Täler. An diesem Morgen tat sich die Sonne schwer damit, die Feuchtigkeit aus den Bäumen und Wiesen zu vertreiben. Ein leichter Nebel hing über allem und behinderte gelegentlich die Sicht. Noch vor zwei oder drei Jahren hätte Klaus Scheller geflucht, weil er nicht so schnell fahren konnte, wie er wollte. Aber er näherte sich langsam dem ersten Reifestadium eines Erwachsenen um die dreißig. Das veränderte nicht nur seinen Umgang mit Frauen, sondern auch seinen Fahrstil. So machte es ihm nichts aus, etwas langsamer als gewohnt fahren zu müssen.

Der Gewerbepark im ehemaligen Depot zeichnete sich durch eine amerikanische Großzügigkeit im Umgang mit Fläche aus. Die einzelnen Firmen lagen zum Teil weit auseinander und durch Waldzeilen getrennt. Klaus Scheller musste mehrere Male anhalten, um sich zu orientieren, dann fuhr er auf den Parkplatz von SED.

Man sah dem Gebäude schon von außen an, dass es zweimal erweitert worden war. Offenbar hatte Sebastian Mahler an Architektur nicht dieselben hohen Ansprüche wie an Softwareentwicklung. Doch so bescheiden und ungepflegt das Gebäude von außen aussah, so blitzblank und supermodern war es im Inneren. Dort herrschte eine Hygiene, von der sich jedes Krankenhaus eine Scheibe hätte abschneiden können, dachte Klaus Scheller nach den ersten Metern. Nicht, dass es nach Desinfektionsmitteln gerochen hätte, aber alle Oberflächen waren von allererster Qualität, als ginge es darum, jegliches Versteck für Viren von vorneherein auszuschließen. Die Arbeitsplätze waren aufgeräumt, es war fast kein Papier zu sehen, nur Tastaturen und Bildschirme, ein Labor für Computerprogramme.

Thorsten Briegel hieß der Kompagnon von Sebastian Mahler, der zwei Jahre nach der Gründung der Firma dazugestoßen war. Bernd Peters hatte am Vortag den Besuch seines Kollegen Klaus Scheller angekündigt, so war niemand überrascht, als noch einmal ein Kriminalbeamter vorfuhr.

»Wir sind hier alle ziemlich durch den Wind«, meinte er, nachdem Scheller sich vorgestellt hatte. »Sebastian tot? Das ist unvorstellbar. Er war das Herz und der Kopf unseres ganzen Unternehmens. Und ermordet? Das ist erst recht unvorstellbar.«

Thorsten Briegel war Anfang vierzig, ein gut aussehender, sportlicher Mann mit den ersten grauen Haaren an den Schläfen. Er ähnelte eher einem Tennisprofi als einem Computernerd. Klaus Scheller erfuhr, dass er Sebastian Mahler während des Informatikstudiums kennengelernt, dann aber einige Jahre im Raum München gearbeitet hatte und von seinem Studienfreund Sebastian irgendwann einmal angerufen wurde, mit der Frage, ob er nicht in sein frisch gegründetes Unternehmen einsteigen wolle. Weil sie immer gut zusammenarbeiten konnten und die Arbeitsstelle in Bayern keine Entwicklungschancen bot, wechselte er in die Pfalz und hatte es nicht bereut, denn hier hatte er nicht nur einen spannenden Arbeitsplatz, sondern auch die Liebe seines Lebens gefunden, wie er sagte.

»Wir haben in den vergangenen Jahren enorm expandiert, je eine Dependance in München und Hannover gegründet, wichtige Kunden akquiriert, uns ein Alleinstellungsmerkmal erarbeitet und können sehr zufrieden sein.«

»Was für Programme entwickeln Sie denn?«, wollte Scheller wissen.

»Um es auf einen kurzen Nenner zu bringen: Programme zur Steuerung von Produktionsanlagen jeder Art. Unsere Kunden kommen vornehmlich aus dem Bereich des Maschinenbaus und der Chemie beziehungsweise Pharmazie. Was wir nicht machen, sind Programme für Verwaltung und Buchhaltung und Ähnliches.«

»Die Polizei gehört also nicht zu Ihren Kunden.«

»Nein, Sie sind kein produzierendes Gewerbe.«

»Wir produzieren Sicherheit.« Scheller lächelte unsicher. »War mal ein Slogan bei uns. Gut, und was war nun speziell die Aufgabe von Sebastian Mahler?«

»Im Laufe der Zeit hat sich eine gewisse Arbeitsteilung zwischen uns beiden herausgebildet. Wir sind gleichberechtigte Partner, aber Sebastian war der weitaus kreativere Kopf. Ich kann etwas überzeugender verkaufen. Also war ich für das Marketing zuständig. Für die Finanzfragen haben wir uns Kompetenz eingekauft.«

Thorsten Briegel schien ein umgänglicher und offener Mensch zu sein. Jedenfalls auf den ersten Blick. Er wirkte auf eine glaubwürdige Weise erschüttert, zugleich aber unverkrampft und ehrlich.

»Wir müssen uns der Frage stellen«, sagte Scheller, »wer Ihren Kompagnon umgebracht hat und warum. Mit Ihnen möchte ich nun zusammen nachdenken, ob es da ein Motiv im beruflichen Umfeld von Herrn Mahler geben könnte. Seine Frau haben wir leider noch nicht finden können.«

»Das finde ich übrigens sehr eigentümlich. Yvonne ist eine Frau, die immer viel Wert auf Ordnung legt. Dass die Kinder nicht in die Schule gehen, sie sich hier nicht abgemeldet und niemandem gesagt hat, wo sie ist, das passt gar nicht zu ihr. Wir haben sie auch nicht erreichen können.«

»Kennen Sie sie gut?«

»Nun ja, sie ist die Frau eines alten Freundes und zudem mit meiner Frau befreundet. Hier in der Firma hat sie die Buchhaltung unter sich. Wir haben uns regelmäßig auch privat getroffen. Ihre Kinder sind älter als unsere, aber wir haben auch schon zusammen Urlaub gemacht. Ich meine, sie recht gut zu kennen.«

Briegel sah völlig verunsichert aus. »Dass sie weg ist und niemand weiß, wo sie ist, das passt gar nicht zu ihr. Ich mache mir große Sorgen. Ich hatte sogar schon die Idee, dass sie zusammen mit den Kindern entführt worden ist.«

Scheller wusste nicht so genau, ob er Thorsten Briegel die Sorge wirklich abnehmen sollte. Das Ganze kam ihm jetzt doch zu geschliffen über die Lippen. Aber vielleicht hatte er sich in den letzten vierundzwanzig Stunden schon mit so vielen Menschen ausgetauscht und diese Sätze so oft gesagt, dass sie nun wie auswendig gelernt klangen.

»Dem gehen wir nach, haben aber noch keinen Anhaltspunkt dafür. Zurzeit wird das Haus von unseren Spezialisten untersucht. Vielleicht wissen wir morgen mehr.« Scheller versuchte, einen beruhigenden Ton anzuschlagen. »Aber jetzt noch einmal meine Frage: Können Sie sich vorstellen, dass jemand aus dem beruflichen Umfeld Ihres Kompagnons ein Motiv hätte, ihn umzubringen?«

Briegel setzte sich zurück und verschränkte die Arme. »Spontan würde ich sagen: Nein. Aber lassen Sie mich ein wenig nachdenken.« Er schwieg für eine Weile und hielt die Augen geschlossen. »Wissen Sie, natürlich habe ich schon darüber nachgedacht, wie jemand auf die Idee kommen könnte, Sebastian zu erschießen – oder erschießen zu lassen. Zuerst habe ich an seine Frau gedacht, die verschwunden ist. Sie kennen das ja, Mordstatistik, Beziehungstaten. Aber ich hatte immer das Gefühl, dass die beiden sich wirklich gut verstehen. Ich kann es mir – offen gesagt – nicht vorstellen. An ein Motiv aus dem Bereich unserer Arbeit habe ich bisher noch nicht gedacht.«

»Also, frage ich einmal so: Hatte Herr Mahler in letzter Zeit berufliche Probleme, Schwierigkeiten mit einem Kunden? Hat er einen großen Fehler gemacht? Wirkte er bedrückt oder oft in Gedanken versunken?

Woran hat er gearbeitet?« Scheller hoffte, Briegel mit diesen Fragen auf die Sprünge zu helfen.

»In Gedanken versunken war er oft. Irgendeine neue Idee brütete er eigentlich immer aus. An welcher er in letzter Zeit gearbeitet hat, kann ich Ihnen nicht sagen. Das hat er meistens bis zuletzt für sich behalten. Erst alles zehnmal überprüft. Manches hat er mit einem alten Schulfreund im Saarland besprochen. Aber uns hier hat er bewusst außen vor gelassen. Wir sollten möglichst effektiv an den jeweiligen Aufträgen arbeiten.«

»Ärger mit Kunden?«, hakte Scheller nach.

»Nicht, dass ich wüsste. Den Kundenkontakt haben außerdem meistens ich oder andere Mitarbeiter abgewickelt. Sebastian war mehr so der kreative Kopf im Hintergrund.«

»Okay«, sagte Scheller ein wenig enttäuscht. »Dann stellen Sie mir doch einmal Ihre Mitarbeiter vor.«

SED hatte knapp zwanzig Mitarbeiterinnen und Mitarbeiter. Bis auf eine Sekretärin, die wohl auch die Rolle der Mutter des Unternehmens hatte übernehmen müssen, waren sie jünger als Thorsten Briegel. Keineswegs alle trugen Hoodies und verwaschene Jeans, wie Scheller vermutet hatte. Was die Kleidung betraf, war das ein recht bunter Haufen. Am Äußeren konnte man die Softwareentwickler nicht von den Verwaltungsleuten unterscheiden. An der Ausstattung der Büros wie auch am Umgangston merkte man, dass hier weitgehend hierarchiefrei gearbeitet wurde. Alle saßen in den gleichen, doppelt besetzten Büros, alle duzten sich. Diese lockere Atmosphäre war wohl eine der wichtigsten Voraussetzungen für Kreativität. Nach dem Rundgang ließ sich Scheller eine Liste der Mitarbeiter geben und machte sich auf den Rückweg nach Pirmasens. Sie würden nicht drumherum kommen, alle Mitarbeiter einzeln zu befragen, wenn sie internen Konflikten auf die Spur kommen wollten.

4

Das Presseecho auf die Nachricht vom Auffinden des Ermordeten war ungewöhnlich stark für einen Toten in den Tiefen des Pfälzerwaldes. Es waren wohl diese beiden absolut präzisen Schüsse, von denen die Gerichtsmedizin nach den ersten, noch oberflächlichen Untersuchungen ausging, die die Fantasien anregten. Wie sollte man sich das auch vorstellen? Erst direkt ins Herz und dann dem umstürzenden Mann auch noch in die Stirn? Oder umgekehrt? Und warum dieser Schuss mit der Schrotflinte? Sebastian Mahler trug seine Papiere bei sich. Also konnte es nicht darum gehen, seine Identität zu verschleiern. War es ein Akt wütender Rache? Für Spekulationen war viel Platz.

Eigentlich wäre ein solcher Mord lediglich ein Thema in den regionalen Zeitungen, Radio- und Fernsehnachrichten. Diese brachten die Meldung auch umgehend. Dass das Geschehen am Fuße des Maimont dann aber auch national und sogar europaweit aufgenommen wurde, war tatsächlich nicht zu erwarten gewesen. Sebastian Mahler galt als Vorzeigeunternehmer: innovativ, sozial, beliebt. Ein Mensch, dem niemand böse sein und der deshalb auch keine Feinde haben konnte. Manche Journalisten vermuteten internationale Softwarefirmen hinter dem Mord, andere Hackergruppierungen, die es dieses Mal nicht bei einem Angriff via

Internet belassen hatten. Als bekannt wurde, dass nahezu gleichzeitig Frau und Kinder Mahlers verschwunden waren, spekulierten die einen über eine Beziehungstat, andere über eine mögliche Erpressung der Firma SED. Yvonne Mahler war eine fotogene Frau und ihr Bild beherrschte zwei Tage die sozialen Medien des Internets. Wer – egal wo in Europa – die Nachrichten auf die eine oder andere Weise auch nur oberflächlich verfolgte, wusste um den ungewöhnlichen Tod von Sebastian Mahler.

Das machte die Arbeit für Bernd Peters, Klaus Scheller und ihre Kollegen nicht einfacher. Ein enormer medialer Druck drohte, bei dem sie entweder jeden kleinen Ermittlungsfortschritt bekannt geben mussten und damit die weiteren Untersuchungen erschwerten, oder aber tagelang als unfähige Deppen dastanden, die keinen Schritt vorwärtskamen. Da erging es Polizeibeamten nicht anders als Bundeskanzlerinnen. Klaus Scheller wäre den ersten Weg gegangen, Bernd Peters den zweiten, denn mit seinem dicken norddeutschen Fell hätte er die Medien sich tummeln und erregen lassen und in aller Ruhe weiter gearbeitet.

Jedoch lenkten andere Ereignisse das Interesse der Medien bereits nach achtundvierzig Stunden wieder ab: Ein Vulkan brach aus, das zweite Flugzeug innerhalb eines Monats stürzte ab und eine junge Frau entkam aus einem unterirdischen Gefängnis, in dem ihr Entführer sie acht Jahre lang festgehalten hatte. Da spielte die Ermordung eines Unternehmers in der Westpfalz keine Rolle mehr.

Peters war froh, seinen Namen nicht mehr in der Zeitung lesen zu müssen und ordnete die Nachforschungen neu. Er hatte darum gebeten, dass ihm zwei weitere Mitarbeiter vorübergehend zur Unterstützung zugewiesen wurden, und ließ die beiden neuen Kollegen nach den Stecknadeln in den Heuhaufen suchen – nach Yvonne Mahler und ihren Kindern, die inzwischen irgendwo auf der Welt sein konnten und irgendwie dorthin gekommen waren. Der Wegfall der Grenzkontrollen innerhalb der Europäischen Union hatte die Reisefreiheit der Bürger vergrößert und das Auffinden einer verschwundenen Person erschwert. Das Passfoto von Sebastian Mahler wurde als offizielles Bild zum Abdruck in den Zeitungen herausgegeben, um die Schnappschüsse aus seinem Leben, auf denen er kaum zu erkennen war und die die Medien der letzten Tage beherrscht hatten, zu ersetzen. Die endgültige Obduktion des Ermordeten und die kriminaltechnischen Untersuchungen sollten am Abend vorliegen. Für den nächsten Tag berief Bernd Peters eine Besprechung ein, an der auch sein Vorgesetzter, Kriminaldirektor Lang, teilnehmen wollte. Man hatte ihm vonseiten der Kriminaltechnik eine mögliche Überraschung angedeutet und auch bei der Obduktion sollte es unerwartete Erkenntnisse gegeben haben.

Peters selbst hatte sich den Konten und den Telefonverbindungen von Mahler gewidmet, Scheller dem persönlichen Laptop, der bei der Hausdurchsuchung mitgenommen worden war. Im Haus der Familie war aufgefallen, dass man weder Koffer noch Reisetaschen gefunden hatte. Das sah nach einer geplanten Reise von Mutter und Kindern aus. Eine Entführung konnte man trotzdem nicht ausschließen, da war Peters vorsichtig. Ansonsten war alles da, was man im Haushalt einer wohlhabenden jungen Familie erwarten würde. Ein Wagen fehlte, der zweite stand in der Garage.

Wohlhabend war fast ein wenig untertrieben, fand Peters, als er sich die Konten von Mahler anschaute. Mahler war reich und hatte sich das offenbar durch seine Begabung und seinen Fleiß selbst erarbeitet. Das Wertpapierdepot war erst langsam gewachsen, hatte aber vor fünf Jahren die zweistellige Millionengrenze überschritten. Auf den Konten lag fast noch einmal so viel Geld, obwohl in den letzten Tagen beachtliche Beträge abgegangen waren. Besonders die Überweisung von genau einer Million Euro auf ein dänisches Konto war auffallend – eigentlich weniger wegen der Höhe, als vielmehr wegen des Zielkontos und der Tatsache, dass es genau eine Million war. Das fiel neben den vielen anderen hohen, aber ungeraden Beträgen auf. Was bezahlt man mit einer Million Euro?, fragte sich Peters.

An diesem Tag konnte er nicht weiterkommen, und so fuhr er nach Hause. Das war seit einigen Monaten das Pfarrhaus in Schönbach. Fünf Jahre war es nun her, dass er sich aus Kiel hatte in die Pfalz versetzen lassen – nach diesem Desaster bei der Kindesentführung, seiner zu intensiven Bekanntschaft mit dem Alkohol und dem Zerbrechen seiner Ehe. Seine Heimat war die Westpfalz noch nicht geworden, aber sein Zuhause.

Das alles war nur gelungen, weil er Barbara kennengelernt hatte, die sich zwar gelegentlich über seine sonore Bassstimme amüsierte, genauso wie über seinen unüberhörbar norddeutschen Akzent, die ihm aber so nah war und mehr – die ihn liebte, wie er sie liebte. Eigentlich wäre es an der Zeit, das mit der gemeinsamen Familie endlich in Angriff zu nehmen, wenn nicht schon wieder dieser eigentümliche Mord seine ganze Konzentration erforderte.

Heute Abend waren sie aber zunächst einmal bei Alfred von Boyen eingeladen. Barbara fuhr vorher noch ins Gienanthhaus in Schönau. Dort feierte der Schönauer Musikverein sein 40-jähriges Bestehen. Von den achtzehn Bläsern wurden einige für tihre langjährige Mitgliedschaft geehrt.

Alfred hatte Besuch. Für eine Woche war Anne Matthissen da, die ehemalige Europaministerin, jetzige Bundestagsabgeordnete. Aber es war ihre letzte Wahlperiode, das hatte sie sich geschworen. Was die beiden danach wohl machen würden, darüber hatten Bernd und Barbara schon manches Mal gerätselt. Denn das war keine einfache Beziehung, die die beiden hatten. Nicht, dass sie sich nicht mochten oder häufig stritten. Nein, man könnte ohne zu übertreiben sagen, sie waren ein Herz und eine Seele. Aber sie hatten sehr unterschiedliche Vorstellungen davon, wie der Alltag aussehen und wo man ihn verbringen sollte. Anne war ein Stadtmensch, umtriebig, hatte immer ein neues Projekt im Kopf, ging abends gerne unter Menschen. Alfred hatte sich für das Landleben entschieden, ganz bewusst als ein neuer Anfang in seinem zuvor so turbulenten Leben. Er meditierte, schrieb Bücher, war ehrenamtlicher Kirchdiener, lebte zurückgezogen. Nun war sie also für eine Woche bei ihm, und die Ruhe, die er gesucht hatte, würde ihr nach zwei Tagen auf die Nerven gehen.

An diesem Abend wollte Anne kochen. Sie kochte, Alfred assistierte. Das machten die beiden gerne – zusammen kochen. Bernd und Barbara sollten die Profiteure dieser Leidenschaft sein, wobei der Genuss noch dadurch gesteigert werden würde, dass Alfred sicher irgendwelche hervorragenden Weine präsentieren konnte.

La Melonade de Ré, so stand es auf der Flasche, die er als erste präsentierte. Ein Aperitif von der Ile de Ré, Pineau des Charentes und Melonensaft, eine süße und wohlschmeckende Komposition. Anne hatte sie aus Berlin mitgebracht als kleinen Hinweis darauf, dass man doch wieder einmal miteinander verreisen könnte.

Der frische Nußdorfer Grauburgunder passte perfekt zu der Mousse von Pfälzer Bachforelle, die es als Vorspeise gab – zusammen mit Baguette nach französischer Art, wie es die Bäckerei Hoger anbot. Anne erzählte viel über die letzten Wochen in Berlin, über den Tratsch im Regierungsviertel, neue Trends in der Gastronomie, die sich dann innerhalb von einem halben Jahr doch wieder überlebt hatten, und die aktuellen Sterne am Himmel der Kulturszene. Es war äußerst unterhaltsam, wie sie es erzählte. Manchmal bedauerte Barbara es, dass sie das nicht miterleben, nicht so nah am Puls der Zeit sein konnten wie Anne. Andererseits war sie heilfroh, dass das Verhältnis von Bäumen zu Menschen in der Gegend um Schönbach genau umgekehrt war wie in Berlin und ihr manches erspart blieb.

Alfred, der Fisch nur Anne zuliebe aß, freute sich besonders über den Hauptgang, eine vegetarische Lasagne, die viel von ihrer kulinarischen Wirkung dem großzügigen Einsatz von Olivenöl als Geschmacksträger verdankte. Es waren die geschickt ausgewählten Gewürze, die die Luft im Esszimmer mit den Düften einer lauen Sommernacht am Mittelmeer durchzogen. Man blieb, was den Wein anging, beim Burgunder – die Damen einen Weißburgunder aus Herxheim am Berg und die Herren einen Pinot Noir aus dem Burgund. Bernd war von Alfred so peu à peu in die Welt des Weines eingeführt worden und jedes Mal begeistert, wenn er eine neue Rebsorte oder eine neue Lage kennenlernen konnte. Die Gespräche gingen von der erneut in den Medien aufgeworfenen Frage, ob man nicht das Tal östlich von Fischbach fluten sollte, um einen See mit allen Freizeitmöglichkeiten zu schaffen, über mehr oder weniger amüsante Ereignisse aus dem Polizeialltag wie die Geschichte von dem Kollegen, der für neunhundert Euro private Telefonate von seinem Dienstanschluss geführt hatte, bis zu den schönsten Nebensächlichkeiten der Welt, dem Sport und den Autos. Alfred hatte überlegt, sich von seinem alten Rover P5 B zu trennen und auf ein moderneres, umweltfreundlicheres Auto umzusteigen, war bei der Entscheidung aber bisher immer daran gescheitert, dass es ein englisches mit viel Holz und Leder sein sollte, und das bot ihm nur ein Jaguar, der jedoch vielleicht zu elitär wäre.

Beim Nachtisch gewann das Gespräch an Tiefgang. Bernd und Barbara hatten in sorgfältiger Kleinarbeit aus einer fair gehandelten dunklen Schokolade eine Mousse gezaubert und mitgebracht. Als sie Gefallen vor dem Gaumen von Anne Matthissen fand, waren die beiden ein wenig erleichtert. Anne war eine viel beschäftigte Frau, die sich aber ein Hobby leistete: das Kochen. Darin konnte sie es mit so manchem Sternekoch aufnehmen. Deshalb war ihr Urteil wichtig.

Als Anne neues Mineralwasser aus der Küche holen wollte, brummte ihr Telefon, das auf der Anrichte im Flur lag. Sie nahm es im Vorbeigehen auf und schaute sich die SMS an, verlangsamte ihren Schritt, schaute noch einmal auf das Gerät und machte einen ungläubigen Gesichtsausdruck. Wie in Trance stellte sie die Flasche auf den Tisch und setzte sich langsam, ohne den Blick von ihrem Handy abzuwenden. Bernd erzählte gerade, wie er bei einer Segelpartie vor Rügen in einen Sturm geraten war, als er plötzlich verstummte und Anne ansah.

»Ist was?«, fragte er vorsichtig.

Anne war kreideweiß und wirkte wie erstarrt. Sie schwieg noch einen Moment, bevor sie sagte: »Eine SMS von meinem Büroleiter. Einer meiner beiden ehemaligen Staatssekretäre hat sich umgebracht.«

Niemand sagte etwas. Die drei schauten Anne an und warteten. Sie lehnte sich zurück und in ihrem Gesicht spiegelten sich nacheinander Unverständnis, Trauer, Verzweiflung, Ratlosigkeit.

»Ich verstehe es nicht«, sagte sie leise. »Er hatte eine glänzende politische Karriere vor sich. Hoch anerkannt, kommunikativ, Kandidat für einen Ministerposten, glücklich verheiratet, tolle Frau, zwei Kinder.«

Die anderen ließen Anne ihre Gedanken. Alfred begann, leise den Tisch abzuräumen. Bernd half ihm. Barbara wartete neben Anne.

»Ich verstehe es nicht«, sagte sie schließlich. »Er war wirklich ein netter Kerl. Ich kann mir nicht vorstellen, warum er das getan haben sollte. Aber kann man in einen Menschen hineinschauen?«

»Vielleicht wirst du bald mehr erfahren«, versuchte es Alfred vorsichtig. »Möglicherweise hat er einen Brief hinterlassen oder etwas anderes.«

»Ich hoffe es«, seufzte Anne. »Es muss einigermaßen Klarheit über seine Motive geben, sonst kommen in der Opposition oder bei den Medien noch die wildesten Verschwörungstheorien auf.« Die Politikerin hatte für einen Augenblick die Oberhand in ihr gewonnen. »Trotzdem, es ist schrecklich.«

»Ja, es ist jedes Mal schrecklich«, meinte Bernd. »Wir werden oft zu Selbsttötungen gerufen, um sie zu untersuchen und auszuschließen, dass es sich um Fremdtötungen handelt.«

»Meist steckt eine Depression dahinter«, sagte Barbara. »Eine Krankheit. Und nicht jedem sieht man an, dass es ihn getroffen hat.«

»Es gibt auch Menschen, die sich wohlüberlegt umbringen, um sich und anderen Leid zu ersparen, um ein politisches Zeichen zu setzen oder als einen letzten Akt menschlicher Freiheit«, wandte Alfred ein.

Alle schwiegen.

»Redet ruhig weiter«, sagte Anne nach einer Weile, »ich glaube, es hilft mir, wenn wir reden.«

Sie wischte sich die Wangen trocken.

»Ich habe ihn gemocht. Er war ein guter, sympathischer Mitarbeiter, wir hatten jedoch kein besonders persönliches Verhältnis zueinander. In diesem Geschäft hat man oft nicht die Zeit, selbst die engsten Mitarbeiter etwas näher kennenzulernen.«

Es entstand eine Pause im Gespräch. Alle hingen ihren eigenen Gedanken nach. Jeder von ihnen hatte schon einmal damit zu tun gehabt, dass ein Mensch den Tod seinem Leben vorzog. Manchmal hatte man es bereits eine Weile lang befürchtet, oft kam es aber überraschend.

»Problematisch finde ich es, wenn man beim Suizid auch noch andere Menschen mit hineinzieht«, sagte Bernd. »Zum Beispiel, wenn man sich vor einen Zug legt. Viele Fahrgäste bekommen Terminprobleme, Folgezüge sind betroffen. Die Lokführer kommen oft nicht über den Schock hinweg. Manche werden dienstunfähig.«

»Ich glaube, das machen sich die Menschen nicht klar«, sagte Anne. »Vielleicht, weil man in so einer Depression nicht mehr klar denken kann.«

»Es gibt kaum eine Form der Selbsttötung, die nicht anderen Menschen Arbeit macht«, sagte Alfred nachdenklich. »Außerdem – jeder Tod macht anderen Menschen Arbeit.«

»Und manche leben sogar davon«, lächelte Anne bekümmert.

Alfred stand auf und schob seine kleine Bar mit Höherprozentigem an den Tisch. Anne hatte es besonders der Walnusslikör angetan, den er im Jahr zuvor bei einer Winzergenossenschaft entdeckt hatte. Bernd verzichtete, denn er war an dem Abend der Fahrer, aber Barbara nahm einen Pfälzer Tresterbrand und Alfred seinen geliebten Whisky.

Sie prosteten sich gerade zu – Bernd mit dem Wasserglas – als Alfred unvermittelt sagte: »Ich war auch schon einmal kurz davor, mich umzubringen.«

Barbara ahnte, was nun kommen würde, sie schwieg jedoch. Das, was er ihr vor ein paar Jahren erzählt hatte, fiel für sie unter ihre Pflicht zur Verschwiegenheit als Pfarrerin.

»Es kam damals zu viel zusammen: mein Rat abzuwarten, die Fehleinschätzung, dass die orthodoxen Christen sich nicht an den Muslimen vergehen würden, die Massaker, das Gefühl, versagt zu haben und für den Tod von vielen Menschen mitverantwortlich zu sein, die Scham, der Tod meiner Frau, die Einsamkeit. Ich hatte überlegt, wie ich es anstellen sollte.«

Er nahm eine seiner Pfeifen zur Hand, stopfte sie, zündete sie aber nicht an.

»Ich dachte an meine Kinder, auch wenn sie weit weg wohnten – an meine Enkel. Sie sollten nicht auch noch den Vater und Großvater verlieren. Also legte ich mir den Rückzug aus dem Beruf und der Beratertätigkeit als Buße auf.«

Die anderen ließen diese Worte im Raum stehen, denn manchmal gab es keine passenden Antworten.

Bernd durchbrach als Erster die Stille: »Für uns war es ein Glück, dass du hierhergezogen bist.«

»Und freundlicherweise hast du den Rückzug nicht vollständig durchgehalten«, lächelte Anne.

Sie hoben noch einmal ihre Gläser und nickten sich zu.

»Für den Suizid, oder den Versuch, sich zu töten, wird man nicht bestraft, nicht wahr?«, fragte Barbara in den Raum hinein.

»Nein, es gibt so etwas wie ein Recht auf den eigenen Tod – wie es auch ein Recht auf das eigene Leben gibt«, sagte Anne.

»Auch die Hilfe beim Suizid ist straffrei, wenn man es nicht mit Gewinnabsicht oder gewerblich macht«, ergänzte Bernd.

»Wegen der Ermordung tausender von Menschen unter der Überschrift ‚Euthanasie‘ in der Zeit der nationalsozialistischen Herschafft sind wir in Deutschland vielleicht etwas zu streng mit unseren Regelungen«, meinte Alfred. »Das Ausland ist da oft liberaler. Bei uns muss man genau aufpassen, dass man sich nicht strafbar macht, wenn man jemandem helfen will, sich zu töten.«

»Aus christlicher Sicht ist eine Selbsttötung problematisch«, warf Barbara ein. »Wir sehen das Leben als ein von Gott geschenktes und anvertrautes Gut an, dem man nicht so einfach ein Ende setzen kann.«

»Früher wurden die sogenannten Selbstmörder auch nicht auf dem allgemeinen Friedhof bestattet, sondern irgendwo außerhalb – wie Mörder.« Alfred runzelte die Stirn.

»Das ist zum Glück vorbei«, sagte Barbara. »Gott leidet sicher mit jedem Menschen mit, der in seiner Depression oder aus welchem Grund auch immer seinem Leben ein Ende setzt. Er kann nicht wollen, dass man einen qualvollen Tod stirbt.«

»Da können die Ärztinnen heute viel tun«, meinte Anne.

»Und wenn das nicht reicht und ein todkranker Mensch seinem Leben ein Ende setzt und jemand ihm dabei hilft...«, sagte Barbara gedankenversunken. »Ich glaube nicht, dass Gott da etwas dagegen hat.«

Alle waren sie in einer nachdenklichen Stimmung, nippten an ihren Gläsern, schwiegen, erinnerten sich an Begegnungen mit Menschen, die so verzweifelt waren, dass sie nicht mehr leben wollten. Die Sonne war hinter dem Horizont verschwunden. Jenseits der Hügel des Pfälzerwaldes auf der anderen Seite des Tales ging der blau-weiße Himmel langsam in ein Rot über, vor dem sich die Schatten der ersten Fledermäuse als Vorboten der anbrechenden Nacht abhoben.

5

Als Bernd Peters am nächsten Morgen in die Polizeidirektion kam, herrschte dort Aufregung. In der Nacht zuvor hatte wieder einmal ein Geisterfahrer auf der B 10 in Höhe des Waldfriedhofs für einen Unfall gesorgt. Man hatte mehrfach beim Bund angemahnt, dass die Einfahrten auf die kreuzungsfreie Strecke geändert werden, aber es tat sich einfach nichts. Das sollte im Zuge des vierspurigen Ausbaus der Straße geschehen, aber der ließ auf sich warten.

Nach wie vor fehlte im Fall des Toten im Gebüg jeder Anhaltspunkt. Und wie immer im Leben, wenn man nicht so recht weiß, wie man weiter machen soll, tut man am besten das, was gerade anliegt – auch wenn es nicht vielversprechend ist oder langweilig zu werden droht.

Also wurde versucht, Yvonne Mahler und die Kinder ausfindig zu machen. Sie war durchaus eine Verdächtige. Vor allem deshalb, weil sie verschwunden war. Allerdings konnte es dafür auch eine andere Erklärung geben. Vielleicht hatte sie vor denselben Leuten Angst, die ihren Mann getötet hatten, und wollte sich und die Kinder in Sicherheit bringen. Das wäre eine nicht nur verständliche, sondern auch kluge Reaktion.

Sie benötigten Informationen über die Familie. Dafür war Klaus Scheller der Richtige, einer, dem nichts Menschliches fremd war.

Pirmasens sei auf sieben Hügeln erbaut worden, so sagte man, ähnlich einer anderen weltberühmten Stadt. Somit war diese Stadt kein Paradies für Fahrradfahrer, ging es doch immer einmal wieder steil bergauf. Aber es gab viele schöne Bauplätze mit einer guten Sicht über die Stadt und die angrenzenden Wälder. Einen solchen hatte Familie Mahler erwerben können und ihn mit einem großzügigen Fertighaus samt Souterrain bebaut.

Klaus Schellers Aufgabe war es nun, die Nachbarhäuser abzuklappern, um an möglichst viele Informationen zu kommen. Das war früher eine seiner Lieblingsaufgaben gewesen, denn, wenn er dies tagsüber machte, traf er manches Mal auf vernachlässigte Hausfrauen verschiedenen Alters, die sich über den Besuch eines adretten jungen Polizeibeamten freuten. So hatte er es jedenfalls in seinen Erzählungen in der Polizeidirektion dargestellt, und manche hatten ihm geglaubt.

An diesem Tag war es ähnlich, wie es sonst meist gewesen war. Von den zehn Häusern, die er sich vorgenommen hatte, traf er in dreien niemanden an. Einmal öffnete ihm eine Reinigungskraft, die erschrocken zurückwich, als er sich als Polizeibeamter zu erkennen gab. Aber es ging ihm weder um gültige Aufenthaltspapiere noch um Schwarzarbeit, sodass er sich schnell verabschiedete. Bei einem anderen Haus lugte ein Kind hinter der vorgelegten Kette hervor, nieste ihn ausführlich an und teilte mit, dass die Eltern nicht zu Hause seien.

Mehr Glück hatte er in dem Haus direkt neben dem der Familie Mahler. Ein gut aussehender Mann Anfang vierzig öffnete, lies ihn herein und lud ihn auf eine Tasse Kaffee ein. Er dirigierte Klaus Scheller ins Esszimmer, das anschließend in einen großzügigen Wohnraum überging. Das Esszimmer wurde dominiert von einem Tisch, der aus einer einzigen Baumscheibe geschnitten war und mindestens zehn Personen Platz bot. Die Esszimmerstühle waren mehr Sessel, mit Lehnen versehene Freischwinger, mit Schafsfellen in unterschiedlichen Einfärbungen ausgelegt. Auf dem Tisch stand die obligatorische Obstschale, wie man sie aus den Liebesfilmen kannte, die im südenglischen Cornwall spielten. Im Fernsehen wie in der ihm vorfindlichen Realität fragte sich Klaus Scheller, ob dieses Obst jemals gegessen wurde, oder ob es nur eine Dekoration war, die alle paar Tage in den Biomüll entsorgt und durch frische Ware ersetzt werden würde. Der Blick in den sanft abfallenden Garten mit den gepflegten Bäumen und Sträuchern, über das so friedlich da liegende Pirmasens und auf die Wälder und Hügel jenseits der Stadt war grandios.

Während der Hausherr den Kaffee machte, erzählte er, dass er freischaffender Innenarchitekt sei und an einem Auftrag der VR-Bank arbeite, die ihr Foyer neu gestalten wolle. Er wies auf einen großen Zeichentisch in einem Nachbarraum hin und erläuterte, dass er seine ersten Skizzen nach wie vor gerne von Hand mache und sie erst später auf den Computer übertrage. Das Computer Aided Design sei ja recht schön und praktisch, aber es verhindere jegliche Kreativität. Die stelle sich nur ein, wenn die Ideen direkt vom Gehirn über den Arm, die Hand und einen Stift aufs Papier flössen. Scheller warf – während er die Kaffeemaschine in der Küche arbeiten hörte – einen Blick auf den großen Zeichenbogen. Was er sah, gefiel ihm. Dem Entwurf spürte man die Begabung seines Schöpfers an. Scheller hatte jedoch ebenso den Eindruck, dass der Mann sich über die Unterbrechung gefreut hatte. Also sicher ein kreativer, aber vielleicht kein so disziplinierter Kopf.

Der Architekt kam mit den beiden Tassen herein, stellte sie auf den Esszimmertisch und erklärte unaufgefordert: »Meine Frau arbeitet in der Leitung der Kunststofffabrik Richtung Zweibrücken. Ich kümmere mich um Haushalt und Kinder. Aber die sind jetzt in der Schule. Ich bin den ganzen Tag zu Hause und nehme vereinzelt Aufträge als Innenarchitekt an.«

»Ich bin wegen Ihrer Nachbarn da, Familie Mahler. Wann haben Sie die zum letzten Mal gesehen?«

»Vorgestern – und Ihre Leute, die gestern das Haus durchsucht haben, die habe ich auch gesehen. Das ist sicher niemandem hier in der Straße verborgen geblieben. Was ist denn da los?«

»Wir haben Sebastian Mahler tot aufgefunden und suchen nun nach seiner Frau. Das stand ganz groß in den Zeitungen.«

»Ach wissen Sie, ich lese keine Zeitung, und mit den Nachrichten im Radio habe ich es auch nicht so.« Der Mann schaute mit einem eigentümlichen Gesichtsausdruck aus dem Fenster. In seinem Gehirn schienen sich die Gedanken zu überschlagen wie bei einem, der in Windeseile versucht, die Vor- und Nachteile einer möglichen Entscheidung abzuwägen.

»Haben Sie ihn noch nicht vermisst?«, fragte Scheller. »Von hier aus hat man doch einen guten Blick auf das Haus der Mahlers. Ich denke, Sie werden es jeweils bemerkt haben, wenn dort jemand zu Hause war.«

»Sebastian vermisst? Ich habe ihn ehrlich gesagt selten vermisst.«

Oha, dachte Scheller, da ist ihm etwas herausgerutscht, was er vielleicht nicht sagen wollte, es andererseits auch nicht verschweigen konnte.

»Und Yvonne Mahler?«, fragte er.

»Yvonne ist eine tolle Frau. Einfühlsam, freundlich, zugewandt, nicht eine Spur von Arroganz wie bei ihrem Mann. Und sie sieht klasse aus. Mit ihr verstehe ich mich prima. Ich vermisse sie seit gestern Vormittag. Die Kinder habe ich auch nicht gesehen. Vielleicht haben Ihre Leute sie vertrieben.«

»Wie meinen Sie das?«

»Na ja, Yvonne ist heimgekommen, hat die Autos und die Menschen in den weißen Overalls gesehen und hat sich gedacht, Sebastian hätte etwas angestellt und ist mit den Kindern zu ihrer Mutter gefahren.«

»Also, bei ihrer Mutter ist sie nicht – und spontan war die Abreise auch nicht. Es ist sorgfältig gepackt worden.« Scheller runzelte die Stirn ob der Fantasie dieses Mannes. »Wieso sollte Herr Mahler etwas angestellt haben, wie Sie es formuliert haben?«

»Sebastian ist nicht der Mann, für den er sich ausgibt. Das können Sie mir glauben.« Der Architekt redete sich in Rage. »Was ich mit dem schon alles erlebt habe. Auf den ersten Blick ist er freundlich, ein wenig weltmännisch. Aber wenn ich mit ihm allein bin, dann macht er sich regelmäßig über mich lustig.« Er hielt für einen Moment inne. »Machte sich über mich lustig, muss ich wohl besser sagen. Und mit was für Menschen der Umgang hatte. Es ist erst knapp zwei Wochen her, da kam an einem Vormittag – als Yvonne und die Kinder außer Haus waren – so ein protziger Range Rover mit drei Männern, von denen mindestens einer auch Türsteher in einer Edeldisco hätte sein können, wie der gebaut war. Es ging recht laut da drüben zu, bis Sebastian das Fenster schloss. Verstanden habe ich schon vorher nichts. Seine Kolleginnen und Kollegen in der Firma sollten die Männer wohl nicht sehen, deshalb hat er sie hier empfangen, vermute ich.«

»Können Sie noch Genaueres sagen – über die Männer oder über das Auto? Kennzeichen? Farbe?«

»Klar. Ich habe ein Foto von dem Auto gemacht. Wenn Sie mir Ihre E-Mail-Adresse geben, schicke ich es Ihnen später zu.«

»Prima, vielen Dank, damit habe ich nicht gerechnet. Vielleicht hilft uns das weiter.«

Der Mann atmete erleichtert aus. »Wie schmeckt Ihnen der Kaffee? Er etwas ganz Besonderes. Stammt von einer Einzellage in Kolumbien, die sich durch ein spezielles Mikroklima auszeichnet, was dem Kaffee dieses unvergleichliche Aroma verleiht.« Ein verzückter Blick lag auf seinem Gesicht.

Ungewöhnlich fand Klaus Scheller den Kaffee auch, aber der von Jenny in der Kriminaldirektion schmeckte ihm besser. »Doch, jetzt, wo Sie es sagen: Der Kaffee hat etwas ganz Eigenes.«

»Ich überlege, ob ich nicht eine Ausbildung als Kaffeesommelier machen sollte. Wissen Sie, das ist eine Nische mit Zukunftspotenzial. Innenarchitekten gibt es viele. Kaffeesommeliers erst wenige. Ich glaube, das käme meiner angeborenen Sensibilität entgegen.«

Klaus Scheller hatte den Eindruck, von diesem selbst ernannten Sensibelchen würde er an diesem Vormittag keine wesentlichen Informationen mehr erhalten, verabschiedete sich, nahm das Bedauern des Innenarchitekten über den schnellen Aufbruch zur Kenntnis und begab sich zum nächsten Haus.

Nicht alle Nachbarn hatten das Haus der Mahlers so gut im Blick wie der Innenarchitekt. Zwei kannten noch nicht einmal ihren Namen. Im letzten Haus traf er eine Situation an, über die er sich in seinem alten Leben gefreut hätte.

Die Frau, die ihm öffnete, schätzte er auf Ende vierzig, Anfang fünfzig. Ihrer Kleidung nach zu urteilen, hatte er sie bei ihren Yogaübungen oder beim Pilates gestört. Sie hatte eine ausgesprochen schlanke Figur und trotzdem schien ihre Leggings eine Nummer zu klein gewählt worden zu sein, so eng saß sie – auch dort, wo es sicher bequemer gewesen wäre, eine Nummer größer zu wählen. Immerhin, auf diese Weise blieben keine Fragen zum Körperbau seines Gegenübers offen und er konnte seine Fantasie beiseitelassen.

»Kommen Sie herein!«, sagte die Frau, drehte sich um und ging vor ihm in die Wohnung. Nun sah er das, was er vorher nicht gesehen hatte, und auch hier blieben keine Fragen offen. Sie wandte sich um: »Und ich hatte gedacht, es wäre die Post.«

Es gelang Scheller, während des folgenden, zum Glück kurzen Gesprächs seine Augen stets auf das Gesicht der Frau zu richten. Sie trug nichts zur Klärung der Fragen rund um Familie Mahler bei. So konnte er sich bald verabschieden.

Dieweil kümmerte sich Bernd Peters um den Verbleib von Yvonne Mahler – nicht ohne sich der Hilfe von Jenny zu versichern. Das war der richtige Job für die Sekretärin der Abteilung und Faktotum für alle außergewöhnlichen Aufgaben. Jenny war Anfang fünfzig, geschieden, die Kinder studierten bereits. Sie war eine sehr attraktive Frau, brauchte sich keine Sorgen um eine ausreichende Zahl an Verehrern zu machen, hatte aber nach der gescheiterten Ehe genug von festen Beziehungen. Später vielleicht einmal, antwortete sie stets, wenn das Thema aufkam.

In den E-Mail-Account von Yvonne Mahler zu kommen, war nicht schwer. Das Passwort war ihr Geburtsdatum. Dort fand sich die Reisebestätigung der Bahn für eine Fahrt mit drei Personen, davon zwei Kindern, von Kaiserslautern nach Paris, Abfahrt am Morgen des

Mordes um 9.46 Uhr. Jetzt wussten sie, wo sie zu suchen hatten.

»Jenny, könntest du dich mit der Polizei in Paris in Verbindung setzen, um den Aufenthaltsort von Frau Mahler und den Kindern herauszubekommen?«, fragte Peters. »Dein Französisch ist deutlich besser als meines. Ich könnte lediglich mit Dänisch dienen, das hat man bei uns in Kiel lernen können, hilft mir aber in diesem Fall nicht weiter.«

»So gut ist mein Französisch auch nicht«, untertrieb Jenny, »und schon gar nicht am Telefon. Außerdem lassen die sich nicht von einer kleinen Tippse wie mir in Bewegung setzen.«

Nun, dachte Peters, eine kleine Tippse ist Jenny bestimmt nicht, eher schon eine kluge, vielseitig begabte Frau. Aber sie könnte recht haben.

»Dann versuche ich es mit Lemaitre. Vielleicht kann er mir helfen.« Jean Lemaitre stand der Polizei in Haguenau vor. Peters hatte immer wieder einmal mit ihm zu tun und sie verstanden sich prächtig – trotz der sehr unterschiedlichen Mentalitäten eines Elsässers und eines Nordfriesen. Leider sahen sie sich zu selten. Da machte sich die Staatsgrenze doch bemerkbar. Es gab keine regelmäßigen Treffen, auch wenn Peters das gegenüber seinem Polizeidirektor schon mehrfach angeregt hatte.

Auslandsgespräche mussten über die Telefonzentrale angemeldet werden, auch wenn die Distanz nicht weiter war als bis zur Landeshauptstadt Mainz. Schon nach fünfzehn Minuten klingelte Peters' Telefon, er

71

hörte ein »Allô?« und begann – so gut er konnte – »Allô Jean, mon ami. Ici, c'est Klaus de Pirmasens.« Weiter wagte er sich nicht mit seinem Französisch, Jean Lemaitre nahm ihm jedoch alle Mühe ab und antwortete mit seinem charmanten elsässischen Akzent: »Wie schön, wieder einmal etwas von dir zu hören. Und dann noch in so perfektem Französisch.« Man hörte sein Lächeln durchs Telefon.

»Gut, dass ich dir nicht zeigen muss, wie unschön mein Französisch in Wirklichkeit ist. Wie geht es dir? Wie geht es deiner Frau? Habt ihr viel Arbeit in Haguenau?«

»Viele Fragen. Die Antworten lauten: gut, gut, ja – wie immer. Und bei euch? Wie geht es Barbara?«

»Ihr geht es gut. Die Arbeit macht ihr Spaß. Sie kommt gut mit den Leuten zurecht, alles in Ordnung. Wir haben hier allerdings einen eigentümlichen Fall.«

»Ich habe davon gelesen. Zwei Schüsse in Herz und Kopf und dann noch Schrot ins Gesicht. Was soll das denn? Ich bin froh, dass es auf eurer Seite des Maimont passiert ist und nicht fünfhundert Meter weiter südlich.«

»Ja, es ist ein wenig eigentümlich, und wir wissen nicht, wo wir ansetzen sollen. Die Ehefrau des Opfers ist seit dem Mordtag verschwunden – und da könnte ich deine Hilfe brauchen.«

»Vermutet ihr sie im Elsass? Das Elsass ist groß und schön. Man kann sich hier recht gut verstecken.«

»Nein, wir vermuten sie in Paris. Auf jeden Fall hatte sie eine Fahrt mit dem TGV von Kaiserslautern nach

Paris für sich und die Kinder gebucht. Vermutlich ist sie auch gefahren.«

»In Paris kann man sich noch besser verstecken als im Elsass, befürchte ich.«

»Aber in Hotels muss man sich doch anmelden, oder?«

»Man müsste sich anmelden. Die großen Hotels sind da genau, aber bei manchen kleinen kommt man auch so durch. Ganz abgesehen von Freunden, bei denen man unterschlüpfen kann.«

»Die Stadt ist voller Überwachungskameras, da könnte man doch etwas entdecken.« In Bernd Peters' Tonfall waren erste Anzeichen einer Enttäuschung zu erspüren.

»Paris ist nicht London, mein Lieber. So lückenlos wie die Briten überwachen wir nicht. Aber es ist richtig, es gibt schon einige.«

»Man könnte doch beim Gare de l'Est anfangen und falls man Yvonne Mahler dort entdeckt, könnte man sich weiter durch die Stadt arbeiten.«

»Könnte man. Kostet jedoch enorm viel Zeit.« Jetzt klang Lemaitre sehr skeptisch.

»Jean, ich habe eine Bitte: Könntest du mal mit den zuständigen Kollegen von der Police Nationale sprechen? Vielleicht tun die uns einen Gefallen.«

»Das machen die sicher, aber es wird dauern. Du weißt, Paris ist ein heißes Pflaster. Da ist viel zu tun. Es wäre leichter, wenn ich denen etwas anbieten könnte.«

»Was meinst du damit?«

»Könntest du zum Beispiel jemanden abstellen, der sich die vielen Stunden vor die Monitore setzt? Das wäre doch etwas für deinen Kollegen Scheller. Tagsüber Polizeiarbeit, abends Montmartre. Das würde ihm sicher gefallen.«

»Täusche dich da mal nicht! Der Kollege ist ganz bodenständig geworden, seit er sich in eine Krankenschwester verguckt hat. Ich höre schon die Hochzeitsglocken läuten.«

»Erstaunlich.« Lemaitre dachte einen Moment nach. »Dann mach es doch selbst. Paris ist immer eine Reise wert.«

»Ich weiß nicht so recht. So lange weg von hier? Ich denke, das will ich nicht. Vielleicht finde ich jemand anderen.«

»D'accord. Also, ich setze mich mit Paris in Verbindung. Da kenne ich einige, mit denen ich zusammen auf der École nationale supérieure de la Police gewesen bin. Du bestimmst inzwischen einen deiner Leute. Um diese Jahreszeit ist Paris wirklich besonders reizvoll.«

»Das wird eher ein Parisbesuch per Überwachungskameras. Aber ich schaue mal. Auf jeden Fall herzlichen Dank. Und – vielleicht können wir uns wieder einmal sehen, wenn dieser Fall bearbeitet ist.«

»Gerne, ihr könnt auch einmal zu uns kommen. Wir haben einen wunderschönen Garten.«

»Ich nehme dich beim Wort. Adieu!«

»Á bientôt!«

Bernd Peters legte den Hörer auf und sich in seinem Schreibtischstuhl zurück. Wen könnte er nach Paris schicken? Noch vor gut zwei Jahren wäre das sicher etwas für Klaus Scheller gewesen. Aber der war derzeit in einer Weise vom Nestbautrieb des Jungverliebten beherrscht, dass er ihn erst gar nicht zu fragen brauchte. Er könnte einen von den beiden anderen Kollegen bitten, die ihm zugeteilt worden waren, aber die kannte er nicht so gut.

Jenny kam herein und wedelte mit einem Zettel in der Hand.

»Yvonne Mahlers Auto steht in Kaiserslautern in Bahnhofsnähe. Im Halteverbot. Sonst wäre es vielleicht nicht so schnell aufgefallen. Also könnte sie doch in Paris sein.«

»Wir müssen in Paris weitersuchen. Ich habe mit Lemaitre gesprochen. Er ist überzeugt, dass die Kollegen dort nicht die Zeit haben, für uns die Überwachungskameras durchzuschauen. Wir müssten schon jemanden hinschicken.«

»Paris um diese Jahreszeit? Ist sicher schön«, meinte Jenny.

»Die meiste Zeit wird man vor Monitoren sitzen.«

»Und abends setzt man sich auf die Stufen vor Sacré-Cœur inmitten von Jugendlichen aus aller Welt und genießt den Sonnenuntergang über dem anderen Ende der Stadt.«

»Man könnte meinen, dir würde so etwas Spaß machen.«

»Aber sicher! Wann käme ich schon einmal zu einer Dienstreise nach Paris? Nie mehr in meinem Leben.«

Jenny hatte gerade das Büro verlassen, um sich für die Reise nach Paris fertig zu machen, als Klaus Scheller seinen Chef ansprach.

»Ich weiß ja, du leitest die Ermittlungen, aber sollten wir im Fall von Yvonne Mahler nicht versuchen, einen internationalen Haftbefehl zu erwirken? Ihr Mann ist tot, sie ist mit den Kindern verschwunden. Genügt das nicht?«

»Und das Motiv?«, fragte Peters. »Warum sollte sie ihn umgebracht haben?«

»Da kämen die üblichen infrage: Eifersucht, das Geld, ein Liebhaber, der Wunsch, ein neues Leben zu beginnen – mit oder ohne neuen Mann.«

»Gehe ich recht in der Annahme, dass du nur noch einmal zum Sommerwald hinauffahren möchtest, um die Befragung der Nachbarn fortzusetzen?«

»So hübsch war die Frau auch nicht! Nein, ich denke, wir müssten das Leben von Frau Mahler intensiv durchleuchten, solange wir keinen anderen Verdächtigen haben.«

Peters dachte nach. So vorausschauend hatte er seinen Kollegen noch nicht erlebt. Er schien sich in jeder Hinsicht positiv zu entwickeln.

»Du hast recht. Wir sollten das tun. Mach dich gleich ran! Ich kümmere mich um den Rest.«

6

Die Dienstbesprechung in der Polizeidirektion an der Wiesenstraße in Pirmasens hinterließ ratlose Gesichter. Peters, Scheller und ihre Kolleginnen und Kollegen waren es gewohnt, dass jeder Tag, an dem sie an einem Fall arbeiteten, zumindest einen kleinen Fortschritt brachte. Manchmal bestand der Fortschritt darin, dass klar wurde, dass man sich verrannt hatte und in eine Sackgasse geraten war. Dann wusste man, dass woanders zu suchen sei. Es gelang immer wieder, das Puzzle neu zusammenzusetzen, ein neues mögliches Bild zu entwerfen und nach den fehlenden Teilen zu suchen. Aber an diesem Tag war es anders.

Alle waren gekommen, nur Jenny fehlte. Sie hatte sich bereits früh am Morgen in den ersten Zug nach Paris gesetzt. Das Sommerkleidchen, mit dem sie ursprünglich fahren wollte, hatte sie schließlich doch lieber in den Koffer gepackt. Angezogen hatte sie den leichten Hosenanzug, den sie sich im Jahr zuvor für die Konfirmation ihres Neffen gekauft hatte. Der wirkte seriöser und war dem eigentlichen Ziel der Reise angemessen.

Die Dienstbesprechung begann mit dem Ergebnis der forensischen Untersuchung der Leiche. Die barg einige Überraschungen in sich. Was die Schüsse anging, ergab sich folgendes Szenario: Mahler war durch die beiden Schüsse in Herz und Kopf zu Tode gekommen. Die Schüsse wurden unmittelbar hintereinander oder gleichzeitig abgegeben. Sie kamen direkt von vorn. Mahler muss seinem Mörder in die Augen gesehen und stillgestanden haben. Keine Spuren einer Bewegung zwischen den Schüssen, die Eintrittswinkel deuteten auf einen Punkt in drei Metern Entfernung hin, von dem aus die Schüsse abgegeben worden waren. Dies konnte die Gerichtsmedizin noch rekonstruieren, obwohl das Gesicht durch die anschließenden ein oder zwei Schüsse aus einer Schrotflinte entstellt war. Weitere Verletzungen oder Spuren eines Kampfes waren an dem toten Körper nicht entdeckt worden.

Der Mann war tot, als auf sein Gesicht geschossen wurde. Das war nachgewiesen. Aber warum? Warum schießt man einem Toten Schrot ins Gesicht? Aus Wut? Aus Rache? Aus Angst, in seine Augen blicken zu müssen?

Wirklich rätselhaft wurde die Angelegenheit aber, als die Ergebnisse der Ballistik an die Reihe kamen: Die beiden Kugeln stammten aus zwei verschiedenen Waffen, sie hatten zudem nicht das gleiche Kaliber, was das Ergebnis unbezweifelbar machte. Zwei verschiedene Waffen, hieß das auch zwei verschiedene Täter? Die entweder gleichzeitig oder kurz hintereinander auf den aufrecht stehenden Sebastian Mahler von genau der gleichen Position aus geschossen hatten? Das hatte Aspekte einer Exekution. Zwei Schüsse zur Sicherheit, von zwei Schützen aus zwei Waffen.

Es war also keine Tat im Affekt, auch nicht die eines Profikillers. Wenn Profikiller, dann zwei. Aber niemand engagiert zwei Profikiller. Es hatte einen Hauch von Mafia. Vielleicht auch Geheimdienst. Peters und den Mitgliedern seines Teams gingen so viele Szenarien durch den Kopf, dass ein Chaos drohte.

»Wir müssen nach dem Ausschlussverfahren vorgehen«, sagte Bernd Peters, um dem Murmeln im Raum Einhalt zu gebieten. »Wir machen eine kurze Pause. Jeder kann sich etwas zu trinken holen, einen Kaffee oder was auch immer. Ich spendiere ein paar Tafeln Schokolade aus meinem Vorrat und dann denken wir gemeinsam nach.«

Peters war sich im Klaren darüber, dass jetzt nur noch eines half – das Tempo aus der ganzen Angelegenheit herauszunehmen. Das schätzten seine Mitarbeiter an ihm, dass er wusste, wann ein Schnitt gemacht und alles neu betrachtet werden musste. Das konnte er, ohne dass Hektik im Team ausbrach.

Peters hatte die Abteilung bei der Polizeidirektion Pirmasens vor fünf Jahren übernommen. Sein Vorgänger war in Wallhalben aufgewachsen und nach vielen Stationen auf unterschiedlichen Dienststellen des Landes Rheinland-Pfalz mit Mitte fünfzig in den Westen der Pfalz nach Pirmasens zurückgekehrt. Er war ein äußerst beliebter Chef gewesen, der Hochdeutsch nur im äußersten Notfall sprach, für den es in beruflicher Hinsicht nur seine Abteilung gab. Die Leiterinnen und Leiter der anderen Abteilungen sahen ihn kritischer, weil er über die Abteilungsgrenzen hinaus wenig kooperativ war, die Erfolge seiner Abteilung stets auf den Lippen führte und für die anderen kaum anerkennende Worte übrig hatte. In den letzten Jahren seiner Dienstzeit sperrte er sich gegen jede Umstrukturierung in der Direktion, die die Effektivität erhöht hätte. Man wartete geduldig auf seine Pensionierung und schlug an seinem letzten Tag hinter seinem Rücken drei Kreuze. Peters war so anders als er, dass die Mitarbeiter eine Weile völlig verunsichert waren, sich darüber klar wurden, dass man Unvergleichliches nicht vergleichen konnte, und sich entschieden, Bernd Peters so zu nehmen, wie er war. Nach drei Monaten waren sie ein fest zusammengeschweißtes Team, das sich kooperativ in die Direktion integrierte.

»Also, liebe Kolleginnen und Kollegen«, begann er, »ich bitte euch, einfach einmal euren Überlegungen freien Lauf zu lassen. Legt euch keine Beschränkungen beim Denken auf! Nur, bitte fasst euch jeweils kurz! Kommentiert nicht die Äußerungen anderer, ergänzt diese oder stellt eine neue daneben!«

Erst langsam, dann immer schneller warfen die Beamtinnen und Beamten ihre Ideen in den Raum:

»Mahler hatte Spielschulden, die eingetrieben werden sollten.«

»Es war ein Mann, der zur Verwirrung zwei Waffen benutzte.«

»Mahler wurde festgehalten, als er erschossen wurde.«

»Die Waffe war eine Sonderkonstruktion mit zwei Kaliber, um verschiedene Munition verwenden zu können.«

»Es war purer Hass. Genüsslich mit zwei verschiedenen Waffen erschossen und dann eine Ladung Schrot ins Gesicht.«

»Frau Mahler kann das nicht allein gemacht haben.«

So ging es eine halbe Stunde lang. Die Überlegungen zu Mafia und Geheimdienst wurden im Detail durchgespielt. Sie blieben als Ideen stehen. Man würde Indizien suchen und finden müssen. Die Sache mit den unterschiedlichen Kaliber erschien allen merkwürdig, aber nicht unerklärlich.

»Okay«, sagte Bernd Peters schließlich ein wenig resigniert, »wir kommen nicht so recht weiter«, als Scheller wie in Trance in den Raum hinein sagte: »Der Tote ist nicht Sebastian Mahler.«

Es war plötzlich totenstill. Alle schauten auf Scheller.

»Was hast du gesagt?«, fragte Peters

»Ich habe nichts gesagt«, gab Scheller zurück.

»Doch, du hast gesagt: Der Tote ist nicht Sebastian Mahler.«

»Habe ich das gesagt?«

»Ja, genau das hast du gesagt.«

»Na ja, vielleicht stimmt es auch. Erkennen kann man ihn nach dem Schuss aus der Schrotflinte ja nicht mehr. Wir haben nur seinen Ausweis und die anderen Papiere.« Klaus Scheller zuckte mit den Schultern.

»Okay«, sagte Bernd Peters nachdenklich und mehr vor sich hin als in den Raum hinein. »Dem Gedanken müssen wir zumindest nachgehen. Wir werden uns den Toten noch einmal auf besondere körperliche Merkmale hin ansehen, dann seine Frau danach fragen – falls wir sie endlich zu fassen bekommen.«

»Und wir sollten einen DNA-Abgleich mit einem der Verwandten, den Kindern vielleicht, vornehmen lassen«, meinte ein anderer.

»Genau so!«, sagte Peters. »Das kannst du übernehmen, Klaus. Ihr anderen geht den übrigen Fragen nach: Munition, Waffen, Ablauf des Tages, Verbleiben der Ehefrau, die Kontobewegungen und so weiter.«

Die Aufgaben wurden im Detail verteilt, dann machten sich alle mit der aus Kaffee, Schokolade und der Begeisterung für den Beruf gewonnenen Energie an die Arbeit.

Klaus Scheller hing seinen eigenen Gedanken nach. Die Vermutung, dass Yvonne Mahler hinter allem steckte, ließ ihn nicht los. Schließlich war sie die große Profiteurin von Sebastian Mahlers Tod und die Frage, wer einen Nutzen von einem Verbrechen hatte, war eine der wichtigsten, die es zu beantworten galt. Also delegierte er die Angelegenheit mit der DNA diskret und schickte noch einmal die Spurensicherung in das Haus der Mahlers. Sie sollten schauen, ob sie DNA der beiden Kinder Jacqueline und Robert sicherstellen könnten – in deren Zimmern, in den Kleidern, an den Zahnbürsten, wo auch immer. Er wollte sich in der Zwischenzeit noch einmal ein wenig dem außerehelichen Leben von Yvonne Mahler widmen, sofern es ein solches gab. Von den Nachbarn erwartete er sich nicht viel, da waren die meisten tagsüber nicht zu Hause. Er versuchte es zunächst mit der Frau von Thorsten Briegel, Mahlers Kompagnon. Wenn die Männer zusammenarbeiten, so dachte er sich, dann würden sich die Frauen doch zumindest kennen und vielleicht auch gelegentlich treffen.

Er hatte richtig vermutet. Frau Briegel war mit Yvonne Mahler im gleichen Tennisclub, wie er bei einem Telefonanruf erfuhr. Scheller wusste durchaus noch, wie man mit Frauen umzugehen hatte, wenn man etwas von ihnen erfahren wollte. Wichtig war es, die Emotionen anzusprechen und sie reden zu lassen. Also kehrte er weniger den pflichtbewussten Polizeibeamten heraus als vielmehr den geduldigen männlichen Zuhörer, der zunächst sein Mitgefühl ausdrückte und vermutete, dass das Unglück der Familie Mahler auch deren Freunden nahe ginge.

»Es muss schrecklich sein für Yvonne«, meinte Frau Briegel. »Aber ich kann sie seither nicht erreichen. Sie scheint wie vom Erdboden verschwunden. Das macht mir große Sorge. Hoffentlich ist ihr nicht auch etwas passiert.«

»Da kann ich Sie trösten«, sagte Klaus Scheller äußerst verständnisvoll, »wir wissen inzwischen, dass Frau Mahler mit den Kindern nach Paris gefahren ist.«

»Nach Paris? Davon hat sie mir gar nichts gesagt.« Frau Briegel klang enttäuscht. »Jetzt nach Paris? Mit den Kindern? In der Schulzeit? Sind Sie sich sicher?«

»Sie hat Fahrkarten für den TGV gekauft und ihr Auto wurde in Kaiserslautern am Bahnhof gefunden.«

»Aha!«

»Wir haben eine Kollegin nach Paris geschickt, die nach ihr suchen soll.«

»Aha!«

»Kennen Sie Frau Mahler gut?«

»Wir sehen uns regelmäßig. Wenn nicht zusammen mit den Männern, dann im Tennisclub. Wir spielen in einer Mannschaft.«

»Im Tennisclub?«

»Ja, wir sind in der Ü 30 Damenmannschaft.«

»Nur Frauen?«

»Selbstverständlich – das heißt aber nicht, dass wir überhaupt nichts mit den männlichen Clubmitgliedern zu tun haben.«

»Da trifft man sich doch regelmäßig, oder? Bei Clubabenden oder auch mal in der Gaststätte.«

»Ja, zum Glück gibt es ja noch Männer, die nicht mit ihrem Beruf verheiratet sind.«

»Gibt es da jemanden, mit dem Frau Mahler engeren Kontakt hatte?«

»Man verrät eine Freundin nicht.« Frau Briegel klang ein wenig beleidigt und schwieg.

Klaus Scheller versuchte es noch einmal: »Man sagt aber seiner Freundin auch, wenn man mal so eben nach Paris fährt, oder?«

Schweigen am Ende der Leitung.

»Ich habe gehört, Frau Mahler hat ein hohes Flirtpotential.« Scheller versuchte es mit einem Schuss ins Blaue.

»Ja, sie kann sehr charmant sein, wirklich sehr.«

Treffer!

»Und gibt es einen, dessen Widerstand besonders schnell gebrochen war?«

»So würde ich das nicht sagen. Widerstand war eher auf ihrer Seite. Sie ist charmant, und die Männer versuchen, die Burg zu stürmen. Aber sie zieht immer rechtzeitig die Falltüre hoch.«

»Das macht sie bei allen so? Ohne Ausnahme?«

»Ich weiß nichts von einer Ausnahme, aber ich weiß ohnehin nicht alles.« Ob er ihr das glauben sollte? Klaus Scheller war sich nicht sicher.

»Dann erst einmal vielen Dank, Frau Briegel. Soll ich Frau Mahler sagen, sie möchte sich bei Ihnen melden, wenn wir sie finden?«

»Können Sie machen«, sagte sie lakonisch und legte auf.

Sehr viel weiter gebracht hatte ihn dieses Telefonat nicht. Frau Mahler schien demnach eine treu sorgende Mutter und Ehefrau zu sein, die das harmlose Flirten mit der Eheschließung nicht hatte aufgeben wollen. Auf jeden Fall gab das Gespräch keinen konkreten Anlass anzunehmen, dass bei den Mahlers etwas nicht gestimmt hätte.

Als Bernd Peters am nicht mehr so frühen Abend in Schönbach einfuhr, seinen Wagen wie von selbst an der Kirche vorbei zum Pfarrhaus rollen ließ, war er erschöpft wie lange nicht mehr. Nicht, dass der Tag besonders lang gewesen wäre – er war schon einmal achtundvierzig Stunden ununterbrochen auf den Beinen gewesen – , es war dieses Chaos im Kopf, das ihn viel Kraft gekostet hatte.

Barbara war nicht zu Hause. Er hatte damit gerechnet. Sie hatte erzählt, dass sie gegen Abend noch zu einem Vorgespräch für eine Taufe nach Ludwigswinkel musste. Es war ein gutes Zeichen, dass sie noch nicht da war, das Zeichen für ein langes, vermutliches vertrautes Gespräch der Eltern mit der Pfarrerin, ganz so wie Barbara es sich wünschte. Die Eltern der Täuflinge waren in der Regel in einem Alter, das bei den Veranstaltungen der Kirchgemeinde eher unterrepräsentiert war. Kein Wunder, befanden sie sich doch in der Rushhour des Lebens: Kinder aufziehen, Eigenheim bauen, beruflich Karriere machen. Bei manchen kam noch die Sorge um die eigenen Eltern hinzu. Eigentlich war das zu viel auf einmal. Da wurden die Sonntagvormittage gebraucht, um einmal etwas Ruhe in die Familie zu bekommen, selbst wenn mit kleinen Kindern ans Ausschlafen nicht zu denken war. Man sollte nicht zu alt sein, wenn man Eltern wurde, dachte Bernd. Jedenfalls benötigte man gute Nerven und viel Energie für dieses Geschäft. Wenn er und Barbara Kinder bekommen wollten, sollten sie bald damit anfangen. Aber bisher hatten sie noch nicht einmal einen Termin für die Hochzeit gefunden. Das müsste angegangen werden. Am besten sofort. Mit Sicherheit aber bald. Vielleicht, wenn dieser Fall abgeschlossen sein würde.

Bernd nahm sich eine Flasche seines norddeutschen Lieblingsbieres aus dem Kühlschrank und setzte sich auf die Terrasse hinter dem Haus. Die spätsommerliche

Sonne war schon hinter den Hügeln des Pfälzerwaldes verschwunden, aber ihre Strahlen brachen sich noch in den Baumwipfeln und schossen wie eine Lasershow in den Himmel. Er trank sein Bier, die Gedanken nahmen ihre eigenen Wege, er nickte ein.

Als er aufwachte, saß Barbara neben ihm, eine kleine Weißweinschorle vor sich auf dem Tisch, und hatte ihm ein frisches kaltes Bier hingestellt. Er beugte sich zu ihr hinüber, legte einen Arm um sie, gab ihr einen Kuss und sagte: »Wie schön.«

»Das Bier oder ich?«, fragte Barbara und lächelte ihn liebevoll an.

»Ihr beide«, sagte er und grinste. »Wie war das Gespräch?«

»Zwei wirklich nette junge Leute. Seinen jüngeren Bruder habe ich vor ein paar Jahren konfirmiert. Sie stammt aus Bundenthal. Kennen und lieben gelernt haben sie sich ganz klassisch auf der Kerwe. Die ersetzt hier auf dem Land die Online-Dating-Portale. Da waren sie achtzehn. Seitdem sind sie zusammen. Kommt nicht oft vor, aber immer wieder. Jetzt ist sie Grundschullehrerin in Ludwigswinkel und er arbeitet beim Kömmerling in Pirmasens. Sie sind im Sportverein und haben vor vier Monaten ihr zweites Kind bekommen.«

Barbara nahm einen Schluck aus ihrem Dubbeglas. »In drei Wochen ist die Taufe. Wir sind übrigens eingeladen.«

»Müssen wir die beiden dann auch zur Taufe unserer Kinder einladen?«, fragte Klaus.

»Welche Kinder?«

»Na, die Fußballmannschaft, von der wir es einmal hatten.«

»Ich glaube, wir hatten uns auf Basketball oder noch besser Beachvolleyball geeinigt.« Barbara schaute ihn streng von der Seite an.

»Okay, aber wir sollten bald damit anfangen. Ich von meiner Seite bin stets bereit.« Er grinste so vieldeutig, wie es ihm möglich war.

»Ich möchte aber keine uneheliche Basketballmannschaft auf die Welt bringen.«

»Auch gut. Wir heiraten morgen und dann geht es los.«

»Wann hast du denn morgen Zeit? Ich könnte zwischen 11.30 Uhr und 12.00 Uhr. Ansonsten ist der Tag voll.«

»Ich sehe es ein. Morgen wird es nichts. Wie wäre es übermorgen?«

Barbara lachte laut los: »Der Herr hat es plötzlich aber ziemlich eilig. Wohnt seit geraumer Zeit unter meinem Dach, hatte bisher nie die Muße zum Heiraten und jetzt ganz plötzlich.«

»An mir lag es nicht, möchte ich behaupten. Immer, wenn ich Zeit gehabt hätte, war bei dir was los.«

»Solch eine Hochzeit will vorbereitet sein. Freunde und Verwandte möchten gerne langfristig eingeladen werden. Die Gaststätten zum Feiern sind auf Monate ausgebucht, ganz zu schweigen von der Pfarrerin, die auch viele Termine hat.«

Bernd schaute sie an und langsam entwickelte sich auf seinem Gesicht ein Lächeln, das jedem Hollywood-Verführer gut zu Gesicht gestanden hätte. Die Stirn in Falten gelegt, die Augen auf Schlitze reduziert wie der Cowboy kurz vor dem Schuss, die Lippen zur Seite gezogen, sodass sich kleine Grübchen auf den Wangen bildeten, sagte er zu ihr: »Du sagst mir, wann du bis Ende der Woche Zeit hast und ich rufe dich morgen früh an und teile dir mit, wann wir heiraten. Auf dem Standesamt in Dahn.«

Barbara schaute amüsiert, glaubte ihm kein Wort, holte trotzdem ihren Kalender, schaute nach und legte ihm anschließend einen Zettel hin. Später sollte sie sagen, er hätte nie um ihre Hand angehalten.

Nach einer wundervollen Nacht mit einer Reise durch den siebten Himmel machte sich Bernd Peters am nächsten Morgen auf nach Pirmasens. Im Auto erreichte ihn über die Freisprechanlage ein Anruf von Jenny aus Paris.

»Hallo Chef, ich will mich mal melden.«

»Prima! Und? Warst du erfolgreich?«

»In jeder Hinsicht. Es war wirklich toll gestern Abend auf dem Montmartre. Dieser Sonnenuntergang. Philippe war auch völlig überwältigt.«

»Philippe?«

»Ein Kollege von der Police Nationale. Netter Kerl.«

So, so, dachte Peters, kontaktfreudig war unsere Jenny schon immer. »Wie steht es mit der Arbeit? Hast du Yvonne Mahler gefunden?«

»Ja und Nein. Sie ist wirklich zusammen mit ihren Kindern in dem gebuchten Zug in Paris angekommen. Ich konnte sie auf den Bildern der Überwachungskameras des Gare de l'Est entdecken. Die drei hatten jeder einen Koffer dabei und sind dann in der Metro verschwunden. Ich habe noch nicht herausfinden können, welche Linie sie genommen haben. Es fahren mehrere von diesem Bahnhof ab, drei Linien zu je zwei Fahrtrichtungen. Ich mache heute weiter und melde mich wieder.«

»Gut, prima«, sagte Peters. »Bis dann – und viele Grüße an Philippe!«

»Mache ich gerne«, antwortete Jenny und legte auf.

Kurz darauf – er war gerade auf die B 10 eingebogen – ertönte an Peters' Handy ein leises ,Pling', aber er hatte sich so weit im Griff, dass er nicht sofort das Telefon aufnahm, um zu schauen, wer ihm da etwas gesendet hatte. Handy am Steuer, das versuchte er zu vermeiden. Besser Hände ans Steuer.

Als er auf dem Hof der Polizeidirektion in der Wiesenstraße angekommen war, schaute er aber sofort nach – und konnte sich ein Lächeln nicht verkneifen: Jenny mit einem deutlich jüngeren, dunkel gelockten Mann in Selfie-Pose vor Sacré-Cœur.

Um 9.00 Uhr trafen sie sich zur Besprechung. Jeder berichtete von seinen Ergebnissen. Peters gab Jennys Informationen weiter, allerdings nur die dienstlichen. Scheller war in den Rechner des Getöteten gekommen.

Die beiden anderen Kollegen hatten nach Verwandten von Sebastian Mahler gesucht. Das war ergebnislos verlaufen. Mahlers Eltern waren bereits verstorben, Geschwister hatte er keine. Die Suche nach Verwandten zweiten Grades war bisher ohne Treffer geblieben. Es bestand noch die Möglichkeit, über die DNA seiner Kinder einen Identitätsnachweis zu erbringen. Nur musste die erst einmal im Haus der Familie gefunden und isoliert werden. Das hatte Scheller in Auftrag gegeben, die Ergebnisse standen noch aus.

Zuvor aber gingen sie noch einmal dem Gedanken nach, was es bedeuten könnte, wenn die aufgefundene Leiche nicht Sebastian Mahler wäre. Es stellten sich Fragen in einer Breite, die kaum zu überblciken war. Wenn das stimmte, war alles anders, als sie es bisher angenommen hatten.

Warum sollte der Tote für Sebastian Mahler gehalten werden? Woher hatte er den Ausweis und die anderen Papiere? Wer war er? Wo war Sebastian Mahler? Wer hatte den unbekannten Mann getötet? Warum auf diese eigentümliche Weise, mit zwei Schüssen aus verschiedenen Waffen? Die Gedanken überschlugen sich, aber Peters drang darauf, zunächst einmal den DNA-Abgleich abzuwarten, bevor man Zeit und Energie für Überlegungen in dieser Richtung aufbrachte.

Während des Gesprächs gab Schellers Rechner einen Ton von sich. Er schaute wie beiläufig auf den Monitor. Eine E-Mail von »Dein Innenarchitekt« war angekommen.

»Das könnte etwas sein«, sagte Scheller, ging zur Tastatur und druckte die E-Mail aus. Er reichte sie Peters und sagte: »Der direkte Nachbar der Mahlers, ein sensibler Innenarchitekt, der das Mahlersche Haus ständig im Blick hat, berichtete von einem Besuch bei Sebastian Mahler, bei dem es laut zuging. Das Auto der drei Besucher hat er fotografiert.«

Peters reichte den Ausdruck herum. Erkennen konnte man einen dieser großen SUVs, wie sie vornehmlich in den USA und China verkauft wurden. Das Kennzeichen war gut zu erkennen: RU 100. Ebenso gut zu erkennen war der Aufkleber mit »CD« am Heck des Fahrzeuges.

»Ein Diplomatenfahrzeug?!«, sagte Peters.

»Mit einem Bodyguard wie ein Türsteher einer Edeldisco. So hat der Architekt den einen der drei beschrieben«, ergänzte Scheller.

»Es müsste herauszubekommen sein, wer die Leute waren.« Er dachte nach. »Wäre die ideale Aufgabe für Jenny, jetzt muss ich das wohl machen«, sagte Peters, und es klang ein wenig nach Selbstmitleid. Dann fügte er an: »Also, es wird wieder das Beste sein, jeder macht zunächst mal seinen Job. Ihr kümmert euch weiter um Verwandte und Freunde und Klaus beschäftigt sich mit den Daten auf Mahlers PC, die uns die Technik überspielt hat. Ich werde mich in diplomatische Verwicklungen begeben.«

Jeder aus dem Team holte sich ein koffeinhaltiges Getränk eigener Wahl, zog sich auf die eineinhalb Quadratmeter seines Schreibtischs zurück und begann mit der Suche im Internet oder per Telefon. Die Konzentration lag wie eine undurchdringliche Glasglocke über den Büroräumen und sollte die nächsten Stunden jeder Störung von außen standhalten.

Klaus Scheller war nicht der Bürotyp. Ermittlungen machte er am liebsten vor Ort. Seine Gedanken schweiften immer wieder ab. Die Idee, dass Yvonne Mahler hinter der Ermordung ihres Mannes stecken könnte, ließ ihm keine Ruhe. Er nahm sich noch einmal die E-Mail von »Dein Innenarchitekt« vor. Der Mann schien nicht allzu viel Arbeit zu haben und zudem gerne die Nachbarhäuser zu beobachten. Vielleicht hatte er etwas gesehen. Er nutzte die Antwortfunktion und schrieb ganz brav: »Herzlichen Dank für das Foto.« Dann fügte er möglichst unverfänglich an: »Übrigens: Hatte auch Frau Mahler unbekannte Besucher?«

Die Antwort kam prompt. »Dazu kann ich Ihnen gerne etwas sagen, wenn Sie noch einmal vorbeikommen.« Der Innenarchitekt fühlte sich offenbar einsam zu Hause und bat um Besuch. Ein weiterer kurzer Mailwechsel und Scheller verabschiedete sich mit den Worten: »Ich muss noch einmal zu diesem Innenarchitekten. Er hat möglicherweise etwas mehr gesehen.« Bevor die anderen reagieren konnten, hatte er das Büro verlassen.

Der Tee war schon fertig, ein paar Kekse lagen auf einem Teller aus feinem Porzellan. Der Innenarchitekt wies Scheller einen Platz mit Blick auf das Mahlersche Haus an und setzte sich neben ihn.

»Jetzt sehen Sie, was ich sehen kann«, begann er seinen Vortrag, nahm einen Schluck Tee und fuhr fort. »Und das ist alles!«

Er lehnte sich zurück, schlug die Beine übereinander, griff zu Tasse und Untertasse und führte erstere zum Mund.

»Also.« Er fügte eine Kunstpause ein. »Also, was das Leben der Mahlers angeht, gibt es für mich keine offenen Fragen.«

Bei Klaus Scheller läutete unhörbar eine Alarmglocke. Ob der sensible, tagsüber einsame Mann jetzt nicht übertrieb? Er würde aufpassen müssen, inwieweit bei dessen Schilderungen die Grenzen zwischen Beobachtungen und Vermutungen eingehalten würden.

»Also«, setzte der Innenarchitekt noch einmal an, »von hier aus haben Sie einen freien Blick ins Wohnzimmer im Erdgeschoss sowie in die Küche. Auf der Rückseite liegen lediglich das Gästebad und der Vorratsraum. Im ersten Stock können Sie aus dieser Perspektive das Bad sehen sowie die beiden Kinderzimmer. Das Schlafzimmer der Eltern liegt auf der anderen Seite. Im Dachgeschoss befinden sich noch ein Arbeitszimmer und ein Gästezimmer. Das Dachfenster, das Sie dort erkennen können, gehört zum Gästezimmer.«

Er nahm einen Schluck Tee und biss von einem Keks ab.

»Also, wenn die Mahlers Besuch bekommen, dann sehe ich ihn meist vor der Haustür und anschließend im Wohnzimmer, je nachdem gelegentlich auch durch das Küchenfenster. Im oben liegenden Badezimmer kann ich nur dann etwas richtig erkennen, wenn die Tür offen steht. Manchmal macht Yvonne die Tür nach dem Duschen auf, wenn sie sich die Haare föhnt. Dann ist ihr wohl zu warm.« Er lächelte versonnen. »Im Sommer kommt es dann auch schon einmal vor, dass sie nichts anhat.« Wieder ein Schluck Tee. »Die Kinderzimmer sind gar kein Geheimnis. Da gibt es keine Gardinen und man kann nahezu alles sehen. Aber ich denke, Jacqueline und Robert interessieren Sie weniger.«

Scheller nickte freundlich zustimmend und nahm sich seinen dritten Keks.

»Also, es geht um die Besucher von Yvonne, sagten Sie.« Wieder der Griff zur Tasse. »Wie schmeckt Ihnen übrigens unser Tee? Den haben meine Frau und ich von unserer letzten Londonreise mitgebracht. Stammt von einer uralten Teeplantage in Indien, noch aus der Kolonialzeit. Ist was ganz Besonderes.«

Scheller empfand ihn ein als bisschen bitter, sagte aber: »Er hat wirklich ein ganz außergewöhnliches Aroma.«

»Wissen Sie, ich kann mich nicht entscheiden. Soll ich nun auf Kaffeesommelier oder Teesommelier umsatteln?« Er schaute versonnen über seine Teetasse auf das Mahlersche Haus. »Aber deswegen sind Sie ja nicht hier.« Wieder eine Denkpause. Scheller wurde langsam ungeduldig, riss sich aber zusammen.

»Also, Yvonnes Besucher. Wie gesagt, ich kann sie sehen, wenn sie vor der Haustür stehen, dann im

Wohnzimmer. Ich könnte sie auch im Bad oben sehen, aber da habe ich noch nie jemanden gesehen. Bis auf das eine Mal vielleicht.« Scheller horchte auf.

»Das war vor ungefähr drei Monaten am Vormittag. Die Kinder waren in der Schule, Sebastian bei der Arbeit, Yvonne allein zu Hause. Ein Mann steht vor der Tür. Ich kannte ihn nicht. So ungefähr im Alter von Sebastian. Gutaussehend. Eher leger gekleidet, aber durchaus gepflegt, also kein Handwerker. Er betritt das Haus. Ich sehe ihn im Wohnzimmer. Er nähert sich Yvonne, die dreht sich um, zeigt auf unser Haus, der Mann geht einen Schritt zurück, sie verschwinden hinter der Wand zwischen Küche und Wohnzimmer. Ich sehe die beiden eine Weile nicht. Ich vermute, sie wollen sich meinen Blicken entziehen. Was sie da hinter der Wand machen, kann ich leider nicht sehen. Dann tauchen beide im Küchenfenster auf, stehen recht nahe zusammen, umarmen sich aber noch nicht. Dann sehe ich sie wieder im Wohnzimmer, sitzen einander am Tisch gegenüber, trinken Kaffee oder etwas anderes aus Tassen, stehen auf, verschwinden wieder hinter der Mauer. Dann sehe ich Schatten im Obergeschoss, auf dem Flur, durch die Fenster der Kinderzimmer. Ein Schatten im Bad, dann noch einer oder derselbe ein zweites Mal. Ich sehe lange nichts mehr. Dann klingelt es bei uns an der Haustür, ein Päckchen für meine Frau. Ich gehe zurück auf meinen Platz am Fenster, sehe die nächsten beiden Stunden nichts mehr, bis Yvonne Mahler das Haus verlässt – allein!«

»Dieser Mann«, fragte Scheller nach, »kam der öfter zu Besuch bei Yvonne Mahler?«

»Das ist es ja«, sagte der Innenarchitekt in einem verärgerten Tonfall. »Ich habe ihn nie wieder gesehen. Ich vermute, die beiden haben sich dann woanders getroffen.«

Oder überhaupt nicht, dachte Klaus Scheller und war mit der bisherigen Ausbeute des Gesprächs sehr unzufrieden.

»Wie war es mit anderen Besuchern?«, fragte er nach. »Sie wissen, wir möchten der Ermordung von Sebastian Mahler auf die Spur kommen. Gibt es im Leben seiner Frau irgendetwas – oder irgendwen – der damit etwas zu tun haben könnte?«

»Also, was ich Ihnen geschildert habe, das war in meinen Augen der eigentümlichste Besuch. Natürlich, es kamen immer wieder ihre Freundinnen. Da habe ich aber nichts beobachten können, was auf ein intimes Verhältnis schließen lassen könnte. Männer allein, das kam eigentlich sonst nicht vor. «

Scheller entschied sich, diesen Einsatz abzubrechen.

»Dann zunächst herzlichen Dank für Ihre Zeit und für den Tee.«

»Da nicht für«, gab der Innenarchitekt ganz zeitgemäß zurück.

»Wenn Ihnen noch etwas einfällt«, sagte Scheller und erhob sich. »Sie haben meine E-Mail-Adresse und meine Telefonnummer.«

»Was ist jetzt mit Yvonne?«, fragte der Innenarchitekt enttäuscht.

»Wir suchen sie weiter. Auf Wiedersehen.«

Zurück blieb ein einsamer Mann, der nicht wusste, wie er den Tag bis zur Rückkehr seiner Frau herumbekommen sollte.

Wir haben lange herumgetüftelt, bis wir die beste Methode für die Tötung entwickelt hatten. Es waren eigentümliche Wochen. Da bereitest du deinen eigenen Tod vor, überlegst, wie er möglichst schnell und schmerzlos sein kann und zugleich in einer Art und Weise inszeniert wird, die den Zweck des Ganzen erfüllt. Ein toter Sebastian Mahler, in der Badewanne ertrunken nach der Einnahme einer Überdosis Schlafmittel, das hätte zu eindeutig nach Selbstmord ausgesehen. Da hätte die Polizei nicht lange untersucht. Ein Autounfall mit einem manipulierten Fahrzeug – ich wollte nicht das Risiko eingehen, schwer verletzt und für den Rest meiner Zeit schwerbehindert zu überleben. Der Sturz in einen Steinbruch – das hätte ein zu großes Risiko für den anderen bedeutet, der mir helfen würde. Nein, so wie wir es nun machen werden, ist es sicher die beste Methode. Schnell und hoffentlich schmerzlos, aber doch rätselhaft genug, um Nachforschungen anzuregen. Denn schließlich sollen sie auch den Machenschaften im Hintergrund auf die Spur kommen. Ganz abgesehen davon, dass ihr, meine Familie, in Ruhe und finanzieller Sicherheit leben könnt.

7

Samstag im Gebüg. Alfred von Boyen mähte den Rasen rund um sein Haus. Im Frühsommer war das jede Woche fällig, je später es im Jahr wurde, desto seltener musste er seinen Aufsitzrasenmäher besteigen. Den hatte er sich angeschafft, weil die Fläche doch recht groß und das Schieben mühsam war. Außerdem machte es Spaß, mit dem Gerät das Gelände abzufahren, fast wie auf einer Gokart-Bahn. Es war sein Zugeständnis an das Kind in ihm.

Dieser Aufsitzrasenmäher war der einzige im Gebüg und bei den Kindern beliebt. Wenn sie es mitbekamen, dass von Boyen Rasen mähte, kamen sie angelaufen und wollten mitfahren. Das war ihm eigentlich zu riskant, aber er drehte mit jedem Kind vorsichtig eine Extrarunde, wenn er mit der Arbeit fertig war. Damit waren sie dann auch zufrieden.

Als letzter kam an diesem Tag Michael dran. Genau genommen war er schon zu groß und der Mäher hatte seine Mühe damit, ihn und von Boyen gleichzeitig zu fahren. Zudem drohten die kleinen Räder in dem an manchen Stellen weichen Boden einzusinken. Michael hatte schon mehrmals gebeten, allein fahren zu dürfen, aber das fand von Boyen nun wirklich zu riskant.

Heute durfte er jedoch zum ersten Mal den Griff mit der Gasverstellung bedienen. Zuerst ganz vorsichtig, dann ein wenig mutiger, beschleunigte er das Gefährt, während von Boyen die Lenkung in der Hand behielt und mit dem Fuß auf der Bremse stand. Noch nicht das selbstständige Fahren, das Michael wollte, dennoch, für ihn war das ein ganz großer Tag. Er durfte etwas, was er bisher noch nie machen durfte. Diese Aufregung war es wohl, die ihn herausplatzen ließ: »Da im Wald, da haben wir eine ganz komische Frau gesehen.«

»So«, sagte von Boyen, »eine komische Frau?«

»Ja, die hatte Kleider wie ein Mann an. Wir haben sie erst gar nicht richtig erkannt.«

»Und die war im Wald?«

»Da, wo sie den toten Mann gefunden haben.«

»Und es war eine Frau?«

»Ja, sie hatte einen langen Zopf und war schon ziemlich alt. Die Svenja hat sie auch gesehen. Aber eigentlich dürfen wir das nicht erzählen, hat die Frau gesagt.«

Was stimmte davon wohl?, fragte sich von Boyen, ging jedoch darauf ein.

»Es gibt eigentlich nichts, was man nicht weitersagen darf. Vor allem nicht, wenn Fremde einen dazu zwingen wollen.« Alfred von Boyen nutzte die Gelegenheit für ein wenig emanzipatorische Pädagogik.

»Sie hat gesagt, wenn ich es weitersage, dann tut sie Svenja etwas an.« Michael reicherte die Erzählung mit ein wenig Fantasie an.

»Das ist aber eine seltsame Frau. Und die war da, wo der tote Mann gelegen hatte?« Vielleicht eine Zeugin für die Tat, endlich! Oder die Täterin selbst? Das hier könnte eine neue Spur werden.

»Svenja und ich sind da am Abend noch mal hin. Da kam sie plötzlich den Berg heruntergerutscht.«

»Mach dir mal keine Sorgen. Ich denke, die Frau ist schon lange wieder weg.«

Michael ließ sich damit beruhigen. Sie fuhren eine Extrarunde mit dem Rasenmäher, dann ging der Junge sichtlich erleichtert nach Hause.

Währenddessen schoben die Beamten in der Polizeidirektion am Samstagmorgen Überstunden. Sie versuchten, allen Spuren nachzugehen.

»Das ganze Geld ist weg«, rief Klaus Scheller in die konzentrierte Atmosphäre hinein und sprang auf. »Da ist nichts mehr. Gestern war es noch da. Heute ist alles weg.«

Die anderen kamen zu ihm und starrten auf den Bildschirm, den Scheller mit ausgestreckten Händen festhielt, als hätte er Angst, dass auch der Bildschirm gleich weg wäre.

»Welches Geld meinst du?«, fragte Bernd Peters und versuchte möglichst beruhigend zu sprechen.

»Das Geld auf Mahlers Konten. Da waren gestern noch über drei Millionen.«

»Wo ist es hin?«

»Zu verschiedenen Banken. Eine ist die EFH-Bank auf den Cayman-Islands. Zwei andere sind auch dort angesiedelt.«

»Und wann ist das passiert?«

»Heute Nacht, kurz nach eins. Aber seht mal!« Er zeigte mit einer theatralischen Geste auf den Bildschirm. »Es waren alle bereits vor einer Woche auf den heutigen Tag terminierte Überweisungen. Also noch vor Mahlers Tod.«

»Das sieht nach einem geplanten Rückzug aus – und nicht nach einer plötzlichen Ermordung.«

»Wer hat die Überweisungen aufgegeben? Er selbst oder seine Frau?«

»Das kann ich nicht erkennen. Vielleicht kann die Bank herauslesen, welcher Zugang benutzt wurde. Aber da werden wir vor Montag nichts erfahren.«

»Mahler tot, Frau und Kinder in Paris, Geld in der Karibik«, sagte Peters.

»Vielleicht sind auch Frau und Kinder bald in der Karibik«, mutmaßte Scheller.

»Jenny hat sich noch nicht gemeldet. Ich rufe sie mal an.«

Peters wählte die Handynummer von Jenny. Eine müde Stimme meldete sich: »Bonjour.«

»Guten Morgen. Habe ich dich geweckt?«

»Es ist gestern Abend ziemlich spät geworden«, gähnte es aus dem Lautsprecher an Peters' Ohr.

»Mit Philippe oder ohne?«

»Erst ohne, dann mit.«

»Gibt es Neuigkeiten? Bist du weitergekommen?«

»Einen Moment bitte, ich gehe ins Bad zum Telefonieren, damit ich ihn nicht aufwecke.«

Peters hörte Schritte, dann das vorsichtige Schließen einer Tür.

»So, jetzt bin ich wieder im Dienst«, meldete sich Jenny. »Es gibt Neuigkeiten, aber noch keine verlässlichen. Also vom Gare de l'Est fahren die 4, die 5 und die 7 ab. Ich habe erst die 4 überprüft. Damit kommt man zum Gare Montparnasse und könnte von dort aus weiter nach Westen fahren. War leider ergebnislos. Die 5 und die 7 führen in die Arrondissements im Süden der Stadt. Da sind die Mahlers auch nicht hingefahren. Dann haben wir die Fahrten Richtung Norden überprüft. Da bin ich fündig geworden. Sie sind nur eine Station weiter zum Gare du Nord gefahren, mit der 5. Von dort fahren zwei Metrolinien und drei RER, die Regionalzüge der Ile-de-France, weiter. Die Metrolinien habe ich überprüft. Ergebnislos. Heute mache ich mich an die RER. Dann melde ich mich wieder.«

Jenny schien gekonnt Arbeit und Vergnügen miteinander zu verbinden. Heute würden sie bei allem Bemühen auch in Pirmasens nicht viel weiterkommen. Deshalb sagte Bernd Peters: »Gute Arbeit, Jenny, vielen Dank. Und übertreib es nicht – mit der Arbeit meine ich. Gönne dir einen freien Sonntag.«

»Dein Wunsch ist mir Befehl, Chef. Ich werde wohl zwischen Versailles und Disneyland wählen müssen.«

»Frag einfach Philippe!«, sagte Peters und legte auf. Er musste in sich hinein lächeln, ob er wollte oder nicht. Jenny war eine Lebenskünstlerin – und eine hervorragende Polizistin, auch wenn sie als Sekretärin angestellt worden war.

Er rief alle zusammen. »Wo stehen wir? Die Überweisungen können wir erst am Montag klären. Von

Jenny erfahren wir frühestens heute Abend etwas Neues. Habt ihr das DNA-Material bekommen?«

»Hat geklappt, es ist im Labor. Wir haben Zahnbürsten, Haarbürsten und Betten der Kinder durchsucht. Ergebnisse frühstens Dienstag.«

»Ich habe das Kennzeichen überprüft«, sagte Peters. »Es ist dem Kennzeichen nach ein Fahrzeug der rumänischen Botschaft. Nicht des Botschafters selbst, eher von einer untergeordneten Stelle. Mit Nachfragen in der Botschaft müssen wir vorsichtig sein. Meist reagieren Diplomaten auf Anrufe der Polizei allergisch, weil sie ihre Immunität infrage gestellt sehen. Vielleicht kommen wir da auf anderem Weg an Informationen.«

Die Kollegen nickten.

»Hat jemand weiter über die Hypothese nachgedacht, dass der Tote nicht Sebastian Mahler ist?«, fragte er in die Runde.

»Dann käme er selbst als Mörder infrage und wir müssten versuchen, seinen Aufenthalt herauszubekommen.«

»Wann wurde er zuletzt gesehen?«

»Am Nachmittag vor seinem Tod in seiner Firma. Ob er danach zu Hause war oder nicht, wissen wir nicht. Der Nachbar hat nichts gesehen, Frau Mahler können wir nicht fragen.«

»Klaus, hast du irgendetwas auf seinem Computer gefunden, das uns weiterhelfen würde? Buchung eines Fluges oder Ähnliches?«

»Nein, da war nichts. Allerdings hat er an dem Tag zehntausend Euro in bar von einem seiner Konten abgehoben. Also, wenn er Bahn oder Flugzeug benutzt hat, könnte er das bar bezahlt haben. Vielleicht hat er auch einen Leihwagen genommen.«

Nach dem Gespräch mit Michael hatte Alfred von Boyen sich erst einmal in den Schatten seiner Terrasse gesetzt und ein alkoholfreies Weizenbier getrunken. Was der Junge ihm erzählt hatte, klang etwas abenteuerlich, aber es gab keinen Grund anzunehmen, dass er sich das ausgedacht hatte. Dazu schien seine Angst zu real zu sein. Was aber könnte das bedeuten? Diese Frau hatten die Kinder erst am Abend gesehen. Da war der Tote schon lange weggebracht worden. Trotzdem, eine Frau, die Wald herumstrolcht, könnte etwas gesehen haben. Zumal sie vielleicht selbst Angst hatte und nicht gefunden werden wollte. Er müsste sie jedoch finden.

Als das Glas geleert war, ging er zu seinen Nachbarn. Die hatten den neu zugezogenen Einsiedler in den ersten beiden Jahren etwas misstrauisch beobachtet. Aber nachdem von Boyen seine Angst vor zu viel Nähe erst einmal überwunden und die Nachbarn zu sich eingeladen hatte, verstand man sich gut. Es waren alteingesessene Bewohner des Gebüg, die alles und jeden kannten. Vielleicht wussten die etwas.

Frau Köhler arbeitete gerade im Gemüsegarten, Herr Köhler spaltete Holz. Wie jeden Abend und jeden Samstag verbrachten die beiden ihre Zeit im Garten und auf dem weitläufigen Gelände, kümmerten sich um Gemüse und Stallhasen oder wie an diesem Tag um das Holz für den Winter.

»Habt ihr schon einmal von einer alten Frau mit langem Zopf und ungewöhnlicher Kleidung gehört, die sich hier im Wald herumtreibt?«

Herr Köhler wischte sich den Schweiß aus der Stirn. »Ja, von der hört man immer wieder einmal. Soll eine von drüben aus dem Elsass sein.«

»Die ist nicht ganz richtig im Kopf, sagen die Leute.« Frau Köhler wischte sich die Hände an ihrer Schürze ab. Sie hatte gerade das Unkraut zwischen den Stangenbohnen aus dem Boden gezogen und griff nun zu einem kleinen Eimer, um ein paar Erbsenschoten zu ernten. »Ich selbst habe sie aber noch nie gesehen.«

»Wo könnte man die finden?«, hakte von Boyen nach.

»Vielleicht wohnt sie in der Wengelsbach«, mutmaßte Herr Köhler.

»Ich glaube eher, die haust an einem unbekannten Ort im Wald. Die will doch keinen Menschen sehen. Läuft immer gleich weg, wenn sie jemandem begegnet, sagen die Leute.«

»Wo könnte man dort im Wald hausen?«, fragte von Boyen. »Man braucht doch einen trockenen Platz«.

»Ach, da gibt es unter anderem ein paar Höhlen auf der Südseite des Berges. Im Krieg haben die Schmuggler sie benutzt, um ihre Ware zu lagern.«

»Und nach dem Krieg die Liebespaare, die nichts anderes gefunden haben«, lachte Frau Köhler.

»Also sind die Höhlen wohl recht komfortabel?!«

»Heizung und fließendes Wasser haben sie nicht«, meinte Herr Köhler. »Aber trocken sind sie und selbst im Winter noch recht angenehm. Mit ein paar Schaffellen kann man sich da ein kuscheliges Nest bauen.«

»Woher weißt du das?«, warf Frau Köhler vorwurfsvoll ein. »Mit mir warst du da noch nicht.Wie hieß sie denn, mit der du da warst?«

»Jeder Mann hat so seine kleinen Geheimnisse – aus der Zeit vor der Ehe selbstverständlich«, sagte Herr Köhler und warf die Spaltmaschine wieder an. Im gleichmäßigen Rhythmus der Maschine wurden die Holzklötze gespalten und zu ofenfertigen Scheiten verarbeitet. Der nächste Winter würde bestimmt kommen und mit ihm die gemütlichen Stunden am Kamin.

8

Der Sonntag verlief wie die meisten Sonntage in Schönbach. Barbara Fouquet hielt zwei Gottesdienste, einen in Schönbach, einen in Ludwigswinkel. Bei dem in Schönbach begleitete Bernd Peters sie. Er hatte zuvor das Frühstück bereitet, die Brötchen aufgebacken, die Butter früh genug herausgestellt und den Kaffee so gemacht, wie sie es gerne mochte. Alfred von Boyen trafen sie in der Kirche, als ehrenamtlicher Kirchdiener hatte er hier alles vorbereitet. Wie jeden Sonntag sagte Barbara nach dem Gottesdienst lächelnd beim Abschied: »Wenn ich diese meinen beiden Männer nicht hätte, das Leben wäre um so vieles schwerer.« Dann setzte sie sich ins Auto und fuhr über Fischbach nach Ludwigswinkel, wo sie eine andere Kirchdienerin empfing und eine andere Gottesdienstgemeinde auf sie wartete.

Am Nachmittag war Erholung angesagt. Etwas für Körper und Seele tun, frische Luft für die Lungen und sanftes Grün für die Augen. Barbara und Bernd gingen ein Stück des Felsenland-Sagenweges. Der kam von Dahn über Bundenthal und ging weiter nach Fischbach, Ludwigswinkel und zum Wasigenstein, der schon im Elsass lag, dann nach Erlenbach, Busenberg, Schindhard und Erfweiler und schließlich zurück nach Dahn. Viele tolle Ausblicke, viele Burgen und viele Sagen.

Von Schönbach bis zum Biosphärenhaus kurz vor Fischbach waren es gut acht Kilometer durch den Wald. Ein wunderschöner Weg mit der Möglichkeit, sich in der Cafeteria des Biosphärenhauses zu erfrischen. Die beiden gingen die Dorfstraße hinauf Richtung Sportplatz, vorher aber links in den Wald hinein auf den Christkindlfelsen zu. Hier konnte man über eine recht steile Leiter auf einen Aussichtspunkt klettern, von dem aus ein beeindruckender Blick über Schönbach überraschte. Heute ließen sie den Felsen links liegen und schauten nur hinauf. Seinen Namen – so erzählt man – hatte er daher, dass die Schönbacher Eltern, wenn im Herbst und Winter Wolkenfetzen wie Rauchfahnen über dem Felsen standen, zu ihren Kindern sagten, dass dort oben das Christkind die Weihnachtsplätzchen backen würde. Und wenn die Sonne am Abend rot über diesem Felsen stand, behaupteten die Alten, nun kämen die Engel, um dem Christkind beim Backen zu helfen.

Barbara und Bernd genossen die ungestörte Zeit zu zweit, aber der Beruf blieb auch am Sonntag nicht außen vor – ihrer nicht und seiner nicht. Beide hatten sie keinen übersichtlichen Job mit festgelegten Arbeitszeiten, so einen Nine to Five Job, der die Lebensplanung erleichterte. Die Belastungen ihrer Berufe konnte man nicht in einem Büro oder einer Fabrikhalle zurücklassen. Sie begleiteten sie bei Tag und Nacht, und es gehörte zu den wichtigsten Lernprozessen, zu üben, auch einmal abschalten zu können. Es gelang immer wieder, aber eben nicht immer.

Barbara erzählte von den Sorgen, die sie nach wie vor mit den Fresken in der Schönbacher Kirche hatten – sehr schön, sehr alt und leider durch einen Pilz im Kalkputz gefährdet – von den Diskussionen im Presbyterium, ob man in der Gemeinde auch Trauungen für gleichgeschlechtliche Paare feiern sollte, und schließlich der Idee, im Herbst ein Kindermusical aufzuführen. Bernd erzählte von seinem aktuellen Fall und vor allem von der Frage nach dem Motiv für den Mord, vom Verschwinden der Frau mit den Kindern und – was ein völlig abwegiger Gedanke zu sein schien – vom Verschwinden des Sebastian Mahler, falls er nicht der Tote sein sollte.

»Wo hat die Familie gewohnt?«, wollte Barbara wissen.

»In dem Stadtviertel mit den Einfamilienhäusern oberhalb der Kreisverwaltung in Pirmasens.«

»Ich glaube, das Viertel heißt Sommerwald. Beim nächsten Pfarrkonvent werde ich mal die Kollegin, die dort arbeitet, fragen, ob sie die Familie kennt.«

»Wann wird das sein?«

»Anfang der übernächsten Woche.«

»Ginge es auch früher?« Bernd war in den Ton verfallen, den er in der Regel nur im Dienst einsetzte, auf eine subtil wirkende Weise fordernd und bestimmend.

»Klar, aber gern doch, mein Schatz. Stets zu Diensten. Dann müsste ich sie anrufen. Das könnte ich morgen früh machen.« Barbara bemühte sich um den Tonfall einer den Chef bewundernden Untergebenen.

»Tut mir leid. Ich habe mich wohl im Ton vergriffen.« Bernd wirkte erschöpft. »Es wäre trotzdem sehr freundlich von dir, wenn du deine Kollegin anrufen würdest.«

»Wunderbar, so viele Konjunktive klingen doch gleich viel freundlicher.«

Sie nahm ihn bei der Hand und legte einen Schritt zu.

Den Anstieg bei Schönbach hatten sie bald hinter sich gelassen und gingen nun einen langsam abfallenden, sich durch den Wald schlängelnden Weg, der sich schließlich zum Tal des einen Arms des Rumbachs hin öffnete. Immer wieder war Barbara überwältigt von den unzähligen Schattierungen der Farbe Grün, die die Sonne aus den Blättern und Nadeln der Bäume und den Halmen der Gräser herauslockte. Zugleich spielten die Schatten ein verwegenes Spiel auf dem Boden. Sie kamen ins Königsbruch der Sauer, wandten sich nach rechts und erreichten kurz darauf das Biosphärenhaus.

An diesem Sonntag war hier viel Betrieb. Leider war das nicht immer so, was zu einer finanziellen Schieflage der Einrichtung geführt hatte. Heute waren hauptsächlich Familien mit Kindern gekommen, um sich die Ausstellung anzuschauen und über den Baumwipfelpfad zu gehen. Die beiden holten sich etwas zu trinken und suchten sich einen ruhigen Tisch im Abseits.

Bernd kramte in seiner Hosentasche, holte ein kleines, würfelförmiges Etui heraus, legte es auf den Tisch, klappte es auf und fragte: »Gefallen sie dir?«

Barbara nahm das Kästchen in die Hand, fingerte den Inhalt heraus, steckte ihn sich an den Ringfinger der rechten Hand und sagte: »Ja.«

»Mehr nicht?«

Barbara drehte die Hand mit dem Ring im Licht. »Du hast einen besseren Geschmack, als ich gedacht hätte.«

»Das klingt aber nicht gerade erfreut.«

Sie lächelte ihn an. »Frauen werden gerne gefragt, auch, nein gerade bei der Auswahl der Eheringe.«

»Bei uns in Nordfriesland macht das ganz allein der Mann«, behauptete Bernd und wurde ob dieser Lüge ein wenig rot an den Ohren.

»Bei euch da oben gelten wohl noch die Gesetze der Wikinger. Werden die Frauen bei euch auch noch von den Vätern an die heiratswilligen Interessen meistbietend verkauft?«

Er drukste ein wenig herum. »Na ja, zugegeben. Ich wollte dich überraschen.«

Barbara lächelte. »Das ist dir gelungen – und sie sind wirklich wunderschön. So hatte ich sie mir auch vorgestellt.« Nun wurde sie ein wenig rot an den Ohren.

Nicht nur in der Politik ist die Kunst des Kompromisses entscheidend, dachte sie, überhaupt in jeder menschlichen Beziehung. Erst recht in einer Ehe. Vielleicht hätte sie andere Ringe ausgesucht. Vielleicht eher matt, nicht glänzend. Aber dieser Ring war ein Geschenk von Bernd. Das würde er bleiben. Ein Leben lang.

»Am Dienstagvormittag um 8.30 Uhr fahren wir los«, sagte Bernd.

»Wohin?«

»Nach Dahn, zur Verbandsgemeindeverwaltung, zum Standesamt.«

»Uff«, rutschte es Barbara heraus. »Am Dienstag schon?!«

»Am Nachmittag, wenn du Konfirmandenunterricht hältst, bist du schon verheiratet«, brummte der große blonde norddeutsche Bär und hatte Tränen in den Augen. Er wechselte die Seite des Tisches, setzte sich neben Barbara, nahm sie in den Arm und küsste sie. Die strich ihm die Haare aus der Stirn und die Rinnsale von den Wangen, strahlte ihn an und konnte nun ihrerseits die Tränen nicht mehr zurückhalten.

»Und wir sagen es niemandem?«, sagte sie.

»Niemandem!«

»Auch nicht Anna?«

»Die wird dir am Mittwochmorgen auf die Hände schauen und es bemerken.«

Barbara schien ihre Fassung wiederzufinden. »Okay, aber nur, wenn es bis dahin niemand anderem aufgefallen ist. Sie ist meine beste Freundin und beste Freundinnen informiert man immer zuerst.«

Sie betrachtete noch einmal den Ring an ihrem Finger und legte ihn dann in das Schächtelchen zurück.

»Und wie werden unsere Kinder heißen?«, fragte sie. »Musstest du bei der Anmeldung nicht auch den zukünftigen Familiennamen angeben?«

»Du meinst den Namen der Fußballmannschaft?«

»Des Beachvolleyball-Teams!«

»Das können wir jetzt entscheiden«, sagte Bernd. »Peters ist ein solider, norddeutscher Name.«

»Und Fouquet ein pfälzischer Name mit einer langen Tradition.«

»Sollen wir losen?«

»Nein, wir argumentieren.«

»Peters lässt sich leicht lesen und aussprechen.«

»Peters kommt von Peterson und bedeutet: Sohn des Peter. Du heißt nicht Peter und wenn wir eine Tochter bekommen, kann sie nicht ,Sohn von Peter' heißen.«

»Fouquet ist offensichtlich französischen Ursprungs, und wer das nicht sofort erkennt, wird diesen Namen auf eine gräuliche Weise aussprechen.«

Die beiden waren wieder in ihrem Element – dem verbalen Krieg der Geschlechter, einem rhetorischen Säbelfechten, bei dem jedoch beide Partner jederzeit bereit waren, sich zurückzuziehen, falls die Verletzung des anderen drohte.

»Aber er hat Stil, dieser Name. Es gibt berühmte deutsche und französische Träger dieses Namens.«

»Schau mal im Lexikon oder bei Wikipedia unter ,Peters' nach. Die Liste meiner berühmten Namensvetter und -basen ist garantiert länger als die deine.«

»Kein Grund, sie um ein berühmtes Beachvolleyball-Team zu verlängern.«

Schweigen. Beide bemerkten, dass diese Diskussion ein gewisses Konfliktpotenzial in sich barg, das in einen Machtkampf ausarten könnte, der ihrer zukünftigen Ehe sicherlich abträglich wäre.

Bernd Peters hob an: »Im Hinblick auf die Tatsache, dass unsere zahlreichen Kinder mit höchster Wahrscheinlichkeit in der von Gott so gesegneten Pfalz aufwachsen werden, schlage ich vor, dass sie den Nachnamen Fouquet tragen werden. Wobei ich überzeugt bin, dass Kombinationen von ‚Fouquet' mit traditionellen norddeutschen Vornamen äußerst reizvoll sein werden. Ich denke da an ‚Tammo Fouquet', ‚Malte Fouquet', ‚Svantje Fouquet' oder auch ‚Tomke Fouquet'.«

Barbara konnte sich vor Lachen kaum auf ihrem Stuhl halten.

Bernd erhob den Zeigefinger der rechten Hand: »Ich bin noch nicht fertig und erkläre hiermit: Ich aber werde den Namen ‚Peters' voller Stolz bis an mein Lebensende tragen.« Und nun brach auch er in Lachen aus. Die beiden umarmten einander und schauten in die Ferne.

Sie hatten von dort einen schönen Blick über das Tal, konnten die ersten Häuser von Fischbach sehen und oben im Gebüg das Haus von Alfred von Boyen erahnen.

Der streifte derweil um die Kuppe des Maimont auf der Suche nach Höhlen, in denen die eigentümliche Frau Unterschlupf gefunden haben könnte. Dabei ging ihm immer wieder das Waltharilied durch den Kopf, die alte Sage von Walter von Aquitanien, der mit Hildegunde von Burgund verlobt war und mit ihr vor dem Frankenkönig Günther nach Westen zum schützenden Ringwall auf den Maimont floh. Da kam es zu den entscheidenden Kämpfen, aus denen Walter als Sieger hervorging.

Die Nachdichtung durch Viktor von Scheffel hatte es von Boyen besonders angetan. Er kannte sie zum Teil auswendig und murmelte sie vor sich hin:

>>Walthari ritt indessen landeinwärts von dem Rhein,
In einem schattig finstern Forste ritt er ein.
Das war des Weidmanns Freude, der alte Wasichenwald,
Wo zu der Hunde Bellen das Jagdhorn lustig schallt.
Dort ragen dicht beisammen zwei Berge in die Luft,
Es spaltet sich dazwischen anmutig eine Schluft,
Umwölbt von zackigen Felsen, umschlungen von Geäst
Und grünem Strauch und Grase, ein rechtes Räubernest.
Er schaut' den festen Platz. >>Hier<<, sprach er, >>lass uns rasten,
Des süßen Schlafes musst' ich schon allzu lange fasten.<<

Was die Höhlen anging, so entdeckte er an diesem Nachmittag einige, die sich als Unterschlupf eignen würden. Manche hatten vielleicht in den vergangenen Kriegen als Unterstand für Soldaten gedient, mal für die französischen, dann wieder für die deutschen. Je nachdem, wer gerade den Berg in Besitz hatte. An einer Stelle entdeckte er den Abraum eines alten Eisenbergwerkes, von dem er schon vorher gehört hatte.

Den Eingang fand er nicht. Aber vielleicht hatte die eigentümliche Frau ihn gefunden und hauste nun darin. Bei seiner Inspektion der Höhlen und Unterstände entdeckte er manches, was auf die Anwesenheit von Menschen schließen ließ: Zigarettenkippen, Kaugummipapier, Taschentücher, Toilettenpapier, ein Kondom, eine alte Decke, sogar ein Pizzakarton hatte es bis hierher geschafft. Aber das, was er suchte – eine Höhle mit einer jüngst benutzter Feuerstelle, vielleicht einem Schlafsack oder Vorräten –, fand er nicht.

Er stieg über den alten Keltenwall auf die höhere der beiden Bergkuppen, ging an der ‚Opferschale' genannten Felsformation vorbei und wandte sich dem südlichen Abhang zu. Er wollte noch einmal nach einem möglichen Eingang zu dem alten Bergwerk Ausschau halten. Den hatten vor ihm schon andere gesucht und nicht gefunden. Er wusste, dass seine Chance gering war. Falls jedoch die eigentümliche Frau tatsächlich darin ihren Unterschlupf gefunden haben sollte, müsste es einen Eingang geben, und er müsste an etwas zu erkennen sein.

Erst dachte er, es wäre ein Reh gewesen, das er bei seinem Streifen durch das Unterholz aufgeschreckt hatte. Dann kam ihm jedoch der Gedanke, dass es ebendiese Frau gewesen sein könnte, nach der er suchte. Sie war jedoch weg. Er konnte sie nicht mehr sehen. Er verfolgte den Weg zurück, den sie gekommen sein musste. An dieser Stelle war das Unterholz wirklich sehr dicht. Kleine junge Bäume wuchsen zwischen und auf umgestürzten Stämmen. Stachelige Brombeerbüsche zerrten an seiner Hose. Die Zweige einer Birke peitschten in sein Gesicht. Er konnte einen schmalen, ausgetretenen Pfad erkennen, nicht breiter als zehn bis zwanzig Zentimeter, zwei Füße hatten darauf nebeneinander Platz, manchmal nur einer. Die Augen auf den Boden gerichtet, folgte er ihm. Es war mühsam, aber erfolgreich. Er erreichte ein Loch im Berg, von drei Holzbalken umrahmt und ging in den leicht abfallenden Gang hinein. Es war angenehm kühl, wurde aber zunehmend wärmer. Der Gang verzweigte sich, und es war leicht zu erkennen, in welche Richtung er gehen musste: einfach dem ausgetretenen Weg folgen.

Als er einen großen Raum erreichte, war er doch ein wenig überrascht. So hatte er es sich nicht vorgestellt.

9

Der Montag begann für Barbara wie jeder Tag mit einem Besuch in der Bäckerei Hoger. Dass sie Anna nichts sagen durfte von dem, was Bernd und sie für den nächsten Tag geplant hatten, wurmte sie kräftig. Einmal, weil sie eigentlich der ganzen, na ja, fast der ganzen Welt davon erzählen wollte. Zum anderen, weil sie nach wie vor überzeugt war, dass Anna es von allen als Erste erfahren sollte. Also fragte sie ihre Freundin, ob sie sich für den nächsten Nachmittag ein Stündchen freinehmen könnte, nach dem Ende des Konfirmandenunterrichts, so um halb fünf, für eine Tasse Kaffee und ein Stück Kuchen, wenn sie wollte.

Auf dem Rückweg fiel ihr siedend heiß ein anderes Problem ein: Wie sage ich es meinen Eltern? Die wären sicher gerne dabei. Sie hätten es auch nicht weit von Kaiserslautern nach Dahn. Ging jetzt aber nicht. Auch da wäre eine Einladung der richtige Weg. Für den nächsten Samstag vielleicht? Oder sie würde sich einfach zum Besuch bei ihnen anmelden, auch für Samstag. Wäre weniger Arbeit, und außerdem hatten die Eltern in den vergangenen Wochen wiederholt gefragt, wann sie denn endlich wieder einmal zusammen mit ihrem norddeutschen Brummbären zu Besuch käme. Das mit dem Brummbären war durchaus nett gemeint. Bernd war nun mal groß und hatte eine tiefe Stimme. Sein Akzent hatte sich zwar abgeschliffen, aber nach wie vor war unverkennbar, in welcher Gegend Deutschlands seine Wiege und seine Schule gestanden hatten. Barbaras Eltern mochten den ‚Verlobten' ihrer Tochter, wie sie ihn immer nannten. Er hatte sich mit seiner unkomplizierten Art ganz heimlich in ihre Herzen geschlichen.

Dann die Freunde? Die Kollegen? Das Presbyterium? Die Kirchengemeinde? Wie sollte sie es ihnen sagen? Es half nur eines: Es musste einen Termin geben, einen Termin in der Zukunft, von dem alle wussten, wozu sie eingeladen waren, wo sie mit dabei sein konnten – und das könnte die kirchliche Trauung sein. Den Termin müsste sie bis morgen mit Bernd absprechen, damit sie ihn anschließend weitergeben und einladen könnte. Doch wer sollte sie trauen? Der zuständige Nachbarkollege? Die Freundin aus dem Vikariat? Die Dekanin? Vielleicht wäre sie die Richtige, sozusagen zuständig qua Amt, dann konnte sich niemand übergangen fühlen.

Was am Tag zuvor noch so überraschend schön gewesen war, Bernds Mitteilung des Trautermins – obwohl er eigentlich nie richtig um ihre Hand angehalten hatte – zog nun eine Reihe von zu bearbeitenden Problemen nach sich. Vielleicht würden sie beim gemeinsamen Frühstück schon einige lösen können.

Als Bernd den Frühstückstisch abdeckte, stand der Termin für die kirchliche Trauung, den sie der Dekanin vorschlagen wollten, fest: der erste Samstag im Oktober, ein Tag vor dem Erntedankfest, in Schönbach, mit einem Sektempfang für alle nach dem Gottesdienst und anschließender Feier mit den Freunden und Verwandten im *Hirschen. So* könnte man es machen. Ab Mittwoch wollte sie sich darum kümmern.

Für den Vormittag hatte Barbara geplant, die Kollegin von der Sommerwaldgemeinde in Pirmasens anzurufen, ob sie die Familie Mahler kenne. Als sie ihr Amtszimmer betrat, um sich an die allwöchentliche Verwaltungsarbeit zu machen, erwartete sie dort bereits ein klingelndes Telefon. Alfred von Boyen war dran. Er wolle ihr von dem berichten, was er in den letzten beiden Tagen erfahren hatte.

Sie hörte sich die Geschichte von der eigentümlichen Frau und den Höhlen am Maimont an. Erstaunt war sie über den Eingang zu dem alten Bergwerk. Davon hatte sie noch nie gehört.

»Du bräuchtest jemanden, der sich mit der Lokalgeschichte und der Geografie der Gegend gut auskennt«, meinte sie. »Ich kann dir da wenig helfen.« Sie dachte nach. »Und am besten noch jemanden, der genügend freie Zeit hat.«

»Ja, so einen richtigen Lokalhistoriker bräuchte ich. Einen alten Volksschullehrer oder Ähnliches. Die haben doch früher oft die Ortschroniken verfasst.«

»Das ist eine gute Idee. Da wüsste ich auch jemanden. Allerdings ist es eine Lokalhistorikerin.«

»Das ist aber ein seltenes Phänomen. Ortsgeschichte ist meist eine Sache von Männern.«

»Aber sonst passt sie ins Bild. Denn sie war Volksschullehrerin in Bundenthal und hat zwei Ortschroniken und eine ganze Reihe anderer Beiträge verfasst.

Frau Danner wohnt in Erfweiler im Haus ihrer Eltern. Ich suche Adresse und andere Kontaktdaten heraus und schicke sie dir per E-Mail.«

Der erste kleine Erfolg des neuen Tages hatte sich bereits eingestellt. Jetzt müsste sie nur noch etwas Interessantes von der Kollegin in Pirmasens erfahren, dann hätte sie eine Reihe von Neuigkeiten für Bernd.

Jenny klang aufgekratzt, als sie sich am Nachmittag telefonisch bei der Polizeidirektion in Pirmasens meldete und Bernd Peters verlangte.

»Wir haben sie gefunden. Sie sind vom Gare de l'Est nur eine Station zum Gare du Nord gefahren und dort keineswegs in einen anderen Fernzug gestiegen, sondern in die RER B. Und rate mal, wo die hinfährt?«

»Zum Disneyland Paris, vermute ich. Da wollen alle Kinder hin.« Peters war eigentlich nicht zu Frage- und Antwort-Spielchen aufgelegt. Aber Jenny schien es wirklich gutzugehen, und darüber freute er sich. Sie war eine so hilfsbereite und freundliche Kollegin, wie es sie nur selten gab. Dass sie mit ihren knapp fünfzig Jahren nicht verheiratet war, konnte nicht an ihrem Aussehen oder ihrem Wesen liegen. Sie war ausgesprochen attraktiv, und das eben nicht nur durch ihr liebenswertes Wesen. In der Direktion erzählte man sich, es habe da einmal vor einer Reihe von Jahren – kurz nach ihrer Scheidung – einen Mann gegeben, der bei einem Motorradunfall gestorben sei, und dem sie immer noch hinterher traure. Seitdem war sie keine feste Bindung mehr eingegangen.

Das mit Disneyland hatte Bernd Peters nicht ernst gemeint, aber er wollte Jenny eine Freude machen und ihr eine Vorlage dafür liefern, ihn verbessern zu können.

»Disneyland? So ein Unsinn. Die RER B fährt ...« Sie machte eine Kunstpause. »Sie fährt zum Aéroport Charles de Gaulle. Zum Flughafen!«

Das war keine gute Nachricht. Wie sollten sie herausbekommen, wohin Frau Mahler mit ihren beiden Kindern geflogen ist?

»Das bedeutet viel Arbeit«, sagte Peters.

»Wir sind schon dran. Wir überprüfen zunächst alle Flüge, die an dem Tag nach Ankunft des Zuges noch abgegangen sind. Wenn wir da nicht erfolgreich sind, suchen wir weiter.«

»Wir – das meint Philippe und du, sehe ich das richtig?«

»Genau«, sagte Jenny und ihr Strahlen war förmlich zu hören. »Philippe und ich. Und ich rufe an, sobald wir etwas herausgefunden haben.«

»Hoffentlich sind sie nicht einfach zurück nach Paris gefahren, um von dort irgendeinem Zug an irgendeinem der vielen Bahnhöfe zu nehmen, der sie irgendwohin gebracht hat.« Bernd Peters war skeptisch.

»Sei kein Spielverderber«, sagte Jenny, »wir schaffen das schon«, und legte auf.

Die Kollegin vom Sommerwald in Pirmasens hatte nur noch zwei Jahre bis zu ihrer Pensionierung. Aber sie war mit ihrer Gemeinde jung geblieben. Auf dem

Sommerwaldhügel hatte es den sich alle paar Jahrzehnte ereignenden Wechsel der Generationen gegeben. Die alten Hausbesitzer waren zu ihren Kindern oder in die Alten- und Pflegeheime gezogen oder in ihren eigenen vier Wänden verstorben. Die Häuser wurden von jungen Familien gekauft und eine neue Generation von Kindern wuchs in den Straßen heran. Nicht mehr in dem Maße auf den Straßen im eigentlichen Sinn wie noch vierzig Jahre zuvor. Dort spielten sie nur noch selten. Dafür trafen die Kinder sich in den Gärten oder ihren Zimmern.

Pfarrerin Traude Heimlich war es jedoch gelungen, auch diese Familien zusammenzuführen und ihnen passende Angebote zu machen – im Kindergarten, in den Jugendgruppen, im Kindergottesdienst. Einen Großteil der Kinder, die ihr dort begegneten, hatte sie getauft. Man kannte sie und sie kannte ihre Gemeinde.

Sie kannte auch Familie Mahler, Vater, Mutter und die Kinder. Frau Mahler traf sie regelmäßig bei einer Gruppe ehemaliger Kindergartenmütter, die alle zwei Wochen im Gemeindehaus zusammenkamen und sich bei den Basaren und Festen der Gemeinde einbrachten.

»Doch, die Mahlers kenne ich gut«, sagte sie, als Barbara Fouquet nach ihnen fragte. Traude Heimlich leistete sich an ihrem freien Montagvormittag die ausführliche Lektüre einer Wochenzeitung, die bereits am Donnerstag zuvor erschienen war. Deshalb galt sie als top informiert und hatte in vielen Dingen ein sicheres Urteil. »Das mit Herrn Mahler ist schrecklich. Das ganze Viertel ist in Unruhe. Ich habe schon mehrfach versucht, Frau Mahler zu besuchen und anzurufen. Aber sie ist nicht zu Hause und ans Telefon geht sie auch nicht.«

»Du weißt doch, mein Polizist ist für den Fall zuständig«, sagte Barbara. Wer ,ihr Polizist' war, wussten alle Kolleginnen und Kollegen. Das war nach vier Jahren kein Geheimnis mehr. »Er kommt – wie du – an niemanden heran. Da habe ich ihm vorgeschlagen, dass ich mal mit dir spreche.«

»Gerne – aber genauso gerne kann dein Polizist auch einmal bei mir vorbeikommen. Ich würde ihn mir dann genauer anschauen.« So war Traude – einiges über sechzig, aber immer noch kess.

»War etwas Auffallendes in den vergangenen Monaten bei der Familie Mahler? Konflikte? Ungewöhnliche Ereignisse? Finanzielle Probleme? Hast du etwas mitbekommen?«, fragte Barbara.

»Ja, da war tatsächlich etwas. Einiges sogar. Lauter ungewöhnliche und Angst machende Ereignisse.«

»Zum Beispiel?«

»Zum Beispiel diese Sache mit dem Fahrradunfall von Jacqueline, der Tochter. Das ist wirklich ein umsichtiges Kind, und ich glaube ihrer Mutter, die Stein und Bein darauf schwört, dass ihre Tochter eine vorsichtige Fahrerin ist. Aber vor knapp zwei Monaten ist sie auf eine Mülltonne aufgefahren, von der sie behauptete, dass die plötzlich auf den Bürgersteig gerollt sei. Es war aber niemand zu sehen und die Leute, denen die Tonne gehörte, bestanden darauf, dass sie schon seit dem frühen Morgen dort gestanden hätte.

Jacqueline hätte schwören können, dass sie zuvor nicht dort gestanden hatte, sondern plötzlich aus der Ausfahrt herauskam. Jaqueline musste ins Krankenhaus, hatte eine leichte Gehirnerschütterung und unschöne Prellungen und Abschürfungen.«

»Und das konnte nicht geklärt werden?«

»Nein, da stand sozusagen Aussage gegen Aussage.« Traude Heimlich zögerte einen Moment. »Das waren aber auch komische Leute, die mit der Mülltonne«, sagte sie noch. »Die hatten das Haus erst vor Kurzem gemietet und sind im vergangenen Monat schon wieder ausgezogen.«

»War da noch mehr?«, fragte Barbara nach.

»Es haben sich ein paar Ereignisse gehäuft, die es immer wieder einmal gibt, allerdings selten so dicht aufeinander. Beim Auto von Frau Mahler versagten die Bremsen. Es war viel zu wenig Bremsflüssigkeit im System und die entsprechende Warnleuchte war defekt. Der Hund der Familie, den sie jeden Morgen in den Garten ließen, kam eines Tages nicht wie üblich nach ein paar Minuten zurück. Gefunden haben sie ihn dann an seinem Halsband erhängt am Gartenzaun. Niemand konnte sich erklären, wie das hatte passieren können. Und schließlich waren eigentlich lang haltbare Lebensmittel verdorben. Einmal haben sie es nicht gemerkt, und die ganze Familie hatte leichte Vergiftungserscheinungen. Also, das war alles ziemlich rätselhaft.«

»Und was sagte Frau Mahler dazu?«, wollte Barbara wissen.

»Na ja, es machte ihr Angst und sie konnte es sich nicht erklären. Es hätten alles unglückliche Zufälle sein können – aber so gehäuft?«

»Und Sebastian Mahler?«

»Der schüttelte den Kopf und sagte etwas von einer Pechsträhne, wollte aber nicht so richtig über diese Vorfälle reden.«

»Schon komisch, das alles.« Barbara dachte einen Moment nach. »Ich darf es doch Bernd weitererzählen, oder? Vielleicht hilft ihm das bei seinen Ermittlungen – auch wenn es sich um ungeklärte Angelegenheiten handelt.«

»Du kannst es ihm gerne erzählen. Es unterliegt nicht meiner Schweigepflicht. Frau Mahler hat das ganz offen in ihrer Gruppe erzählt. Aber, wie gesagt, dein Polizist kann gerne bei mir vorbeikommen, ich würde mich freuen«, schloss Traude Heimlich ihre Rede, wünschte noch einen guten Tag, legte auf und griff wieder zur Zeitung.

»Die drei stehen auf keiner Passagierliste der infrage kommenden Flüge.« Jenny rief am Nachmittag noch einmal an. »Tut uns leid. Aber wir haben weitergesucht. Sind einfach alle Flüge durchgegangen und haben nach der Konstellation ‚Frau und zwei Kinder‘ gesucht.«

»Das war eine tolle Idee«, sagte Bernd Peters anerkennend, um gleich nachzufragen: »War sie von dir oder von Philippe?«

»Diese Idee war das Ergebnis einer sich als fruchtbar erweisenden internationalen Zusammenarbeit«, sagte Jenny und versuchte schnippisch zu klingen.

»War die Idee denn auch fruchtbar?«

»Diese Konstellation gab es an dem Abend noch dreimal. Eine englische Großmutter mit zwei Enkeln, die nach Heathrow flogen. Und zwei Frauen in den Vierzigern mit Kindern im passenden Alter. Beides französische Familien. Die einen flogen nach Kanada, die anderen in die Karibik.«

»Also keine Deutschen?«, fragte Peters.

»Keine Deutschen – auf jeden Fall nicht mit deutschem Namen und deutschem Pass. Wir wollen die beiden Gruppen jedoch noch gründlicher überprüfen, bevor wir aufgeben. Momentan werden die Reisepässe überprüft, die beim Zoll eingescannt wurden. Ich melde mich, sobald wir ein Ergebnis haben.«

»Familie Mahler könnte aber auch am oder auf dem Flughafen übernachtet haben und erst am nächsten Tag abgeflogen sein«, mutmaßte Bernd Peters.

»Sie können auch mit dem Zug wieder zurück nach Paris gefahren und von dort mit einem Leihwagen oder einem anderen Zug weitergefahren sein«, sagte Jenny. »Das ist alles möglich. Wir werden es überprüfen, wenn wir mit den beiden Familien, die wir derzeit im Blick haben, erfolglos waren.«

»Ihr macht das bestimmt richtig, Philippe und du«, grinste Peters in sich hinein. »Ich wünsche euch weiterhin erfolgreiche Kooperation und Völkerverständigung.«

Bernd Peters drehte sich zu Klaus Scheller um: »Von Jenny nichts Neues, aber vielleicht eine Spur. Was macht eigentlich die DNA-Analyse, die du am Samstag weggeschickt hast?«

»Frühstens morgen können wir mit einem Ergebnis rechnen.«

»Na, immerhin besser als am Jüngsten Tag«, brummte Peters vor sich hin.

»Und dann gar noch an dessen spätem Nachmittag«, raunte Scheller zurück.

»Was hast du gesagt?«

»Na, das sagt man doch so, wenn man davon ausgeht, dass etwas nie passiert. Dann sagte man: frühstens am Jüngsten Tag und dann auch erst am späten Nachmittag«, sagte Scheller, als rede er vom Selbstverständlichsten der Welt.

»Habe ich noch nicht gehört«, sagte Peters und drehte sich wieder um.

10

Der nächste Vormittag bestand für Klaus Scheller hauptsächlich aus wenig aufregender Routine, für Alfred von Boyen aus einem charmanten Rendezvous und für Bernd Peters und Barbara Fouquet aus einem einzigartigen Ereignis.

Klaus Scheller saß zusammen mit den beiden zugewiesenen Kollegen im Büro und widmete sich der Fleißarbeit: Konten überprüfen, Telefonlisten durchgehen, Details der bisherigen Erkenntnisse telefonisch überprüfen und warten. Warten, vor allem auf die Ergebnisse des DNA-Abgleichs und damit einer Antwort auf die Frage, ob der Tote möglicherweise gar nicht Sebastian Mahler sei.

Er wusste nicht, was er sich wünschen sollte. War es Sebastian Mahler, waren damit die meisten Fragen noch nicht beantwortet:

– Warum überhaupt? – die Frage nach dem Motiv.

– Warum so? – die Frage nach dem Tathergang: drei verschiedene Waffen, kein Kampf. Und die Frage:

– Wer? – die Frage nach dem Täter oder der Täterin. Dafür, dass der Mord nun schon fast zehn Tage zurücklag, wussten sie wirklich wenig. Vielleicht war es der perfekte Mord. Auf der Polizeischule hatte man ihnen allerdings eingetrichtert, dass es den nicht gäbe.

Sie wussten wenig: ein toter Mann mit zerschossenem Gesicht, eine verschwundene Ehefrau, eine Million Euro nach Dänemark überwiesen, die Konten zugunsten verschiedener Banken auf den Cayman-Islands geräumt, Besuch von Botschaftsmitarbeitern. Es wurde Zeit, dass etwas Licht in das Dunkel kam. Aber woher?

Alfred von Boyen hatte umgehend nach dem Gespräch mit Barbara Fouquet bei Lina Danner angerufen. Die zeigte sich sehr erfreut über seinen Anruf, hatte sie doch schon von ihm gehört, ihn auch bereits einmal aus der Ferne bei einer Beerdigung gesehen und war gespannt, ihn persönlich kennenzulernen. Man einigte sich darauf, dass er zu ihr nach Erfweiler käme, dann hätte sie ihre Literatur greifbar, und sie würde auch eine schöne Tasse Kaffee machen. Also warf von Boyen am Dienstagmorgen seinen alten Rover an. Es dauerte lange, bis die Kontrollleuchte für den Öldruck erlosch, obwohl der Motorölstand stimmte. Auch nahm er schlecht Gas an, die Vergasereinstellung stimmte allerdings. Er befürchtete, dass der Motor eine große Revision benötigte, bei der alle ausgeschlagenen Wellen und Klappen, Ventile und Kipphebel ersetzt werden müssten. Vielleicht wäre ein Austauschmotor günstiger, auf jeden Fall ginge es schneller. Von diesen Motoren gab es noch Tausende, viele fachkundig instandgesetzt. Oder sollte er sich ganz von dem Wagen trennen? Vielleicht doch lieber einen Jaguar? Oder einen neueren Rover? Ein englischer Wagen musste es sein – Leder und Holz, old style.

Die Fahrt nach Erfweiler verlief jedoch ohne Probleme. Frau Danner erwies sich als eine anregende Gesprächspartnerin und gute Gastgeberin. Es geht eben nichts über die Volksschullehrer und -lehrerinnen der alten Schule, dachte Alfred von Boyen immer wieder. Die meisten von ihnen waren wichtige Stützen der Gesellschaft gewesen, besonders auf dem Land und in den kleinen Städten.

Von Boyen erzählte Frau Danner seine Geschichte – von Michaels Beobachtungen, vom Gespräch mit den Nachbarn, von seinem Erkundungsmarsch rund um den Maimont, von den Höhlen und dem Bergwerk.

»Ja, um den Maimont rankt sich so manche Geschichte«, sagte Frau Danner, als von Boyen mit seinem Bericht zu Ende war. »Bereits im Waltharilied ist er erwähnt – und das ist immerhin schon tausend Jahre alt und greift auf noch ältere Überlieferungen zurück. Es ist ein auffallender Berg mit seinen zwei unterschiedlich hohen Kuppen und er lag immer im Grenzgebiet. Dann der Keltenring, die Reste einer alten Siedlung. Sicher spielt der Opferstein in der Fantasie der Menschen auch eine Rolle. Niemand weiß, ob es wirklich ein Opferstein ist oder nur eine ungewöhnliche Ausgestaltung des Felsen. Aber es regt die Fantasie an. Und es gab wirklich viele Opfer auf diesem Berg, menschliche Opfer bewaffneter Auseinandersetzungen. Nicht nur im Waltharilied, auch in den Kriegen zwischen Deutschland und Frankreich.«

»Haben Sie einmal etwas von einem Bergwerk dort oben gehört?«

»Ja, ja, das stimmt. Bergwerksstollen gibt es ja einige in unserer Gegend. Den in Nothweiler kann man bis heute besichtigen. Von dem am Maimont kannte man bisher jedoch lediglich die Abraumhalden, wenn ich richtig informiert bin.«

Frau Danner war eine kleine, vor Energie sprühende Frau Ende sechzig. Ihr schmales Gesicht fiel durch seine markante Nase und die lebendigen Augen auf. Das alles war umgeben von einem Knäuel schwarz-grauer Locken, die sich offenbar nicht bändigen ließen, denn sie standen in unsymmetrischen Wölkchen um das Gesicht herum. Die Stimme hatte etwas Bestimmendes, wie es bei einer Lehrerin wohl sein musste. Ihr fehlte jede Art von bewusst eingesetztem Charme, sie wirkte sehr sachlich – und gerade das fand Alfred von Boyen äußerst apart.

»Könnte es also sein, dass es sich bei dem, was ich da gesehen habe, um den Eingang zu einem Bergwerk handelt?«, hakte von Boyen nach.

»Das ist möglich. Wir sollten es einmal in Augenschein nehmen«, sagte Frau Danner und griff nach ihrem Terminkalender. »Ich habe eigentlich viel Zeit – zumindest tagsüber.«

Alfred von Boyen war aber noch nicht alle seine Fragen losgeworden. »Diese Frau, von der der Junge mir berichtet hat, und deren Wohnung ich gesehen habe – haben Sie jemals etwas von ihr gehört?«

»Das war vermutlich Joçeline. Sie stammt ursprünglich aus Sturzelbronn. Sie war ein ungewöhnlich intelligentes Mädchen und sollte auf eine Eliteschule nach Strasbourg geschickt werden. Ihre Eltern hatten ein gut gehendes, recht bekanntes Restaurant, das auch im Guide Michelin vermerkt war. Eines Tages brannte das ganze Haus nieder. Man vermutete Brandstiftung, konnte den Täter aber nicht ausfindig machen. Das Mädchen wurde im letzten Moment aus seinem Zimmer im oberen Stockwerk gerettet. Dieses Erlebnis muss sie traumatisiert haben. Seitdem war sie nicht mehr dieselbe wie zuvor. Sie begann, sich zurückzuziehen. Wollte allein sein, redete wenig. Begann sich für randständige Themen zu interessieren, die sie aber mit ihrer nach wie vor hohen Intelligenz intensiv durchdrang. Einmal ist sie damit sogar im Fernsehen aufgetreten, in einer Rateshow. Damals war sie Spezialistin für die französischen Adelshäuser. Sie kannte sie alle, über alle Jahrhunderte hinweg. Es war unglaublich. Alles, was man dazu lesen konnte, hatte sie in sich aufgesogen. Später dann waren es andere Themen, die sie interessierten: die Morphologie des Oberrheingrabens, die französische Überseeliteratur des neunzehnten Jahrhunderts, die indianische Bevölkerung Nordamerikas vor 1492.«

»Und sie lebt dort oben im Wald?«, wollte von Boyen wissen.

»Ja, manchmal, im Sommer sogar überwiegend. Sie hat noch eine Wohnung in dem wiederaufgebauten Haus ihrer Eltern. Das Restaurant führen jetzt andere.

Sie lebt von einer Rente und den Mieteinnahmen. Sie hat noch Freundinnen von früher. Aber seit sie durch diese Feuersbrunst eingesperrt gewesen war, hat sie einen unglaublichen Freiheitsdrang. Hält es nirgends lange aus, kommt allenfalls einmal für eine halbe Stunde zu Besuch. Sie ist absolut ungefährlich, aber selten freundlich, immer unter Anspannung, ängstlich. Trotzdem – sie kommt mit dem Leben zurecht, dazu ist sie einfach intelligent genug. Zum Glück konnte verhindert werden, dass sie in ein Heim gesteckt wurde. Als das zur Debatte stand, gab es in Sturzelbronn einen Aufstand, und das Amt in Strasbourg hat Abstand von weiteren Maßnahmen genommen.«

»Meinen Sie, ich könnte einmal mit ihr reden? Vielleicht hat sie etwas gesehen. Vielleicht ist sie eine wichtige Zeugin.«

»Wenn man ihr glauben wird. Das könnte ein Problem werden.«

»Ich würde es auf jeden Fall versuchen wollen«, sagte von Boyen. »Würden Sie mich begleiten?«

»Gerne mache ich das. «

Die beiden tranken noch eine Tasse Kaffee und unterhielten sich ein wenig über dies und das, über das geplante Schulungszentrum der NPD in Dahn, die vielen Verkehrsunfälle auf den Landstraßen der Gegend und den genial gestalteten Planetenweg zwischen Dahn und Hinterweidenthal, der das Sonnensystem maßstabsgerecht abbildete.

Punkt 8.30 Uhr begann in der Hauptstraße von Schönbach der Dieselmotor eines VW-Golf zu nageln. Wenn die Pfarrerin ihr altes Auto anwarf, bekam das die ganze Nachbarschaft mit. Jedoch ahnten sie an diesem Morgen nicht, wohin die Fahrt gehen sollte. Ungewöhnlich war, dass dieser Polizist aus Pirmasens, der nun schon einige Zeit mit im Pfarrhaus wohnte, sich auf die Beifahrerseite gesetzt hatte. Eigentlich hätte er bei der Arbeit sein müssen.

Beide hatten sich schick gemacht. Nicht übertrieben, denn für die kirchliche Trauung musste noch etwas Luft nach oben sein. Deren Termin stand fest und würde ab dem Mittag dieses Dienstages auch mit jedermann, der es wissen wollte, kommuniziert werden. Die Dekanin hatte am Samstag vor dem Erntedankfest Zeit. Alles andere konnte man noch später regeln.

Bernd hatte »Butter bei die Fische gemacht«, wie man in seiner norddeutschen Heimat sagt, einen Termin beim Standesamt vereinbart und nun waren sie auf dem Weg dorthin. Dieses ewige Herausschieben einer Entscheidung, die im Grunde schon gefallen war, hatte beide bedrückt. Nur hatte er nicht wirklich um ihre Hand angehalten. Eine Heirat ohne geschickt inszeniertes ‚wedding-proposal‘, wie man es allenthalben im Internet sehen konnte – konnte das gut gehen? Diese Frage kam Barbara immer wieder, aber sie versuchte sich damit zu trösten, dass sie solche Inszenierungen gar nicht mochte. Trotzdem: Gefragt werden wollte man, beziehungsweise frau doch!

So richtig entspannt waren die beiden nicht. Wie sollten sie auch? Einerseits wurde es heute sehr ernst, andererseits war es eine Eheschließung als hineingeschobener Termin. Das erhöhte die Anspannung noch. Aber was Anspannung anging, waren sie Profis. Unter Anspannung noch locker daherkommen, das konnten sie. So versuchten sie es an diesem Vormittag einander leicht zu machen. Denn dass dieser Familienstandswechsel heute geschehen sollte, darüber waren sie sich einig.

Barbara hatte ihr hautenges Kleid angezogen, mit dem sie einst einen Hotelbesitzer aus Ludwigswinkel aus der Reserve gelockt hatte. Bernd trug seinen gut sitzenden dunkelblauen Anzug, den er mit einem roten Einstecktuch und einer gleichfarbigen Krawatte aufgepeppt hatte. Die Standesbeamtin verzichtete bei der Zeremonie auf die sonst übliche Standardansprache, war sie doch der Meinung, in dieser Hinsicht einer Pfarrerin, die schon einige kirchliche Trauungen gehalten hatte, nichts Neues mehr sagen zu können.

So waren sie ganz allein mit der Standesbeamtin in dem Raum mit den zwei künstlerisch gestalteten Fenstern, der gelegentlich auch für eine nüchterne Sitzung herhalten musste, an diesem Vormittag aber für eines der wichtigsten Ereignisse im Leben zweier Menschen. Dass eine Eheschließung einem Wagnis gleicht, wie es die meisten Menschen nur mit einem durch Hormonüberflutung geschwächten Verstand eingehen, war den beiden bewusst. Man schloss einen Vertrag miteinander, der Folgen für das ganze Leben haben würde, selbst dann noch, wenn man sich einmal getrennt haben sollte. Warum machten sie das? Die steuerlichen Vorteile allein konnten es nicht sein. Auch nicht die Klarheit beim Erben, an das sie ohnehin nicht dachten. Die Eheschließung war für die beiden vorrangig ein Bekenntnis zueinander, gerade auch angesichts der Unsicherheit der Zukunft. Es war eine Willenserklärung. Sie wollten einander Verlässlichkeit auch für den Fall zusagen, dass alles andere sie verlassen sollte. Es war ein Wagnis, das war beiden klar, nicht nur angesichts der Unüberschaubarkeit der Zukunft, sondern auch in Bezug auf sich selbst. Würden sie immer so stark, so treu, so bereit zum Verzicht und zum Verzeihen sein, wie es das Leben möglicherweise von ihnen fordern könnte?

Diese Gedanken waren ihnen in den vergangenen Jahren immer wieder durch den Kopf gegangen und besonders in den beiden letzten Tagen. Es waren jedoch nicht die Gedanken, mit denen sie das Trauzimmer betraten. Da waren sie erfüllt von der Gewissheit, das Richtige zu tun, und dem Glück, an einem lang ersehnten Ziel in ihrem Leben angekommen zu sein. Jetzt wurde etwas festgeschrieben, was in ihren Herzen schon lange Wirklichkeit war. Sie genossen es, allein mit der Beamtin im Zimmer zu sein, auf niemanden Rücksicht nehmen zu müssen, keinen Gedanken darauf verschwenden zu müssen, wie sie aussahen und wie ihr Verhalten auf andere wirkte. Sie konnten ganz sie selbst sein, soviel lächeln, wie sie wollten, und den Freudentränen freien Lauf lassen.

Niemandem hatten sie von der Trauung erzählt und auf ein öffentliches Aufgebot verzichtet, das ohnehin nicht mehr Pflicht war. Dennoch hatte es sich in der Verbandsgemeindeverwaltung herumgesprochen, wer an diesem Tag in den Stand der Ehe treten würde. Als sie das Trauzimmer verließen, stand dort der Verbandsbürgermeister und gratulierte sichtlich erfreut mit einem Blumenstrauß. Die beiden kannten ihn gut und empfanden ihn als sympathisch. Es war eine schöne Überraschung.

Zur Feier des Tages hätte es ein Sternerestaurant sein können, in der Pfalz oder im Elsass. Bernd hatte jedoch in der kleinen Gaststätte beim Sportflugplatz auf dem Söller reserviert. Hier hatten sie einen ihrer ersten gemeinsamen Abende verbracht. Man könne fast sagen, hier habe es angefangen, meinte Bernd, als sie sich auf die Terrasse in den Schatten eines großen Sonnenschirms setzten.

»Es war so unromantisch«, sagte Barbara, »aber so schön. Keine Blumenkinder, keine Trauzeugen, nur wir beide und die Standesbeamtin. Eheschließung im Verborgenen, würde die Zeitung titeln, oder vielleicht: Was keiner wissen sollte.«

»Nur wir beide, in den sicher wichtigsten Minuten meines Lebens«, meinte Bernd. »Ich fand das genau richtig.«

»Es war auch richtig und wir sollten die Zeit zusammen jetzt auch noch genießen. Wenn die Sache mit der kirchlichen Hochzeit erst bekannt ist, dann haben wir für einige Tage keine ruhige Minute mehr.«

»Anna Hoger wird sagen: Ich habe es mir doch gedacht, der Bernd hat so einen komischen Gesichtsausdruck gehabt, als er heute Morgen die Brötchen geholt hat.«

»Meine Mutter wird sagen: Wurde auch Zeit, schließlich möchte ich es noch erleben, Oma zu werden«, lächelte Barbara.

»Meine Eltern werden sich freuen und so etwas sagen wie: Schön, dass du es noch einmal gewagt hast. Die Barbara ist bestimmt die Richtige für dich.«

»Der Frauenbund wird anbieten, den Blumenschmuck für die kirchliche Trauung zu übernehmen.«

»Im Büro werde ich sofort einen ausgeben müssen.«

»Am Sonntag nach dem Gottesdienst werden sie mir alle gratulieren.«

»Und Alfred? Was wir der tun oder sagen?«, fragte Bernd.

»Der wird uns sein altes Auto als Hochzeitswagen anbieten und den Kofferraum mit französischem Rotwein füllen – oder so ähnlich.«

Bernd nahm ihre Hand und sagte: »Das wünsche ich mir nun schon seit fast vier Jahren: den Rest meines Lebens mit dir zu verbringen.«

Sie küssten sich und hielten die Hände, bis das Essen kam – Schniposa, in Erinnerung an ihr erstes Mal in dieser Gaststätte.

»Mit Feiern ist heute nichts«, sagte Barbara. »In einer guten Stunde beginnt mein Konfirmandenunterricht.«

»Und ich muss nach Pirmasens – aber auf diesen Nachmittag folgen noch ein Abend und eine Nacht«, sagte Bernd und lächelte sein charmantestes Lächeln.

Am Abend rief Alfred von Boyen bei Bernd Peters an und bat um ein Treffen am folgenden Vormittag. Er habe etwas Wichtiges mitzuteilen.

11

Beim ‚Hochzeitsessen' mit Schnitzel, Pommes und Salat auf dem Söller hatte Barbara ein Foto gemacht: ihre beiden Hände nebeneinander, die Trauringe gut zu sehen. Dieses Foto schickte sie anschließend Anna Hoger mit der Bemerkung: bis nachher!

»Erzähl mal! Wie kam das denn so plötzlich? Darauf gewartet habe ich schon seit Jahren, aber irgendwie schien sich da nichts zu tun. Und nun, so ohne Vorankündigung, an einem popeligen Dienstagvormittag?! Wie kam das?« Anna war neugierig und angespannt wie ein Kind beim ersten Zirkusbesuch. »Und er hat einfach nur gesagt: ›Schreib mir deine freien Tage auf!‹ und dir dann den Termin vorgesetzt? Das kann doch nicht sein! Kein Heiratsantrag? Kein Kniefall? Kein Verlobungsring? Ziemlich dröge, dein Nordfriese.«

»Es hat alles gepasst«, sagte Barbara. »Es war schön so. Wir wollten schon seit mindestens drei Jahren heiraten. Aber immer hat es mit den Terminen nicht geklappt oder wir hatten keine Zeit zu planen. So ist es gut. In aller Stille, nur wir beide, die große Feier folgt.«

»Und wann?« Anna zappelte auf ihrem Stuhl herum wie ein Kindergartenkind.

»Am Samstag vor dem Erntedankfest, hier in der Kirche.«

»Könnte es sein, dass wir dann außer für die Früchte des Feldes auch für eine zu erwartende Frucht deines Leibes danken können?« Anna schaute sie verschwörerisch an.

»Wie bitte?«

»Na, ist doch klar. Ist da was unterwegs? Bekommst du ein Kind?«

»Nein, wie kommst du darauf? Alles zu seiner Zeit.«

»Ich sage nur: Die Uhr tickt.« Anna hob mahnend einen Zeigefinger.

»Schau'n wir mal«, wiegelte Barbara ab.

»Also am Samstag vor dem Erntedankfest ist die kirchliche Trauung?!«

»Ja, die Dekanin wird den Gottesdienst halten – und ich möchte, dass du meine Trauzeugin bist.«

Anna strahlte. »Welch eine Ehre, vielen Dank!« Dann fügte sie hinzu: »Na, ja, als Brautjungfer tauge ich nicht mehr, bin weder jung noch Jungfer.«

»Ich glaube, diese Rolle würden gerne die beiden kleinen Töchter meines Bruders übernehmen. Oder sie streuen die Blumen.« Barbara winkte ab. »Wir haben noch Zeit, das alles zu planen. Erst einmal müssen wir alle informieren.«

»Prima! Komm, lass uns eine schöne ‚Save the date' Nachricht verfassen. Die kannst du dann in die Welt hinausschicken.«

Anna setzte sich an ihren PC, und die beiden waren in der nächsten halben Stunde damit beschäftigt, eine für diese Hochzeit passende Terminmitteilung zu verfassen.

Pünktlich um 7.30 Uhr am Mittwochmorgen klingelte es an der Tür des Pfarramtes in Schönbach. Bernd Peters hatte mit Alfred von Boyen diese Uhrzeit für die erwünschte kurze Besprechung ausgemacht. Normalerweise musste er um diese Zeit schon das Haus verlassen, aber er wollte Alfred nicht so früh aus dem Bett jagen.

Barbara war zuvor wie jeden Morgen in der Bäckerei Hoger gewesen, um die Frühstücksbrötchen zu kaufen. Der kurze Wortwechsel mit Anna beim Einkauf war inzwischen stark ritualisiert, es fielen immer die gleichen Worte. Heute jedoch fragte Anna: »Hast du schon die Zeitung gelesen? Diesen Artikel auf der südwestdeutschen Seite. Den über die Sache mit dem Baum in Ludwigshafen?«

»Bis zur Zeitung habe ich es heute noch nicht gebracht«, sagte Barbara. »Ich bin erst beim Frühstückmachen.«

»,Der unbekannte Held von der Rheinuferstraße' lautet die Überschrift. Also, das war eine ziemlich komplizierte Sache. Ich mache es kurz: Da war ein Lastwagen, ein Sattelschlepper, auf der Rheinbrücke zwischen Mannheim und Ludwigshafen auf der Abfahrt von der Fahrbahn abgekommen und hing da nun zwischen Himmel und Erde. Zum Glück war er im Geländer und in einem kräftigen Baum hängengeblieben, denn direkt unter der Auffahrt befindet sich ein Kindergarten. Es hätten viele Kinder sterben können.«

Barbara hatte es eilig, weil Alfred von Boyen sich angekündigt hatte. Sie wollte Anna bremsen, aber die hatte sich gerade erst warm geredet.

»Nun musste der Lkw geborgen werden. Von oben ging es nicht, die Brückenauffahrt ist marode und hätte keinen Autokran mit Last ausgehalten. Von unten kam man nicht heran, weil der Baum im Weg stand. Den wollte man fällen – aber wie? Der Sattelschlepper drückt auf den Baum. Niemand konnte sagen, wo er hinfallen würde. Das war ein lebensgefährlicher Job. Die Leiterin des Grünflächenamtes wollte ihre Leute nicht der Gefahr aussetzen. Es wurde eine Fremdfirma zum Fällen des Baumes geholt. Die sahen die Situation genauso. Niemand war bereit, den Baum zu fällen. Man sprach von einem Selbstmordkommando. Die ganze Verwaltung war in Aufruhr. Man telefonierte wie wild herum, brachte Hinz und Kunz in Bewegung, um jemanden aufzutreiben, der eine Idee hätte, wie man das Problem mit dem Baum lösen könnte. Da bekam die Oberbürgermeisterin einen Anruf von einer ihr unbekannten Firma. Sie könnten einen Mitarbeiter schicken, der die Fällung des Baumes übernähme. Er wolle das allein machen. Es gelang ihm, eine große Scheibe aus dem Baum herauszutrennen. Es passierte das, was befürchtet worden war. Der Baum wechselte die Fallrichtung und begrub den Mann unter sich. Es passierte sonst niemandem etwas. Der tote Mann hatte keine Papiere bei sich, der angegebene Name stimmte nicht, und er wurde deshalb von der Presse zum unbekannten Helden ernannt.«

»Eine komische Sache, da hast du recht«, meinte Barbara. »Warum hat der Mann das gemacht?«

»Es gab keine Alternative. Irgendwer musste es machen.«

»Ich lese mir den Artikel nachher in Ruhe durch. Aber jetzt muss ich nach Hause.«

»Wir haben möglicherweise einen Zeugen für den Mord«, begann Alfred und erzählte im Duft seiner dampfenden Kaffeetasse von Michael, den Höhlen, dem Bergwerk und dem Gespräch mit Lina Danner. »Ihr Name soll Joçeline sein, eine Frau aus Sturzelbronn, die aufgrund einer posttraumatischen Belastungsstörung immer wieder einige Zeit in der freien Natur verbringt. Meist rund um den Maimont. Sie könnte an jenem Morgen dort gewesen sein und etwas gesehen haben.«

»Dann werde ich sie suchen lassen«, sagte Bernd. »Das ist immerhin ein möglicher Ansatz. Wahrscheinlich muss ich den Kollegen Lemaitre aus Haguenau um Amtshilfe bitten, wenn wir auch auf der Südseite des Maimont suchen müssen.«

»Ich glaube, das ist keine gute Idee«, meinte Alfred. »Sie gilt als scheu und ängstlich. Eine Hundertschaft Polizei oder auch nur einige wenige Uniformierte würden sie sicher vertreiben. Ich könnte das übernehmen. Zusammen mit Lina Danner und vielleicht noch ein zwei Leuten aus Sturzelbronn, die Joçeline kennen.«

»Auch in Ordnung«, meinte Bernd, »aber dann fällt das wieder unter private Investigation ohne Absprache mit den zuständigen ermittelnden Beamten.«

»Ich hätte es nicht schöner sagen können«, lächelte Alfred. »Wie weit seid ihr eigentlich?«

»Ich erwarte heute wichtige Informationen: den DNA-Vergleich des Toten mit den Kindern von Sebastian Mahler, um seine Identität zu bestätigen, und einen Anruf von Jenny aus Paris, ob sie Frau Mahler auf die Spur gekommen ist. Wir wissen noch nicht, was es mit dieser Überweisung von einer Million Euro auf sich hat. Die anderen Konten sind inzwischen leer und das Geld auf die Cayman-Islands transferiert. Mahler hatte Besuch von der rumänischen Botschaft und es gab in den vergangenen Monaten einige in ihrer Häufung ungewöhnliche, Angst machende Ereignisse im Leben der Familie Mahler. Wir haben noch kein mögliches Motiv und keine Spur von dem Täter mit den drei Waffen.«

»Also bis jetzt ergibt sich das Szenario«, fasste Barbara zusammen, »Herr Mahler oder Familie Mahler ist bedroht worden, vielleicht von Mitarbeitern der rumänischen Botschaft, Grund unbekannt, Herr Mahler hat nicht nachgegeben, er wurde erschossen, die Familie ist geflüchtet.«

»Ja«, meinte Bernd, »das könnte sein. Bleibt noch die Sache mit der Million und den drei verschiedenen Waffen.«

»Drei Waffen, drei Täter«, meinte Alfred. »Drei Mitarbeiter der Botschaft.«

»Apropos Botschaft«, warf Bernd ein. »Du hast doch immer noch Verbindungen in die Politik. Könntest du dich da mal umhören, was es mit diesem Besuch auf sich haben könnte?«

»Oh, Botschafter und Botschaften, das ist eine ganz spezielle Sache. Da muss man entweder mit dem Fingerspitzengefühl einer Uhrmacherin vorgehen oder aber besonders trickreich.« Alfred kräuselte die Stirn. »Die Gebäude sind exterritorial, unsere Polizei hat keinen Zugang, manche sind mit monströsen Abhöranlagen ausgestattet, um deutsche Ministerien oder andere Botschaften auszuspionieren, alle Mitarbeiter unterliegen der Immunität und dürfen noch nicht einmal bei Verkehrsdelikten zur Rechenschaft gezogen werden. Da etwas herauszubekommen, wäre ein Job für den Bundesnachrichtendienst.«

»Kennst du da nicht jemanden?«, fragte Barbara charmant lächelnd.

Alfred schüttelte den Kopf und sagte schließlich doch: »Okay, I'll do my very best.«

Er stand auf und griff zu seinem Autoschlüssel. Dann raunte er in väterlichem Ton: »Wolltet ihr beide mir nicht noch etwas sagen?«

Barbara und Bernd blickten sich an.

»Erstaunlich«, sagte Bernd, »erfahrungsgemäß schauen die meisten Männer nicht auf die Hände ihrer Gegenüber. Wenn du etwas über Hände wissen willst, musst du die Frauen fragen. Alte Ermittlerweisheit.«

»Und wenn du nach einer Erklärung für das verklärte Lächeln zweier sich liebender Menschen suchst, dann suche systematisch nach Veränderungen an ihnen«, antwortete Alfred. »Alte Lebensweisheit.«

»Ja, es gibt da einen neuen Termin in deinem Kalender als Kirchdiener«, schmunzelte Barbara. »Am Samstag vor dem Erntedankfest findet eine Trauung in unserer Kirche statt. Bernd und ich werden auch dabei sein.«

»Na ja«, sagte Alfred und so etwas wie ein Grinsen lag auf seinem Gesicht, »aus der eher väterlichen Perspektive, die mein Alter euch gegenüber nahelegt, würde ich sagen: Wurde auch Zeit! Herzlichen Glückwunsch!« Er umarmte beide und machte sich auf den Weg.

Die Informationen, die Bernd Peters bei seiner Ankunft im Büro erhielt, brachten völlig neue Aspekte ins Spiel und die Ermittlungen kein Stück weiter.

Barbara hatte Alfred von Boyen angeboten, ihn bei der Suche nach Joçeline zu unterstützen. Sie verabredeten sich für den Nachmittag. Alfred war zurück ins Gebüg gefahren und Bernd nach Pirmasens. Auf der Fahrt dorthin ging ihm noch einmal das Gespräch am Frühstückstisch durch den Kopf. Drei Männer hatten Sebastian Mahler mit dem Wagen der rumänischen Botschaft besucht, drei Waffen waren verwendet worden. Konnte es sich vielleicht um ein gefälschtes Kennzeichen handeln? Wer kontrolliert schon einen Wagen mit Diplomatenkennzeichen? Wenn dem so wäre, dann waren viele Motive denkbar. Rache für nicht bezahlte Spielschulden zum Beispiel. In den

Kreisen war man skrupellos. Mahler hätte allerdings durchaus zahlen können. Rache für etwas anderes? Hatten sie überhaupt die Vergangenheit von Mahler schon gründlich genug durchforstet?

Im Büro angekommen, fand er einen Zettel auf seinem Schreibtisch vor. »Anruf von Jenny. Frau Mahler vermutlich in die Karibik geflogen. Bitte um Rückruf.« Daneben lag das schriftliche Ergebnis des DNA-Vergleichs: Negativ, keine verwandtschaftliche Beziehung zwischen den Kindern und dem Ermordeten. Der Tote war also gar nicht Sebastian Mahler. Wer war er dann? Und wo war Sebastian Mahler? Oder war Sebastian Mahler der Tote, aber nicht der Vater seiner Kinder?

Das ist wirklich eine segensreiche Organisation. Ich bin so froh, dass ich sie gefunden habe. Sie hat schon manchen geholfen, das Ziel zu erreichen, das ihnen wichtig war. Es ist gar nicht so einfach, es allein zu machen. Schließlich hat niemand darin Erfahrung. Es ist in der Regel das Letzte, was man im Leben tut. Ich werde also an dem Morgen zum verabredeten Zeitpunkt an die vereinbarte Stelle im Wald gehen. Wenn alles klappt, wird der andere auch da sein. Dann wird getan werden, was getan werden soll. Was danach geschieht, geht mich nichts mehr an. Es tut mir leid, dass ich der Polizei so viel Arbeit machen werde. Aber es gehört zum Plan dazu. Nur so kann alles ans Licht gebracht werden. Nur so wird man den Verantwortlichen finden, ohne dass weiterer Schaden entsteht.

12

Lina Danner und Barbara Fouquet kannten sich schon einige Zeit, hatten aber noch nie zusammengearbeitet oder anderweitig längere Zeit miteinander verbracht. Ein wenig fühlte sich Barbara in ihre Grundschulzeit zurückversetzt, als sie die klaren Anweisungen von Frau Danner an Alfred von Boyen hörte. Den Weg zum Parkplatz an der Walthari-Klause in Petersbächel hätte er auch ohne Hilfe gefunden. Nachdem sie Frau Danner abgeholt hatten, übernahm diese jedoch unaufgefordert die Funktion eines Navigationssystems. Sie saß auf dem Beifahrersitz des alten Rovers, sagte: »Nach fünfhundert Metern links!« oder »An der Kreuzung scharf rechts!« und wies ganz zuletzt noch auf die Parkbucht im Schatten hin. So wie sie angezogen war, stellte sich Barbara die Frage, ob sie überhaupt noch nach der geheimnisvollen Frau mit dem Namen Joçeline suchen mussten. Denn Frau Danners Aufmachung entsprach in fast jeder Hinsicht der Beschreibung Michaels von seiner Begegnung am Abend des Mordes. Wäre nicht die hohe Stimme gewesen, man hätte Frau Danner auch für einen Mann halten können: Kniebundhose, lange Socken, karierte Bluse, Lederweste und ein Hut mit drei Ecken. Dazu ein knorriger Wanderstab mit einer Eisenspitze wie ein Bajonett. Barbara hatte ein T-Shirt und eine sommerlich kurze Hose zu Sportschuhen an. Das schien ihr der Temperatur weitaus angemessener.

Frau Danner stieg aus, zeigte mit ihrem Bajonett nach schräg oben und sagte: »Das ist der Maimont. Unser sagenumwobener Berg.« Keine Neuigkeit, aber offensichtlich befand sich Frau Danner in dem ein Berufsleben lang gepflegten Lehrerinnenmodus, Untermodus Wandertag. Barbara und Alfred fügten sich und gingen brav hinter Lina Danner her, die dabei war, im Wald zu verschwinden.

Die Sonnenstrahlen brachen sich vielfältig im Laub der Bäume. Da, wo sie es bis zum Boden schafften, tanzten Schwärme von Mückenmännchen. Um diese Jahreszeit blühte nichts mehr. Die Pflanzen auf dem Waldboden hatten ihre beste Zeit im Frühjahr, wenn noch kein Laub an den Bäumen war und die Sonne ungehinderten Zugang zu ihnen hatte. Aber die ersten Früchte waren vereinzelt zu entdecken, kleine Walderdbeeren, auch ein paar noch nicht ganz reife Blaubeeren.

Als sie die ‚Zollstock‘ genannte Weggabelung erreichten, übernahm Alfred von Boyen die Führung. Es gelang ihm, den Weg zu dem möglichen Bergwerkseingang schnell wiederzufinden. Er lag auf der südlichen Seite, hinter Bäumen verborgen, die eine Nische zugewachsen hatten. Sie zwängten sich zwischen zwei Stämmen hindurch, schlagartig wurde es dunkler und roch nach feuchter Erde. Dann noch wenige Schritte einem kleinen Weg folgend, der zuvor nicht zu erkennen gewesen war. Da war dann das zu sehen, was Alfred beschrieben hatte: Holzbohlen zu beiden Seiten einer Öffnung, der oben liegende Querbalken ausgesprochen breit, jedoch bereits angebrochen.

»Ich habe eine Taschenlampe dabei«, sagte Frau Danner und betrat den Gang. Alfred lächelte Barbara zu und gab ihr eine seiner beiden Lampen.

Was sie dann erblickten, war wirklich überraschend. Barbara hatte einen alten Schlafsack, leere Flaschen und Dosen und vielleicht die Reste eines Lagerfeuers erwartet. Aber das hier glich eher einem gut eingerichteten Wohnwagen: ein Bett in Standardgröße, mit einer Tagesdecke überzogen, ein zweiflammiger Gaskocher, daneben ein Regal mit leeren und vollen Kartuschen, ein Schränkchen, das sich bei näherer Betrachtung als Vorrats- und Geschirrschrank entpuppte, ein Mülleimer, eine Toilette mit Kompostiervorrichtung, ein Bücherregal, ein handtellergroßer Weltempfänger, eine Gaslampe. Von der Decke herunter lief ein Kunststoffrohr die Wand entlang und verschwand in einem Spalt, auf Kniehöhe eine Klappe, um das darin fließende Wasser abzuzweigen. Ein Ausguss fehlte auch nicht, sein Abfluss führte in eine andere Nische.

»Komfortabel«, sagte Barbara.

»Und sauber«, ergänzte Frau Danner.

»Ich war völlig überrascht, als ich das gesehen habe«, meinte Alfred von Boyen. »Ich hatte mit einer primitiven Liegestelle einer alten, verwirrten Frau gerechnet, aber nicht mit dieser Ordnung und dieser Vollständigkeit. Mehr, als es hier gibt, braucht man nicht zum Leben.«

»Das stimmt«, sagte Frau Danner. »Mir würde zwar der Fernseher fehlen, aber Lesen ist ohnehin gesünder für das Gehirn.«

»Das also ist Joçelines Zweitwohnung im Wald«, sagte Barbara. »Wie hat sie es nur geschafft, die so lange geheim zu halten?«

»Ich habe mir die umgekehrte Frage gestellt«, sagte Alfred, »wie konnte es mir gelingen, sie zu finden? Meine Erklärung: Es hat etwas mit der zunehmenden Trockenheit des Waldbodens zu tun. Ich habe mir die Stelle bei den Bäumen vorn genauer angeschaut. Da sind einige verdorrte Sträucher und Wurzelreste von niedrigen Pflanzen. Ich würde sagen, noch im vorletzten Jahr war dieser schmale Gang zwischen den Bäumen nicht zu sehen gewesen. Er war zugewuchert. Hinzu kommt, dass die Sturzelbronner es vermutlich schon länger aufgegeben hatten, im Wald nach Joçeline zu suchen.«

»Und wo ist sie jetzt?«, fragte Lina Danner ungeduldig.

»Ich nehme an, sie ist ganz in unserer Nähe«, sagte Alfred. »Sie haben sie uns als eine überaus kluge Frau geschildert, Frau Danner. Vermutlich hat sie mich am Sonntag hier herumlaufen sehen. Für jemanden wie sie, die es gewohnt ist, sich im Wald zu bewegen, ist es ein Leichtes, sich zu verstecken und gleichzeitig ihre Waldwohnung im Blick zu behalten. Das Schlimmste, was ihr passieren kann, ist, dass wir sie hier in ihrer Behausung antreffen. Dann kann sie nicht fliehen. Ich möchte wetten, dass sie ganz in der Nähe ist und darauf wartet, dass wir wieder herauskommen.«

»Dann sollten wir ihr die Nachricht hinterlassen, dass wir mit ihr sprechen wollen – wegen des Mordes«, schlug Barbara vor.

»Gute Idee«, sagte Frau Danner, ließ ihren Rucksack von der Schulter rutschen und zog einen Notizblock mit Stift heraus.

»Was sollen wir ihr schreiben?«, warf Alfred von Boyen ein. »Bitte rufen Sie uns an!? Oder: Melden Sie sich bei der Polizei in Pirmasens wegen einer Aussage!?«

»Wir könnten ihr zum Bauspiel deine Adresse im Gebüg aufschreiben und aufzeichnen«, sagte Barbara, »mit der Bitte, doch einmal vorbeizukommen. Und der ganz klaren Frage: Haben Sie gesehen, wer den Mann da unten am Ende der Maimontstraße getötet hat? Einen Versuch ist es wert.«

»Versuchen wir es!«, sagte Lina Danner mit einer unüberhörbaren Skepsis im Ton. »Mir fällt – offen gesagt und erstaunlicherweise – nichts Besseres ein.«

Barbara atmete innerlich auf. Das war fast so etwas wie ein Kompliment von der alten Lehrerin.

Lina Danner schrieb den Text mit ihrer gut leserlichen Grundschullehrerinnenschrift auf ein Blatt ihres Notizblocks, Alfred von Boyen versuchte sich mit einer Skizze. Sie legten den Zettel auf den Esstisch des kleinen Felsenappartements und machten sich auf den Rückweg.

Barbara verließ als Letzte die Waldhöhle. Als sie durch die Holzbalkentür schritt, hörte sie über sich ein Geräusch. Sie warf den Kopf herum, ihre langen roten Locken leuchteten im Sonnenschein wie die Haarpracht einer Waldhexe. Für einen Moment meinte sie, einen flüchtigen Schatten zu sehen. Dann war alles vorbei. Ohne genau zu wissen warum, steckte sie ihre Visitenkarte in eine Ritze der Balken und holte zu den beiden anderen auf.

Frau Mahler war mit ihren Kindern unter falschem Namen, mit gefälschten Pässen in die Karibik geflogen. Das hatten Jennys Nachforschungen ergeben. Zum Glück war man am Aéroport Charles de Gaulle an jenem Tag ziemlich genau mit der Passkontrolle verfahren. Seit drei Wochen suchte man nach einem Terroristen und nahm an, dass er sich ins Ausland absetzen wollte. Eine Flucht per Flugzeug war zwar riskanter als mit dem Zug, dem Auto oder eine Grenzüberschreitung zu Fuß. Aber sie ging schneller, führte weiter und war gerade deshalb, weil die Verfolgungsbehörden diese Fluchtroute für die unwahrscheinlichste hielten, am besten geeignet, unerkannt zu entkommen. Man nahm an, dass der Terrorist so denken könnte, und kontrollierte deshalb besonders genau. Es wurden von allen vorgelegten Pässen Fotos angefertigt. Und siehe da, drei Pässe zeigten Familie Mahler, wenn auch unter dem Namen Dubois. Ziel ihres Fluges war Saint-Martin. Die Insel war nicht groß, was leider nicht zugleich hieß, dass man sie dort schnell finden würde.

Warum hatte Frau Mahler versucht, unerkannt zu entkommen? Diese Frage stellten sich Bernd Peters und Klaus Scheller an diesem Vormittag. Als Mörderin kam sie immer noch infrage. Vielleicht war der Tote nicht ihr Mann. Zumindest nicht der Vater ihrer Kinder. Könnte sie trotzdem die Mörderin sein? Aber dann stellte sich die Frage nach dem Motiv. Nun, dachte Peters, wenn der Tote zwar ihr Mann, aber nicht der Vater ihrer Kinder war, könnte man dort ein Motiv suchen. Andererseits hatte Scheller keinen aktuellen Liebhaber finden können. Zumindest keinen, den andere beobachtet hätten. Wenn es aber nicht Mahler war – wie sollten sie die Identität des Mannes feststellen, der falsche Papiere bei sich hatte und dessen Gesicht nicht mehr zu erkennen war?

Im Grunde waren sie wieder am Anfang ihrer Nachforschungen. Nein, es war noch schlimmer als zuvor. Jetzt wussten sie auch nicht, wo Sebastian Mahler verblieben war – falls er nicht der Tote war. Es war zum Verzweifeln, aber das war eine Geisteshaltung, die Bernd Peters sich verbat.

»Es könnte sein, dass außer Frau Dubois mit zwei Kindern – demnächst oder schon zuvor – ein Monsieur Dubois auf Saint-Martin ankommt oder angekommen ist«, meinte Scheller, der sich nervös am Kopf kratzte. »Dann hätte sich die ganze Familie abgesetzt und gleichzeitig ihre Konten leer geräumt. Man fragt sich nur: warum?«

»Vielleicht hat Sebastian Mahler ein Delikt begangen, von dem wir noch nichts wissen«, sagte Peters. »Betrug, Unterschlagung, der Mord an dem Unbekannten?«

»Diese Flucht war jedoch von langer Hand geplant«, ergänzte Peters. »An gefälschte Pässe mit den richtigen Fotos kommt man nicht von heute auf morgen.«

»Wir könnten Jenny zumindest bitten, nach einem Herrn Dubois zu suchen, der auf die Insel Saint-Martin geflogen ist«, meinte Klaus Scheller.

»Das ist doch wie die Suche nach der Nadel im Heuhaufen. Dubois ist ein Allerweltsname. Wir wissen nicht, von welchem Flughafen er abgeflogen ist und welche Route er genommen hat.« Bernd Peters lächelte ein wenig gönnerhaft. »Aber vielleicht sollten wir ihr die Chance geben, die deutsch-französische Kooperation, die ihr offensichtlich so viel Freude bereitet, noch ein wenig fortzusetzen. Also meinetwegen – ruf sie an!«

Scheller griff zum Telefon, Peters setzte sich vor seinen Computerbildschirm und griff zu der Tasse mit kaltem Kaffee. Wie sollte er weitermachen? Manchmal ist Nichtstun die beste Methode, um auf neue Ideen zu kommen. Er scrollte sich durch die Seiten, die offiziellen der Polizeisoftware und die inoffiziellen der Nachrichtendienstleister. Der Tote war nicht Sebastian Mahler. Davon wollte er jetzt zunächst einmal ausgehen. Es erschien ihm bei der derzeitigen Datenlage wahrscheinlicher als der andere Fall. Er musste sich für eine Variante entscheiden, um sinnvoll weiterarbeiten zu können. Vielleicht würde es Sinn ergeben, die Vermisstenanzeigen durchzugehen. Auch wenn man das Gesicht nicht mehr erkennen konnte, das Geschlecht und das ungefähre Alter sowie Größe und Haarfarbe ließen sich noch feststellen. Wenn er jedoch ehrlich zu sich selbst war – dafür fehlte ihm im Moment die Konzentration. In seinem Kopf ging so vieles durcheinander. Sollte doch einer der Kollegen sich dieser Aufgabe stellen.

Er überflog auf dem Bildschirm die neuesten Scheidungen unter Prominenten, die altersweisen Äußerungen eines jungen, gut bezahlten Fußballspielers, die Story zur schwierigen Jugend einer hübschen Schauspielerin und blieb bei einem kurzen Artikel hängen, der mit: »Es musste erst ein Mensch sterben, bevor die Stadtverwaltung etwas unternahm« überschrieben war.

In Kaiserslautern war eine ältere Frau auf einem schlecht einsehbaren Fußgängerüberweg angefahren und tödlich verletzt worden. Der Übergang lag direkt hinter einer Kurve und sowohl Autofahrer wie Fußgänger konnten die jeweils anderen erst spät sehen. Elterninitiativen hatten seit Jahren wiederholt versucht, die Einrichtung einer Ampelanlage zu erreichen, aber die Stadt wies auf ihre Überschuldung und die sich daraus ergebende Notwendigkeit des Setzens von Prioritäten hin. Immer wieder war es zu Beinahe-Unfällen gekommen. Die Eltern hatten einen Bereitschaftsdienst aufgestellt, der morgens und mittags wie einst die Schülerlotsen den Kindern über die Straße half. Den ganzen Tag konnten sie jedoch nicht dort stehen. Der Oberbür-

161

germeister erklärte nach dem Unfall gegenüber der lokalen Presse, dass er bereits die Anweisung gegeben habe, dass dieser Überweg beampelt würde. »So etwas dürfe nicht noch einmal passieren«, wurde er zitiert.

In einem kleinen Abschnitt am Ende der Meldung stand, dass es sich bei der Getöteten um eine Frau aus Münsterappel handelte, die keine Angehörigen hatte und von der niemand aus ihrem Heimatort sagen konnte, was sie in Kaiserslautern gewollt habe. Sie sei schwer erkrankt und in Kirchheimbolanden behandelt worden. Das bestätigte eine Ärztin des Kaiserslauterer Krankenhauses, in das die Frau eingeliefert worden war. Die fortgeschrittene Leberzirrhose ließ eine Restlebenszeit von höchsten drei Monaten annehmen. Eigentümlich und zugleich interessant fand Bernd Peters den Kommentar des Lokalredakteurs der RHEIN-PFALZ. Dieser stellte die Frage, ob es erlaubt sei zu sagen, dass sich diese Frau mit Blick auf ihren bald zu erwartenden Tod für andere geopfert habe.

Er griff zum Telefon und versuchte, die zuständigen Kollegen in Kaiserslautern zu erreichen. Gegen den Fahrer des Lkws wurde wegen fahrlässiger Tötung ermittelt, das sei richtig, meinte die Kollegin, aber es gäbe auch einige Fakten, die zur Entlastung des Mannes beitrugen. So soll die Frau nach Augenzeugenberichten schon eine Weile in der Nähe des Überwegs gestanden haben und erst, als sich der Lastkraftwagen näherte, herangetreten sein und damit so spät die Fahrbahn betreten haben, dass es dem Lkw-Fahrer unmöglich gewesen wäre, den Achtzehntonner noch rechtzeitig zum Stillstand zu bringen. Ob die Frau es darauf angelegt haben könnte, überfahren zu werden, wollte Peters im Hinblick auf den Zeitungskommentar wissen. Das könne man weder bejahen noch ausschließen, meinte die Kollegin. Es werde möglicherweise ungeklärt bleiben.

Diese Geschichte ging Bernd Peters in den nächsten Stunden nicht mehr aus dem Kopf, auch nicht, als er sich zusammen mit Klaus Scheller daran machte, die neue Faktenlage klarzulegen und die nächsten Schritte zu planen.

13

Zwei Tage später, Barbara wollte gerade das Haus verlassen, um zum Unterrichten in die Grundschule zu gehen, klingelte das Telefon im Pfarramt in Schönbach. Bernd war in Pirmasens in der Polizeidirektion, er hatte kurzfristig noch den Fall einer offensichtlichen Selbsttötung übernehmen müssen, die aber aus grundsätzlichen Überlegungen auch in die Zuständigkeit der Polizei fiel. Ein Mann hatte sich in der Gästetoilette seines Reihenhauses erschossen, während seine Frau im Schlafzimmer im ersten Stock dabei war sich umzuziehen. Ein paar Jahre zuvor hatte er seinen lukrativen festen Job in der Großindustrie gekündigt und sich selbstständig gemacht. Nach zwei Jahren liefen die Geschäfte nicht mehr gut, zudem wurde er depressiv, weigerte sich aber nach Aussagen der Ehefrau, die verordneten Tabletten zu nehmen. Die Frau hatte den Notarzt alarmiert, die Sanitäter hatten den Mann ins Wohnzimmer gezogen. Da lag er, als Peters eintraf, in einer Blutlache. Die Mutter des Mannes stand vor der Tür und durfte das Haus nicht betreten, da man noch dabei war, die Spuren zu sichern. Einige Zeit später wurde der Leichnam abgeholt und kam in die Rechtsmedizin, die Ehefrau in die Notaufnahme des Krankenhauses, die Mutter wurde ins Haus gelassen und reinigte den Ort des Geschehens.

Barbara schaute auf das Display des Telefons. Das tat sie automatisch. Abnehmen würde sie auf jeden

Fall. Wer in einem Pfarramt anruft, sollte nur dann auf einem Anrufbeantworter landen, wenn es sich nicht vermeiden ließ. Trotzdem empfand sie dieses Gerät als einen Segen, denn sie war viel in ihrer Gemeinde unterwegs. Die Telefonnummer fing mit »0033« an, und automatisch sagte Barbara »Bonjour«, nachdem sie abgehoben hatte. Sie hatte eine Freundin, die Pfarrerin in Paris war, und vermutete sie hinter diesem Anruf.

Sie vermutete falsch, denn am anderen Ende der Leitung meldete sich eine Frauenstimme mit »Ici Joçeline.«

Also war die spontane Idee mit der Visitenkarte doch nicht so schlecht gewesen. Joçeline hatte nicht den Weg den Maimont hinunter ins Gebüg gewählt, sondern zum Telefon gegriffen. Vermutlich war sie in ihrer Wohnung im elsässischen Sturzelbronn.

»Bonjour, Joçeline, ça va?«

»Bonjour. Was wollen Sie von mir?« Sie sprach ein klares Elsässisch. »Warum waren Sie in meiner 'öhle?« Die Stimme klang nicht unsympathisch, angenehm tief, bis zu einem gewissen Grad aggressiv, aber das war nicht erstaunlich, fand Barbara.

»Wir werden niemandem verraten, wo Ihre Höhle ist, Joçeline«, sagte Barbara beschwichtigend. »Wir wollten nur mit Ihnen sprechen.«

»Was wollen Sie von mir?«

»Wir wollen wissen, ob Sie den toten Mann in der Maimontstraße im Gebüg gesehen haben.«

»Und wenn ich ihn gesehen habe?« Joçeline klang mit ihrer nun sanften Stimme vorsichtig und neugierig zugleich.

»Dann würde ich fragen, ob Sie gesehen haben, wer ihn getötet hat.«

»Er selbst!«

»Das kann nicht sein!«

»Doch so war es. Er war es selbst. Genügt das nicht?«

»Ich verstehe es nicht«, sagte Barbara. »Wie soll er das gemacht haben?«

»Er war es selbst, das muss genügen«, sagte Joçeline und es knackte in Barbaras Hörer. Aufgelegt.

Barbara Fouquet verstand gar nichts. Sie musste jedoch sofort aus dem Haus, wenn sie nicht zu spät zum Unterricht kommen wollte. Der Mord, der angeblich keiner war, musste warten. Trotzdem musste sie in den nächsten Stunden immer wieder an dieses kurze Gespräch denken. Mahler soll sich selbst umgebracht haben? Sich selbst ins Herz und in den Kopf geschossen haben? Frontal? Und anschließend noch Schrot ins Gesicht? Das konnte nicht sein. Vielleicht war Joçeline doch nicht so klar im Kopf, wie Frau Danner behauptet hatte. Sie musste es so schnell wie möglich Bernd erzählen, aber jetzt ging erst einmal die eigene Arbeit vor.

In dem Moment, in dem Barbara den roten Knopf auf ihrem Telefon drückte, klingelte es bei Bernd Peters in Pirmasens. Martin Engel wollte ihn sprechen.

Peters fragte sich, was der Studienleiter und Schulfreund Sebastian Mahlers von ihm wollte. Hatte sich Mahler vielleicht bei ihm gemeldet?

»Womit kann ich Ihnen helfen, Herr Engel?«, meldete er sich.

»Am liebsten mit Polizeischutz«, sagte er.

Peters hielt das für einen Scherz. »Dafür sind die Kollegen in Saarbrücken zuständig. Tut mir leid.«

»Ich werde bedroht«, sagte Engel. »Seit drei Tagen erhalte ich E-Mails mit eindeutigem Inhalt. Heute wurde mir angekündigt, unsere Katze umzubringen.«

Peters war wach geworden. Das erinnerte ihn doch an etwas. »Was fordert man von Ihnen?«

»Genau das ist es: nichts. Ich weiß nicht, was die Leute von mir wollen. Von Geld ist nicht die Rede.«

»Dann denken die vermutlich, Sie wissen von sich aus, worum es geht.« Peters wurde nachdenklich. »Ihr Freund Mahler hat auch solche Drohungen bekommen und sich dann abgesetzt.«

»Abgesetzt? Was soll das heißen? Ich denke, er wurde ermordet.«

»Der Tote war höchstwahrscheinlich nicht Sebastian Mahler. Und ich dachte, Sie könnten mir sagen, wo er ist. Nicht zufällig bei Ihnen, Herr Engel?« Peters klang beleidigend misstrauisch. War das Ganze vielleicht eine Finte von den Freunden Engel und Mahler?

»Na, hören Sie! Meinen Sie, ich würde mich bei Ihnen melden, wenn ich Sebastian versteckt hätte? Ich habe keine Ahnung, wo der ist.« Martin Engel war spürbar empört. »Er hatte auch Drohungen bekommen, sagen Sie? Welche?«

»Zum Beispiel, dass sein Hund getötet würde – und das ist dann auch geschehen.« Bernd Peters hörte Martin Engel am anderen Ende der Leitung schnaufen. Er fuhr fort: »Ich mache Ihnen folgenden Vorschlag: Sie gehen zur nächsten Polizeidienststelle und stellen Anzeige gegen Unbekannt. Bitte erwähnen Sie das Gespräch mit mir und geben Sie meine Telefonnummer weiter, damit man mich anruft. Dann weiß ich, wer den Fall bei den Kollegen im Saarland bearbeitet und wir werden uns kurzschließen.« Peters machte eine kurze Pause. »Und wenn es Ihnen wichtig ist, dass die Angelegenheit schnell und gründlich bearbeitet wird, dann kommen Sie gleich anschließend zu mir nach Pirmasens und erzählen mir das, was Sie mir bisher verschwiegen haben.«

Stille in der Leitung. Als Bernd Peters schon dachte, dass diese direkte Konfrontation nicht den gewünschten Erfolg erzielt hätte, sagte Martin Engel: »Ich rufe Sie nachher an, um mitzuteilen, wann ich bei Ihnen sein kann«, und legte auf.

Na also, geht doch, dachte Bernd Peters und wollte zu Klaus Scheller gehen, um ihm die neueste Entwicklung mitzuteilen und sich zu beraten. Das erneute Klingeln des Telefons hielt ihn auf.

»Hallo Chef!« Jenny klang nach wie vor ein wenig überdreht. »Ich wollte mich mal melden.«

»Wie geht es Philippe?«, fragte Peters

»Ich hoffe gut. Er ist leider abgezogen worden und wir sehen uns nicht mehr so oft.«

»Das tut mir leid«, sagte Peters so mitfühlend, wie es ihm möglich war.

»Ist nicht so schlimm. Er war ohnehin viel zu jung für mich.«

Na dann, dachte Peters, schwieg aber taktvoll.

»Eigentlich habe ich hier auch nichts mehr zu tun«, fuhr Jenny fort. »Es kann nicht gelingen, die Stecknadel Sebastian Mahler im Heuhaufen der vielen Reisenden zu finden. Die Kollegen haben sein Passfoto noch einmal durch alle möglichen Computer geschickt. Ergebnis negativ. Ich könnte eigentlich zurückkommen.«

»In Ordnung«, meinte Peters, »wir können dich hier gut gebrauchen. Mache dir noch einen schönen Abend und nimm morgen Vormittag den Zug.«

»Á demain, mon capitaine«, sagte Jenny und legte auf.

»Und?«, fragte Scheller, der hereingekommen war und zugehört hatte. »Außer Spesen nichts gewesen?«

»Das kann man nicht sagen. Wir wissen jetzt immerhin, wohin Familie Mahler geflogen ist. Ich gehe mal davon aus, dass Herr Mahler später zu Frau und Kindern stoßen wird.«

»Eigentlich brauchen wir ihn auch nicht«, sagte Scheller nachdenklich. »Oder was meinst du?«

»Wenn er nicht der Mörder ist! Offenbar sollte doch von seinem Verschwinden abgelenkt werden, als man dem Toten Mahlers Ausweis in die Jackentasche steckte.«

»Irgendjemand sollte glauben, Mahler sei tot, damit er und seine Familie Zeit hatten, sich davonzumachen. Vermutlich diejenigen, die ihm gedroht hatten.«

»Vielleicht sind wir heute Abend schlauer. Da ist aber noch etwas: Martin Engel ist auch bedroht worden. Er kommt nachher – und ich werde ihn nicht eher gehen lassen, als bis er uns den wahren Grund für diese Drohungen mitgeteilt hat.«

»Klingt gut. Aber es bleiben noch so viele Fragen. Wie hat Mahler – oder wer auch immer – das angestellt? Drei Schüsse, drei Waffen.«

»Warten wir ab. Wir können nur einen Schritt nach dem anderen machen.« Peters schaute Scheller an. »Bist du eigentlich mit dieser Million weitergekommen, die auf ein dänisches Konto überwiesen wurde?«

»Ich hatte da eine Kollegin aus Kopenhagen am Telefon, die recht gut Deutsch konnte. Die hatte einen süßen Akzent, kann ich dir sagen. Also, die wollte sich darum kümmern. Ich werde noch einmal nachfragen.«

»Die Zeit der Videokonferenzen mit allen Kolleginnen unter dreißig ist bei dir zum Glück vorbei, seit du auf den Hafen der Ehe zusteuerst.« Peters atmete tief durch und dachte an die alten Zeiten seines Kollegen als gefürchteter, aber auch beliebter und sehr erfolgreicher Don Juan im Pirmasenser Land. Seit er in festen Händen war, kam er pünktlich zum Dienst und war auch ein ganzes Stück zuverlässiger geworden.

»Den du bereits erreicht hast – oder wie darf ich die Einladung verstehen, die ich heute Morgen auf meinem Schreibtisch gefunden habe?« Scheller hob drohend einen Zeigefinger. »Mir, deinem engsten und liebsten Kollegen, hast du vorher kein Wort gesagt. Entfernst dich einfach mal einen Vormittag vom Dienst – ohne es ausdrücklich mit mir abzusprechen – , kommst dann als verheirateter Mann wieder zurück, und verlierst kein Wörtchen darüber, wo du die letzten Stunden verbracht hast. Nennst du das Kollegialität?«, fragte er und lächelte.

Peters zuckte mit den Schultern: »Ach, du weißt doch, im Moment ist so viel los, da muss mir das wohl durchgegangen sein.« Er grinste. »Und außerdem: Ich wollte einfach schneller sein als du. Hätte ich dir davon erzählt, wer weiß, vielleicht hättet ihr beide noch den Ehrgeiz entwickelt, vor uns die Sache klar zu ziehen.«

»Wir sollten bei Alfred vorbeifahren und alles mit ihm besprechen«, schlug Barbara vor, nachdem sie einander berichtet hatten, was der Tag an Neuigkeiten im Fall des Toten in der Maimontstraße gebracht hatte.

»Eine prima Idee«, meinte Bernd. »Vielleicht hat er einen guten Wein kalt gestellt.«

Martin Engel war tatsächlich am Nachmittag in der Polizeidirektion in Pirmasens aufgetaucht. Er druckste eine ganze Weile herum, entschuldigte sich, dass er nicht schon früher geredet hatte, sagte etwas von Loyalität gegenüber seinem Freund, die für ihn auch nach dessen Tod gegolten hätte und manches mehr. Peters ließ ihn reden.

»Also, Sebastian hatte in den vergangenen zwei Jahren eine wirklich geniale Firewall entwickelt. Ich hatte das schon angedeutet. Nicht gesagt hatte ich Ihnen, wie genial sie ist und wie viel Interesse sie deshalb auf sich ziehen wird – oder schon gezogen hat. Sie kann deutlich mehr als alle bisher bekannten. Eine gängige Firewall blockt unzulässige Angriffe auf ein durch sie geschütztes System ab. Das kann der heimische Computer sein, wird aber – schon allein wegen der Kosten – in der Regel für größere Einheiten verwendet: eine Bank, eine Verwaltung, eine Produktionsfirma und so weiter.«

»So weit ist mir das bekannt«, schob sich Bernd Peters dazwischen. »Das Netz der Polizei ist selbstverständlich auch durch eine Firewall geschützt.«

»Ja klar!« Martin Engel versuchte, sich zu konzentrieren. »Also noch einmal: Solch eine normale Firewall untersucht alle durch sie hindurchgehenden Daten nach bestimmten Regeln. Was nicht den Regeln entspricht, wird nicht durchgelassen. Wenn man jedoch eine Schadsoftware mit Geschick, also regelgerecht verpackt, lässt die Firewall sie durch.«

»Aber da gibt es doch noch Abwehrstrategien, oder?«

»Ja, oft werden noch sogenannte IDS-Module eingebaut, die die durchgehenden Daten auch auf verdächtige Inhalte untersuchen. Damit kann man – je nachdem, wie gut diese Zusatzmodule sind – schon einiges aufspüren und mit einem weiteren Modul blockieren. Das ist derzeitiger Standard, auch wenn die Systeme immer besser werden. Auf beiden Seiten leider – bei der Verteidigung und beim Angriff.«

»Sebastian Mahler hat noch etwas Neues erfunden?«

»Seine neueste Entwicklung konnte Schadsoftware nicht nur erkennen und abblocken. Er hatte auch einen Weg gefunden, den Tunnel, über den die Schadsoftware eingeschleust wurde, zurückzuverfolgen und für einen Gegenschlag zu nutzen, der das System des Angreifers innerhalb weniger Sekunden lahmlegt. Für diesen Gegenschlag nutzt er die Software des Angreifers, die er manipuliert zurückschickt – aber so geschickt manipuliert, dass sie nicht als fremd erkannt, somit durchgelassen wird und dort dann das System zerstört.«

»Das klingt wie eine Luftabwehrrakete für Hackerangriffe«, meinte Peters.

»Mehr noch. Um im Bild zu bleiben: Nicht nur die Rakete wird zerstört, sondern auch deren Abschussbasis.«

»Das wäre demnach nicht nur eine Immunisierung gegen Angriffe von außen, sondern würde jeden Angriff so gefährlich für den Angreifer machen, dass der ihn lieber unterlässt.«

»Genau, wenn Mahlers System ein- oder zweimal ausgelöst würde, spräche es sich schnell herum und niemand würde das damit geschützte System noch einmal angreifen. Für ein paar Jahre auf jeden Fall, bis wieder ein anderer eine vielleicht noch bessere Idee entwickelt hat.«

Bernd Peters schaute bewundernd und skeptisch zugleich. »Und diese geniale Entwicklung soll der Grund für die Drohungen sein? Wem hat Mahler davon erzählt? Und warum haben Sie mir das nicht gleich gesagt?«

»Genau kann ich Ihnen das nicht sagen, wer davon weiß. Es sind eher vage Vermutungen. Er wollte sie selbstverständlich als Erstes den deutschen Sicherheitsdiensten anbieten, auch wenn ausländische ihm sicherlich Milliarden dafür geboten hätten. Was er wirklich getan hat, weiß ich nicht. Auch nicht, wer hinter ihm her war – und jetzt hinter mir her ist.«

»Dann – was soll ich sagen? – vielen Dank?«, meinte Peters nachdenklich. »Es ist gut, dass Sie ausgepackt haben. Wir haben jetzt eine ungefähre Richtung, wo wir suchen müssen, auch wenn damit der Mord noch nicht aufgeklärt ist.«

Er stand auf und begleitete Martin Engel zur Tür. »Bedeutende Geldeingänge konnten wir bei Sebastian Mahler nicht feststellen, das spricht für Ihre Vermutung, dass er seine Erfindung nicht ins Ausland verkaufen wollte. Andererseits kann das Geld direkt auf die Cayman-Islands transferiert worden sein. Wir haben allerdings eine ungewöhnliche Zahlung seinerseits von einer Million Euro auf ein dänisches Konto gefunden. Können Sie sich das erklären?«

»Na ja, könnte manches sein: Hauskauf, vielleicht eine Jacht. Aber solch eine runde Summe ist ungewöhnlich, da haben Sie recht. Vielleicht eine Anzahlung? Ich habe keine Ahnung«, sagte Martin Engel und verließ das Büro.

Die Flasche Wein hatten die drei fast geleert, als Barbara und Bernd mit ihren Berichten zu Ende waren.

»Also«, sagte Alfred, »dann ich möchte ich einmal zusammenfassen, was ich verstanden und behalten habe:

Zum einen – Joçeline hat den Mord gesehen und behauptet, der Getötete hätte es selbst getan. Sie war nicht bereit, nähere Umstände mitzuteilen. Hier könnte man es mit einem weiteren Gespräch versuchen.

Zum anderen – der Schulfreund von Sebastian Mahler, dessen derzeitiger Aufenthaltsort unbekannt ist, hat Drohungen erhalten, ohne konkrete Hinweise, was der Grund sein könnte. Bei längerem Nachfragen vonseiten Bernds hat er peu à peu vom letzten gemeinsamen Projekt der beiden berichtet, einer nahezu genialen Software für eine flexible Firewall, die bei einem Angriff von außen selbstständig und sofort eine Gegenmaßnahme einleitet, indem die eingeschleuste Software manipuliert wird, sich gegen den Angreifer richtet und dessen Netz außer Funktion setzt.

Zum Dritten – Sebastian Mahler hat alle Konten leer geräumt und das Geld in die Karibik überwiesen, zuvor jedoch eine Million Euro auf ein dänisches Konto transferiert, das – wie ihr seit heute Nachmittag wisst – einem Hamburger gehört. Dessen Identität konnte noch nicht überprüft werden. Dennoch, die Million könnte eine Spur sein.«

175

»Dann ist da noch die Beobachtung des Nachbarn von Familie Mahler mit den drei Männern und dem Wagen der rumänischen Botschaft«, ergänzte Bernd.

»Also, die Nummernschilder könnten gefälscht gewesen sein«, meinte Barbara. »Welche Rechnung sollte die rumänische Botschaft mit Sebastian Mahler offen haben? Rumänien ist neuerdings Mitglied der Europäischen Union und kein feindliches Ausland, das sich durch die neue Software der beiden in ihren Aktivitäten behindert gesehen haben könnte.«

»Die Software könnte den Hintergrund für die Drohungen bilden und die Drohungen der Grund für die Flucht der Mahlers«, meinte Bernd. »Ins Ausland umzuziehen ist keine Straftat – sehen wir einmal von den gefälschten Pässen ab, die offenbar dem Schutz vor Verfolgung gedient haben.«

»Dann stellt sich die Frage, was das mit dem Toten im Gebüg und der Million an den Hamburger zu tun hat – wenn es da überhaupt einen Zusammenhang gibt«, sagte Alfred.

»Einen Zusammenhang könnte es eventuell geben«, sagte Barbara. »Der Tote hatte Mahlers Mantel an und seine Papiere bei sich.«

»Vielleicht hat er das alles auch gefunden, nachdem Mahler es weggeworfen hatte. Der muss einen neuen Reisepass benutzt haben, sonst hätten wir ihn schon lange aufgespürt. Und unser Toter kam aus prekären finanziellen Verhältnissen. Der Mantel von Mahler hatte eine hervorragende Qualität, die eigene Kleidung des

Mannes war schon sehr abgetragen. Vielleicht war er ein obdachloser Bruder der Landstraße.«

»Also muss an drei Punkten weitergearbeitet werden«, sagte Alfred. »1. Wer steht hinter den Drohungen? 2. Wo ist Familie Mahler? 3. Was ist mit der Million und dem Hamburger? Das wird Aufgabe der Polizei sein.« Er dachte einen Moment nach. »Ich werde mich um den Wagen der rumänischen Botschaft kümmern. Ich habe so eine Idee, wen ich fragen könnte, der Kontakte dorthin hat.«

»Und ich bemühe mich noch einmal um Joçeline«, sagte Barbara. »Aber da geht mit Zeitdruck gar nichts. Ich muss erst schauen, wie ich wieder an sie herankomme.« Sie dachte einen kurzen Moment nach. »Außerdem sollten wir nach dem unbekannten Toten suchen. Er muss doch vorher irgendwo in der Gegend gewesen sein. Wenn er keinem Vermissten aus unserer Gegend ähnelt, dann war er vielleicht ein Feriengast. Vielleicht hat auch jemand einen Landstreicher gesehen.« Barbara fuhr in einem gespielt autoritären Ton fort: »Bernd, das ist deine Aufgabe!«

Bernd lächelte nur. Alfred holte eine weitere Flasche Wein und eine Quiche aus der Küche und sie gingen zum gemütlichen Teil über. Das konnten die drei gut, die aktuellen Probleme beiseiteschieben und sich über Gott und die Welt unterhalten. Es kam schnell eine gelöste Stimmung auf. Barbara erzählte von amüsanten Begegnungen bei ihrer Arbeit. Bernd erzählte, wie er als kleiner Junge das Segeln lernte und dabei mehrfach baden ging. Alfred gab einige Interna aus längst vergangenen Zeiten im Auswärtigen Amt zum Besten. Bei den Erzählungen über langwierige Entscheidungsprozesse im Verwaltungsapparat fiel Bernd der Fall in Kaiserslautern wieder ein – die Frau, die auf einem Fußgängerüberweg zu Tode kam, den die Stadtverwaltung bis dahin partout nicht hatte beampeln wollen.

»Anna Hoger hat mir auch solch eine eigenartige Geschichte erzählt, die sich in Ludwigshafen zugetragen hat. Da hat einer freiwillig die Fällung eines Baumes übernommen, wohl wissend, dass dies lebensgefährlich war – und es hat ihn auch sein Leben gekostet. Aber es gab keine andere Möglichkeit, das Problem zu lösen.«

»Ja, es gibt Menschen, die opfern sich für andere«, sagte Alfred nachdenklich. »Im Krieg im Kosovo habe ich das erlebt. Da hat ein Alter aus einer Gruppe Soldaten eine lebensgefährliche Aufgabe übernommen, damit nicht einer der jüngeren Familienväter ins feindliche Feuer geschickt wurde. Er hat das Problem gelöst – und nicht überlebt.«

»Auch eine Form von Selbsttötung, oder?« Barbara schaute nachdenklich vor sich hin. »Die Frau in Kaiserslautern war übrigens todkrank, wie sich später herausstellte.«

»Sie hat mit ihrem Tod vielleicht anderen das Leben gerettet, die nun über einen sicheren Überweg gehen können«, sagte Bernd. »Jetzt hat unser Abend doch noch einen nachdenklichen Abschluss gefunden.« Er stand auf. »Lieber Alfred, wir müssen nach Hause. Morgen wartet die Arbeit auf uns.« Auf seinem Gesicht breitete sich ein verschmitztes Lächeln aus. »Du hast mir einiges an Hausaufgaben mitgegeben.«

14

Wie sollte sie an Joçeline herankommen? Barbara war an diesem Morgen früh aufgewacht, viel zu früh, um ausgeschlafen zu sein. Aber es war hell draußen und die Natur schon wach. Die Vögel hatten alle zu ihrer Zeit mit dem Singen angefangen, vor zehn Minuten war noch der Täuberich dazu gekommen, der seine Partnerin zum wiederholten Mal in diesem Jahr in ein Nest im Garten des Pfarrhauses locken wollte. Er hatte mehrere Nester im Angebot und Barbara hoffte, dass seine Herzallerliebste eines ein wenig weiter weg bevorzugen würde. Einen Hahn, der des Morgens auf dem Mist krähte, wie es im Volksmund hieß, gab es in Schönbach nicht mehr. Am anderen Ende des Ortes hielt eine alte Frau ein paar Hühner, aber deren Hahn war für Barbara nicht zu hören. So etwas wie Bauerndorfromantik hatte es nie gegeben, und heute war Schönbach ein ganz normales Dorf, mit vielen liebenswerten Seiten und Menschen, die von den Problemen des Lebens nicht verschont blieben.

Anna hatte eine Idee. Als Barbara wie jeden Tag früh morgens zu ihr in die Bäckerei kam und von ihrem Problem erzählte, schlug sie vor, am Nachmittag noch einmal zu der höhlenartigen Behausung Joçelines am Maimont zu wandern. Wenn sie da wäre, hätten sie Glück, wenn nicht, könnten sie eine Nachricht hinterlassen. Und weil es Samstag und die Bäckerei am Nachmittag zu war, würde sie ihre Kinder mitnehmen.

Die beiden, ein Junge und ein Mädchen, waren acht und zehn Jahre alt und hatten in ihrem kurzen Leben schon so viel wandern müssen, dass das Besteigen des Maimont für sie einem Spaziergang gleichkäme. Barbara willigte ein, zumal sie von Bernd an diesem Tag nicht viel haben würde, der musste sich mit seinen Kollegen in die Arbeit stürzen.

Wer war denn nun der Tote vom Ende der Maimontstraße? Nach einer kurzen Einsatzbesprechung in der Polizeidirektion machten sich Peters und Scheller sowie zwei weitere Kollegen an die Arbeit. Jenny war auch wieder da und besetzte das Telefon der Abteilung.

Am Abend zuvor hatte der stellvertretende Leiter der Polizeidirektion die Pirmasenser Ehrenbürgerin Dr. Sieghild Müller zur Ehrenkommissarin ernannt. Sie hatte sich vorwiegend für schutz- und hilfebedürftige Frauen eingesetzt und erfolgreich mit der Polizei zusammengearbeitet. Im großen Besprechungsraum der Direktion standen noch die leeren Gläser und ein Duft von Salzgebäck lag in der Luft.

Nach ihrer Rückkehr aus Frankreich hatte Jenny als Erstes einen kleinen Eiffelturm aus Metall auf ihren Schreibtisch gestellt. »Der wird mich bis zu meiner Verrentung an den schönsten Auslandseinsatz erinnern, den ich je hatte«, sagte sie jedem, der sie darauf ansprach.

»Deinen einzigen Auslandseinsatz, meinst du wohl«, sagte Scheller.

»Das eine schließt das andere nicht aus«, gab Jenny zurück. »Paris ist eine wunderschöne Stadt mit einer ganz besonderen Atmosphäre und die französischen Männer sind charmant und zuvorkommend.«

»Das bist du von uns ja bereits gewöhnt«, sagte Scheller und lächelte sie an.

»Du glaubst es nicht – und ich habe es auch nicht gedacht – da war noch eine Steigerung möglich.«

»Wenn wir unsere professionelle Distanz zu unseren Kolleginnen aufgeben würden, wärest du erstaunt, zu welcher Steigerung auch wir noch imstande wären.«

»Ziemlich viele Konjunktive«, meinte Jenny.

»Auf das Experiment lassen wir uns nicht ein«, fuhr Bernd Peters dazwischen. »Sagen wir doch einfach, wenn wir eine so attraktive Mitarbeiterin nach Paris schicken, ist die Reaktion der dortigen Männer vorhersehbar gewesen.«

»Zum Dank«, warf Jenny nun ein, »habe ich euch allen eine Platte mit den berühmtesten Käsen Frankreichs mitgebracht. Ich hole nachher noch etwas Brot, dann gibt es das zum Mittagessen.«

Scheller wollte nach dem dazu passenden Wein fragen, ließ es aber, denn er konnte sich denken, was er als Antwort erhalten würde: Dienst ist Dienst oder etwas Ähnliches.

Man tauschte sich wie immer zu Beginn eines Arbeitstages über den Stand der Ermittlungen aus. Nach wie vor war nicht klar, wer der Tote eigentlich war.

Das Gesicht des Mannes war nicht so weit zu rekonstruieren gewesen, dass man ein Phantombild oder etwas Ähnliches hätte anfertigen können. Aber man kannte Größe, Gewicht, Haarfarbe, Statur. Irgendwo musste dieser Mensch sich in den Tagen vorher aufgehalten haben. Wenn er bei Freunden gewesen war, hätte eine Vermisstenmeldung eingehen müssen. Vielleicht war er in einer Privatpension oder einem Hotel gewesen. Also war Fleißarbeit angesagt, von Hotel zu Hotel und Pension zu Pension fahren oder telefonieren und nachfragen. Hoffentlich hatte er nicht im Elsass übernachtet, das würde das Einzugsgebiet enorm erweitern.

»Das arme Schwein!« Es platzte aus Scheller heraus. Egal, wen er meinte, er hatte sich eigentlich inzwischen eine etwas gepflegtere Ausdrucksweise angewöhnt. Es musste schon eine sehr überraschende Entdeckung sein, die ihn in diese spätpubertäre Ausdrucksweise zurückfallen ließ.

»Wen meinst du?«, fragte Peters.

»Na, unseren Toten!« Klaus Scheller hatte sich während der Dienstbesprechung den Obduktionsbericht geschnappt und ein wenig gelangweilt darin geblättert. Sie hatten ihn beide schon mehrfach in der Hand gehabt, aber offenbar nicht ganz sorgfältig gelesen. Sie waren an den körperlichen Merkmalen und den Einschusswunden hängen geblieben, hatten aber nicht gelesen, was die Mediziner ansonsten im Körper des Getöteten gefunden hatten. Allerdings stand es auch am Ende der vorletzten Seite nur in einem kurzen Satz, wie zum Überblättern bestimmt.

»Der arme Kerl war todkrank«, sagte Scheller.

»Wieso?«, fragte Peters verwirrt.

»Er hatte miserable Blutwerte. Ursache könnte eine Leukämie im Endstadium sein, meint die Gerichtsmedizin.«

»Er hätte also ohnehin nicht mehr lange gelebt?«, fragte einer der Kollegen.

»Genau, vielleicht noch zwei Wochen, steht hier«, sagte Scheller.

»Also von einer schweren Erkrankung Sebastian Mahlers ist nichts bekannt«, stellte ein anderer Kollegen klar.

»Eigentümlich«, grummelte Peters vor sich hin. »Das erinnert mich an etwas, was ich in den letzten Tagen gelesen habe. Ich weiß im Moment nur nicht mehr, was.«

»Wie soll es jetzt weitergehen?«, fragte Scheller, als hätte er ununterbrochen ungeduldig darauf gewartet, loslegen zu können.

»Wir teilen die Aufgaben, jeder bekommt mehrere Orte und versucht dort alle Hotels und sonstigen Vermieter zu erreichen und nach Personen zu fragen, die in der Nacht oder den Nächten vor dem Mord dort gewohnt haben und auf die die Beschreibung passt. Also alle Frauen, Kinder, Riesen und Zwerge können wir außen vor lassen. Wir suchen nach einem Mann im mittleren Alter, mittelgroß, mittelschwer. Das ist vielleicht leichter, als es zunächst klingt. Möglicherweise hilft die Sache mit der Erkrankung weiter. Vielleicht hat er davon geredet. Vielleicht hat man es ihm angemerkt.«

»Am besten gehen wir in konzentrischen Kreisen um Gebüg herum vor«, regte Scheller an.

»Gute Idee, also jeder bekommt einen Ort in der Nähe: Hirschtal, Ludwigswinkel, Fischbach, Schönbach und so weiter. Wenn wir da nicht fündig werden, kommen die nächsten dran.«

Das war es also mit dem Wochenende, dachten alle fünf, ohne es auszusprechen, vereint durch den Ärger, den Fall immer noch nicht geklärt zu haben, und in der Hoffnung, dass es nach dessen Abschluss ein paar Tage Überstundenausgleich gäbe.

Alfred von Boyen und Anne Matthissen – das war immer noch eine Fernbeziehung. Zwar war sie nicht länger Ministerin und das auf eigenen Wunsch, aber man hatte sie überredet, noch einmal für den Bundestag zu kandieren. Sie sei eben ein Zugpferd für die Partei und dürfe sie nicht im Stich lassen. Wenn Anne auf der Liste stände, brächte das nicht nur ihr in ihrem Wahlkreis den sicheren Gewinn des Mandates, auch andere Kandidatinnen und Kandidaten der Partei, die sich noch nicht so viel Vertrauen erarbeitet hatten, würden davon profitieren. So war sie noch einmal für ihren Hamburger Wahlkreis aufgestellt und gewählt worden. Man erwartete, dass sie in Hamburg war, wenn sie nicht in Berlin sein musste. In die Südwestpfalz konnte sie nur in ihrer knappen Freizeit kommen. Alfred wollte nicht nach Hamburg ziehen, also blieb nur die Hoffnung auf eine gemeinsame Zukunft, die aber in ihrem Alter mit jedem Tag spürbar kürzer wurde.

Alfred wollte Anne bitten, sich nach dem Autokennzeichen zu erkundigen, das von der rumänischen Botschaft stammen sollte. Nur telefonieren, ohne sich zu sehen? Das erschien ihm schwer erträglich. Übers Wochenende nach Hamburg fahren oder fliegen? Viel Reisezeit für wenig gemeinsame Zeit. Sich in der Mitte treffen? Das wäre ideal. Sie einigten sich auf Kassel – eine schöne Stadt, gut mit dem Zug zu erreichen und fast genau in der Mitte. Das Schloss, der Park, die Fuldaauen, das Staatstheater. Für jedes Wetter etwas und vor allem Zeit miteinander. Alfred war am Samstag noch in der Dunkelheit losgefahren, um in Mannheim einen der ersten Züge Richtung Norden zu bekommen.

Anna Hogers Kinder waren das Wandern gewohnt. Sobald sie einigermaßen laufen konnten, nahmen die Eltern sie mit auf ihre langen Touren durch den Wald. Entweder ging es in einer der vier Himmelsrichtungen von Schönbach aus los, oder sie fuhren mit dem Lieferwagen der Bäckerei ein paar Kilometer und eroberten von einem Parkplatz aus den Pfälzerwald. Annas Mann benötigte das als Ausgleich für die körperlich schwere Arbeit in der Backstube und die Kinder sollten nicht zu Couch Potatoes verkommen. Als die Kleine fünf geworden war, kannte sie alle Burgruinen des Waldes – und das waren nicht wenige. Je älter die Kinder wurden, umso mehr interessierten sie sich für die verschiedenen Arten von Bäumen, für die Fährten der

Tiere oder den je eigenen Gesang der Vögel – wobei man keineswegs immer von Gesang reden konnte. Der nicht seltene Eichelhäher machte Geräusche, die an eine Ratsche erinnerten, wenn er nicht andere, ähnlich kreischende Vögel nachahmte und die Kinder in die Irre führte. Es war ein beliebtes Spiel unter ihnen, ob dieser Schrei eines Raubvogels nun ein Original oder durch einen Eichelhäher nachgemacht war.

Barbara lernte viel auf dieser kleinen Wanderung den Maimont hinauf, denn die Kinder schwiegen nicht eine Minute. Alles, was sie sahen, wollten sie ihr erklären, und lächelten siegesbewusst, wenn sie sich auf eine Wette mit ihnen einließ. Zudem war es ein Genuss, im Spätsommer durch den Wald zu gehen. Die würzige Luft, angefüllt von den Aromen der den Boden bedeckenden Pflanzen und der Sträucher. Diese unendliche Vielfalt an Grüntönen. Das leise Singen des Windes mit den Blättern. Die Zeit verging schnell und plötzlich standen sie vor Joçelines Waldhöhle. Barbara gab Anna ein Zeichen und sie ging mit den Kindern ein Stück weiter. Würde Joçeline an einem Samstagnachmittag eher in ihrer Wohnung in Sturzelbronn sein oder hier im Wald? Diese Frage war ihr während des Aufstiegs immer wieder durch den Kopf gegangen. Viel sprach dafür, dass sie nicht unten im Dorf wäre. Am Wochenende war man in den Dörfern im Elsass genauso geschäftig wie in der Pfalz. Es waren unruhige Tage, besonders der Samstag, wenn die Rasen gemäht wurden und man sich nach einer Woche Arbeit auf der Straße zu einem Pläuschchen traf. Joçeline, die Menschen scheute, würde sich an so einem Tag aus dem Dorf zurückziehen.

Barbara schob die Zweige der Sträucher, die vor dem Höhleneingang standen, auseinander. Nichts deutete darauf hin, dass sich hier kurz zuvor ein menschliches Wesen den Weg gebahnt hätte. Sie ging vorsichtig weiter und hielt es vor dem Eingang zur Wohnhöhle für angebracht, sich zu melden.

»Joçeline? Hier ist Barbara.«

Keine Reaktion. Sie versuchte es auf Französisch.

»Joçeline? C'est moi, Barbara. Tu es là?«

Es rührte sich nichts. Barbara ging um den Felsvorsprung herum, suchte nach Anzeichen von menschlicher Anwesenheit, ging auf die andere Seite und dann zurück zum Eingang.

Plötzlich stand sie vor ihr. In dieser Figur mit einer viel zu weiten Hose und dem karierten Hemd hätte man alles sehen können, was die Sagen und Märchen an Gnomen und Zwergen aufzubieten hatten. Ein menschliches Wesen undefinierbaren Alters, mit einem jungen, faltenlosen Gesicht und grauen, zotteligen Haaren, einer Hornbrille aus den Siebzigern und einem misstrauischen Blick.

Vielleicht waren es Barbaras Haare, dieses lockige, leuchtende Rot, das in ihrer Kindheit manchmal Anlass zu Spott gewesen war, das sie aber mithilfe ihrer Mutter und ihres Vaters lieben gelernt hatte und von dem eine eigentümliche Faszination ausging, wenn Barbara ihr unwiderstehliches Lächeln aufsetzte. Diese Haare hatten sie als Kind gelegentlich zur Außenseiterin gemacht und waren nun ein Mittel, Joçelines Vertrauen zu gewinnen, die in ihr eine Schicksalsgenossin zu sehen schien.

Sie winkte sie herein, bot ihr einen Platz an und ein Glas Wasser. Dann erzählte sie ihr auf Französisch, woran sie sich erinnern konnte, was sie gesehen hatte am Morgen des Mordes, von dem sie immer wieder betonte, dass es kein Mord gewesen sei. Was sie gesehen hatte, hatte sie in einem solchen Maß erschreckt, dass sie sich nur bruchstückweise erinnerte. Mehr als Stichworte, die Barbara mühsam in eine sinnvolle Reihenfolge bringen musste, bekam sie nicht heraus. Bisweilen versagten Barbaras Vokabelkenntnisse, sie musste nachfragen, das erleichterte es nicht. Am Ende blieb eine Erzählung, die sie nicht glauben konnte, die sie aber genauso Bernd am Abend erzählen wollte.

Vor der Höhle wurde ihr Name gerufen. Anna und die Kinder waren zurückgekehrt. Sie konnte nicht mehr länger bleiben. Sie bedankte sich bei Joçeline, die sie in den Arm nahm. Barbara war überrascht. Damit hatte sie nicht gerechnet. Auch nicht damit, dass sie in ihrer Nase nichts von alter Kleidung, Schmutz oder Felsenhöhle wahrnahm, als sich Joçeline näherte. Man hauchte einen Kuss auf beide Wangen und trennte sich. Draußen wartete Barbara einen Moment, bis die Kinder außer Sichtweite waren und trat dann aus der Deckung hervor.

In der Polizeidirektion konnte man in der Zwischenzeit erste Erfolg versprechende Informationen zusammentragen. Sie versprachen jedoch nicht nur Erfolg, sondern zunächst viel Arbeit. Die Liste der Einzelreisenden, die bis zum Tag des Mordes in einer Pension, einem Hotel oder einer Ferienwohnung gewohnt hatten und danach nicht mehr gesehen worden waren, wurde immer länger. Je größer die Auswahl, je vollständiger die Liste, desto wahrscheinlicher war es, einen Treffer zu landen. Um möglichst schnell den Richtigen zu finden, mussten weitere Kriterien herangezogen werden. Scheller plädierte dafür, diejenigen zuerst unter die Lupe zu nehmen, die den Vermietern unbekannt waren. Bei bekannten Gästen hätten die Gastgeber vermutlich etwas von deren Verschwinden gehört, Angehörige oder Freunde hätten nachgefragt. Die Idee wurde allgemein akzeptiert und so machte man sich daran, die Vermieter aufzusuchen. Vielleicht konnten persönliche Gespräche zu weiteren Hinweisen führen. DNA-Proben waren nach einer so langen Zeit unwahrscheinlich, dafür wurde zu gut geputzt, vermuteten die Polizeibeamten. Von einem Landstreicher hatte im Übrigen niemand etwas gesehen oder gehört.

15

Wie sie da so auf ihrem senkrecht gestellten Koffer saß, hätte man Anne Matthissen für eine Studentin halten können, die darauf wartete, von den Eltern oder dem Freund abgeholt zu werden. Sie hatte sich eine gewisse Jugendlichkeit bewahrt, obwohl sie bereits weit in den Fünfzigern war. Alfred von Boyen hatte sie vor ein paar Jahren in Strasbourg wieder getroffen, nachdem sie sich für viele Jahre aus den Augen verloren hatten. Seitdem lebten sie eine Fernbeziehung, war sie doch zunächst Europaabgeordnete in Bruxelles und Strasbourg, dann Ministerin in Berlin und nun einfache Bundestagsabgeordnete. Weil Alfred immer noch ein gefragter Berater – hauptsächlich im Außenministerium – war, hatten sie sich immer wieder in Berlin treffen können. Gelegentlich besuchte sie ihn auch in seiner Eremitage, wie sie es nannte. Dann waren da noch die gemeinsamen Urlaube. Aber die zahlreichen Aufs und Abs in beider Leben hatten sie gelehrt, es nicht zu kompliziert zu machen und die Probleme erst dann zu lösen, wenn sie sich stellten.

Sie hatten ein Zimmer mit Blick auf Schloss Ludwigshöhe in einem schönen Hotel gebucht. Ein Taxi brachte sie dorthin und sie bezogen das Zimmer. Endlich allein zusammen. Schon auf dem Bahnsteig hatten sie sich lange umarmt, geküsst, aber die Öffentlichkeit forderte ihren Tribut und damit Zurückhaltung. Im Taxi hatten sie hinten aneinander gelehnt gesessen und die Hände gehalten. Es tat so gut, den anderen zu spüren. Alle Kälte, die sich beim Alleinsein auch im heißen Sommer in einem Menschen ansammelte, wich aus ihren Körpern. Im Hotel angekommen bekamen die Koffer ihren vorläufigen Platz in einer Ecke, wurden mit Hosen, Bluse und Hemd zugedeckt, der Rest landete auf dem Boden und die nächsten zwei Stunden genossen sie es, dass sie gar nichts mehr trennte, und sie nehmen und geben konnten, wie es nur zwei Liebende können.

Als der Hunger kam, fuhren sie in die Stadt und suchten sich ein nettes Lokal, um dann einen Spaziergang in der Karlsaue zu machen. Beide liebten Parkanlagen, diese von Menschen gestaltete Natur. Anne konnte sich für die architektonischen Meisterleistungen begeistern, Alfred dafür, dass es der Natur immer wieder gelang, dem Gestaltungswillen des Menschen ein Schnippchen zu schlagen. Diesen Mentalitätsunterschied hatten sie bei jedem ihrer Treffen in der Vergangenheit bemerkt, ob bei den beruflichen, bei Anhörungen in Ausschüssen des Bundestages und Expertengremien der Ministerien, oder bei den privaten in Berlin, Gebüg und den Urlauben an schönen Orten Deutschlands und Europas. Anne liebte die Ordnung und bemühte sich, dafür zu sorgen. Chaos sah sie als Bedrohung an, manchmal auch schon kleinere Abweichungen von der Ordnung. In einem Orchester hätte sie den Basso continuo gespielt, die Notenfolge, die alles zusammenhielt und die anderen Stimmen daran erinnerte, wo man war und wo man hinwollte. Alfred reizten mehr die Variationen eines Motivs, die Möglichkeit, Veränderungen auszuprobieren, Neues zu entwickeln, Grenzen zu überschreiten. Aber so wie er wusste, dass man nur tanzen kann, wenn man auch einen sicheren Stand hat, so wusste sie, dass Ordnung nicht zu Erstarrung führen durfte. Sie ergänzten sich perfekt in ihren Perspektiven auf die Welt, ohne einander einzuengen.

Der Garten der Karlsaue hatte wahrlich schon einiges über sich ergehen lassen müssen. Erst war er ein Renaissancegarten gewesen, der Versuch, zwischen der künstlichen Ordnung in der Stadt und im Schloss einerseits und dem Urwald andererseits einen Mittelweg zu finden, menschliche Ordnung und wild wuchernde Natur in einen Zusammenhang zu bringen. Nach dieser italienischen Mode kam die französische des Barockgartens, streng gegliedert, großzügig und in allem auf das Schloss ausgerichtet. Bis Landgraf Wilhelm IX. vor gut zweihundert Jahren Erbarmen mit der der Geometrie unterworfenen Natur hatte und einen englischen Garten anlegen ließ, auch nicht natürlich, aber frei von den Zwängen der Logik, ganz auf das Schönheitsempfinden der Betrachter ausgerichtet, mit regelmäßig zu pflegenden Sichtachsen und fast natürlich wirkenden Teichanlagen. Nun, nicht alles konnte umgestaltet werden, und so sah man dem Park seine Geschichte an – was ihn für die beiden noch interessanter machte.

Sie gingen vom Schloss aus die lange Allee entlang und suchten sich eine Bank im Schatten, von der aus sie aufs Wasser schauen konnten. Anne erzählte von ihrer Arbeit im Bundestag, den mühevollen Gesprächen in den Ausschüssen, von den manchmal frustrierenden Versuchen, Kompromisse zu finden. Politik war eine Kärrnerarbeit, das hatte sie vorher gewusst und wurde ihr täglich neu bewusst. Es war mühsam, den Karren zu ziehen. In einer Demokratie wird mit Argumenten regiert, nicht selten auch mit Emotionen und leider manches Mal auch mit dem Abwägen von Machtinteressen. Sie fühlte sich oft müde und erschöpft, aber das Feuer des Gestaltungswillens loderte immer wieder in ihr auf.

Alfred erzählte von der Arbeit an seinem neuesten Buch und von dem eigentümlichen Mordfall, der nach Aussagen einer vermutlich verwirrten Frau, die im Wald lebte, keiner gewesen sein sollte. Er berichtete von den Drohungen, die Sebastian Mahler erhalten hatte und von den Beobachtungen des Nachbarn, der drei Männer in einem Auto der rumänischen Botschaft gesehen haben wollte. Den Zettel mit dem Autokennzeichen steckte Anne sich ein.

»Ich denke, irgendwie werde ich da schon dran kommen. In den Botschaften können die einzelnen Staaten machen, was sie wollen. Sie sind exterritorial, kein Gebiet der Bundesrepublik Deutschland. Die Diplomaten genießen auch außerhalb des Gebäudes Immunität. Aber ich kann mir nicht vorstellen, dass sie die Kennzeichen ihrer Autos nicht zumindest melden müssen. Ich kümmere mich gleich am Montag darum.«

Den späten Nachmittag verbrachten sie wieder in ihrem Hotel. Die Wände ihres Zimmers schützten sie vor der Außenwelt. Später gingen sie zum Essen und zogen sich dann endgültig ins Zimmer zurück.

Beim Frühstück am nächsten Morgen warf Alfred einen Blick auf die Sonntagszeitung, die auf ihrem Tisch gelegen hatte. Der Sport dominierte in dieser Ausgabe die Politik, aber es war noch genügend Platz für das Feuilleton und das Vermischte. Gerade als Anne mit einem Teller Früchte zurückkkam, fiel sein Blick auf die Nachricht »Selbstmordrate gesunken. Hessen liegt im Mittelfeld.«

»Ich wusste gar nicht, dass es eine Statistik der Selbstmorde in Deutschland nach Bundesländern geordnet gibt«, sagte er, als Anne sich gesetzt hatte.

»Doch, doch«, sagte Anne, »in den vergangenen Jahren hat Sachsen-Anhalt zumeist das Ranking angeführt. Fast doppelt so viele Selbstmorde je einhunderttausend Einwohner wie Nordrhein-Westfalen. Und die Rate bei den Männern ist regelmäßig höher als bei den Frauen.«

»Eigentümlich«, sinnierte Alfred. »Woran mag das liegen?«

»Soziale Verhältnisse, weltanschaulicher Hintergrund, soziale Kontrolle auf dem Land und in den Städten entsprechend die Anonymität. Da spielen viele Faktoren eine Rolle.«

»Und dann sind da noch die Todkranken, die lieber aus freier Entscheidung ihren Leben ein Ende setzen, als schmerzvoll zu sterben. Das gibt es leider immer noch – trotz der guten medizinischen Versorgung und der hervorragenden Schmerzmittel.«

Anne schaute ihn nachdenklich an. »Ich habe den Eindruck, dieses Leiden ist noch nicht bis zum Gesetzgeber vorgedrungen. Da sind wir in Deutschland – was das Strafrecht angeht – nicht ganz so liberal wie manche unserer Nachbarn.«

»Vielleicht mit guten Gründen«, wandte Alfred ein. »Aus Angst vor Missbrauch, weil man befürchtet, dass Angehörige die Kranken unter Druck setzten könnten. Oder dass sich die gesellschaftliche Stimmung dahin gehend ändert, dass man überzeugt ist, Schwerkranke sollten sich frühzeitig töten, um der Gesellschaft die hohen Krankenkosten zu ersparen.« Er machte eine Pause und nahm einen Schluck aus seiner Kaffeetasse.

»Das wäre eine Verrohung der Gesellschaft«, meinte Anne. »Ich kann mir nicht vorstellen, dass es so weit kommt. Dann müsste das kapitalistische Denken ja endgültig über die christlich-abendländische Tradition siegen.«

»In Notzeiten könnte das passieren«, warf Alfred ein.

»Das mögen Gott und wir Politikerinnen verhindern«, seufzte Anne. »Ich werde meinen Teil dazu beitragen. In einem Land, in dem Geldjongleure Millionen damit verdienen, auf das Steigen oder Fallen von Aktienkursen zu wetten, muss auch genug Geld da sein, um Schwerkranke so sterben zu lassen, wie sie es wünschen.«

Es trat eine Pause im Gespräch ein. Anne stocherte in ihrem Obst herum, Alfred lutschte nachdenklich an seinem Joghurtlöffel.

»Ein guter Tod beschäftigt viele Menschen fast genauso wie ein gutes Leben«, sagte Anne. »Es ist die Angst vor Schmerzen und vor dem Ende der Selbstbestimmung. Als ob es immer Selbstbestimmung im Leben gäbe.«

»Der gute Tod – Bona mors. Das war ein Thema des römischen Philosophen Seneca. Wann es besser sei zu sterben, als zu leben.« Alfred erinnerte sich an seine Schulzeit auf einem humanistischen Gymnasium und einem äußerst kirchenkritischen Lateinlehrer, der ihnen unterschwellig ständig die Überlegenheit der nicht christlichen Antike über die folgende jüdisch-christliche Kultur nahebringen wollte.

»Bona mors? Das ist ein Videospiel, mit dem wir uns kürzlich am Rande in einem Ausschuss befasst haben. Wegen der Frage des Jugendschutzes und so weiter.«

»Der Tod ist eigentlich zu ernst für ein Spiel«, meinte Alfred nachdenklich. »Entweder ist er das Ende oder er ist ein unvergleichlicher Übergang. In beiden Fällen sollte man nicht damit spielen.«

»Bona Mors – das habe ich in den vergangenen Wochen in einem Artikel gelesen«, sagte Anne. »Da ging es auch um das freiwillige Sterben Todkranker. Außerdem war da die Idee, mit seinem Tod noch etwas Gutes zu tun. Sich sozusagen zum Wohle anderer zu opfern. Genau weiß ich das aber nicht mehr.«

»Wie der Alte im Kosovo, der für einen jungen Familienvater eine lebensgefährliche Aufgabe übernahm, sie löste und dabei umkam«, sagte Alfred vor sich hin und erstarrte plötzlich. »Das erinnert mich nun an etwas, von dem ich vor ein paar Tagen gehört habe.« Er schaute Anne an und wie durch sie hindurch. »Es fällt mir nicht ein.«

Sie lächelte verständnisvoll. »Dann lass dein Gehirn in Ruhe arbeiten, während wir uns auf den Weg machen. Später wird es dir einfallen.«

Den Rest des gemeinsamen Tages wollten sie auf der Wilhelmshöhe verbringen, erst im Schloss, dann im Park und um halb drei zu den Wasserspielen gehen. Die Straßenbahn brachte sie bis zum Fuß des Berges, dann suchten sie die kleineren Wege in dieser riesigen Parkanlage, die wie die Karlsaue als Englischer Garten gestaltet war. Sie kamen zum Schloss, besuchten die Gemäldegalerie der Alten Meister, aßen eine Kleinigkeit im Bistro und gingen weiter hinauf zur Herkules Statue. Da warteten schon hunderte anderer Menschen darauf, dass pünktlich um halb drei das Wasser aus den Speicherbecken losgelassen würde, um anschließend die Kaskaden und Wasserfälle hinabzulaufen und schließlich aus der großen Fontäne hervorzuschießen.

Es war ein unbeschwerter Tag, den beide genossen, wertvolle Zeit miteinander, das Gefühl von Ganzsein, an das sie sich in den kommenden Wochen der Trennung erinnern könnten. Sie hatten in ihrem Leben so viel erlebt, dass sie sich immer bewusst waren, dass die gemeinsamen Stunden ein Geschenk waren, das sie vielleicht zum letzten Mal bekamen – und wenn es so sein sollte, wäre es nicht zu ändern.

Es wurde Zeit für die Abfahrt. Den kurzen Weg zum Fernbahnhof wollten sie laufen. Sie hatten die falsche

Straßenseite gewählt und suchten sich einen Fußgängerüberweg. Gerade als sie die Fahrbahn betreten wollten, kam ein Auto aus einer Nebenstraße herangerast, bog mit quietschenden Reifen auf die Hauptstraße ein und hätte beinahe Anne erwischt, deren lange brünette Haare durch den Luftzug empor wirbelten. Alfred hatte sie gerade noch halten können. Die anderen Autofahrer bremsten ordnungsgemäß. Mit weichen Knien retteten die beiden sich auf die andere Seite.

Zeit, sich nach diesem Schreck ein wenig auszuruhen, hatten sie nicht. Der Zug würde nicht früher kommen als geplant, aber eine Verspätung war auch nicht gemeldet worden. Hand in Hand gingen sie die Straße hinunter zum Bahnhof.

»Jetzt ist es mir wieder eingefallen«, sagte Alfred, »wo ich schon einmal solch eine Geschichte gehört habe, bei der es den Anschein hatte, als ob ein schwer kranker Mensch sich für andere geopfert hätte. In Kaiserslautern wurde eine Frau auf einem Fußgängerüberweg überfahren, ein Überweg, für den die Eltern der Schulkinder seit Jahren eine Ampelanlage forderten, die schließlich nach diesem Unglück genehmigt wurde.«

»Einer lässt sein Leben für die Vielen«, sagte Anne nachdenklich, »das hat fast etwas Biblisches.«

Von dem Schrecken erholt, zogen sie ihre Reisetaschen aus dem Schließfach und gingen die Treppe zu den Gleisen hinunter. Alfred blieb auf dem Bahnsteig stehen, bis Annes Zug verschwunden war und stieg wenige Minuten später in den ICE, der ihn zurück nach Mannheim zu seinem Wagen bringen sollte.

16

Joçelines Aussage war wirr gewesen. Was nicht am Verstand dieser skurrilen Frau lag, der vermutlich klarer war als der mancher hochgeschätzter Zeitgenossen. Es lag an dem, was sie gesehen hatte, und wenn Barbara es richtig verstanden hatte, war das in jeder Hinsicht verwirrend und unglaublich. Es stellte die Ermittlungen komplett auf den Kopf und führte kein Stück weiter.

Das Fünferteam der Polizeidirektion jedoch war am Samstag ein ganzes Stück weitergekommen. Sie hatten insgesamt zehn Personen identifizieren können, die sich in den fraglichen Tagen vor dem Mord in der Gegend aufgehalten hatten und nach dem Mordtag nicht mehr gesehen worden waren. Unter ihnen konnte das Opfer sein – und der Mörder. Wenn es nicht Sebastian Mahler selbst gewesen war. Nicht von allen zehn Personen lagen vollständige Kontaktdaten vor, die Unterkünfte waren gelegentlich etwas schlampig mit der Anmeldung. Ein zäh durchgeführtes Ausschlussverfahren müsste jedoch zu einem Ergebnis führen, da waren die Polizeibeamten zuversichtlich. Es war keine Eile mehr geboten. Die Suche nach Familie Mahler hatte noch keine Ergebnisse gezeigt, man konnte sich einen freien Sonntag gönnen, Kraft schöpfen und am Montag weitermachen. Dann aber wollte Bernd Peters Ergebnisse sehen.

Er neigte dazu, Joçelines angebliche Beobachtungen für die Hirngespinste einer verwirrten Frau zu halten. Barbara beharrte jedoch darauf, dass Joçeline zwar etwas eigentümlich sei, geistig jedoch voll auf der Höhe. Was sie gesehen hatte, hatte sie gesehen. Dass sie es ganz verstanden hatte, dafür wollte Barbara nicht ihre Hand ins Feuer legen. Sie war sich jedoch sicher, dass jemand anderes es nicht besser verstanden hätte – nicht unter diesen irritierenden Umständen im Morgengrauen auf einer Schneise im Wald.

»Wenn ich es einmal auf die möglichen Fakten reduziere«, fasste Bernd zusammen, »so will sie Folgendes gesehen haben: Zwei Männer, ein Gestell mit zwei Gewehren, die Gewehre waren auf einen der beiden Männer gerichtet, der andere von ihnen trug eine weitere Waffe in der Hand. Die beiden Gewehre sind gleichzeitig losgegangen, ohne dass sie jemand berührt hätte. Der Mann, auf den sie gerichtet waren, fiel zu Boden. Sie hat Angst bekommen und sich davongeschlichen. Kurze Zeit später hörte sie noch einen Schuss. Erst am späten Nachmittag sei sie noch einmal zu der Stelle gegangen und habe dabei die Kinder getroffen.«

»So habe ich sie verstanden«, stimmte Barbara vorsichtig zu.

»Das muss man jetzt einmal einer Plausibilitätsprüfung unterziehen«, sagte Bernd skeptisch. »Ein Mann stellt sich vor ein Gestellt mit zwei Gewehren, die durch etwas Unbekanntes ausgelöst werden. Er wird erschossen. Warum sollte er das tun?«

»Weil der andere ihn mit seiner Waffe dazu gezwungen hat?«, überlegte Barbara laut.

»Dann hätte er sich gleich von dem Mann erschießen lassen können.«

»Vielleicht hat der ihm gedroht, ihn nicht sofort zu töten, sondern erst schwer zu verletzen und leiden zu lassen. Dann war der schnelle Tod durch zwei Gewehre weniger schmerzvoll.«

»Warum sollte der zweite Mann diese umständliche Art der Tötung gewählt haben? Das ist ein ziemlicher Aufwand, ein Gestell mit zwei Gewehren zu errichten und diese dann irgendwie, vielleicht ferngesteuert, auszulösen.«

»Keine DNA, keine Schmauchspuren!«

»Und der dritte Schuss? Das war wohl der aus der Schrotflinte ins Gesicht des Toten. Der sollte ihn unkenntlich machen. Okay! Wird aber Schmauchspuren hinterlassen haben.« Bernd dachte nach. »Nehmen wir das mal so hin. Jetzt fehlen uns noch das Motiv und neben der wahren Identität des Toten die der zweiten Person.«

»Vielleicht findet ihr am Montag etwas heraus, wenn ihr die Hotel- und Pensionsgäste überprüft.«

Bernd schaute missmutig und hilflos vor sich hin.

»Ich weiß«, sagte Barbara zärtlich, »Abwarten ist nicht deine Stärke. Lass uns trotzdem aus dem Wochenende das Beste machen. Zunächst gehen wir zusammen ins Bett und widmen uns den schönen Dingen des Lebens. Morgen früh muss ich zwei Gottesdienste halten und am Nachmittag fahren wir nach Blieskastel in die Wallfahrtskirche. Der Kollege dort hat einen berühmten Organisten zu einem Konzert eingeladen.«

»Blieskastel? Ist das nicht im Saarland?«, fragte Bernd erstaunt.

»Stimmt, im schönen Bliesgau«, sagte Barbara – und einen Augenblick später, sie schaute ihn herausfordernd an: »Übrigens, du als Polizist müsstest das doch wissen: Es gibt ein Hinweisschild – und nur eines – , bei dem es erlaubt ist, auf der Autobahn zu wenden. Welches ist das?«

Bernd schaute mürrisch vor sich hin. »Ein kleiner Scherz zum Abschluss?«, fragte er unwillig.

»Es ist das Schild: Willkommen im Saarland.«

Bernd schüttelte den Kopf. »Oje, die Witze von euch Pfälzern über die Saarländer sind noch schlimmer als die von uns Nordfriesen über die Dänen.«

»Treffer!«, rief Scheller unüberhörbar in den Raum – und setzte etwas leiser hinzu: »Vielleicht.«

Die anderen vier stellten sich um seinen Schreibtisch herum. »Was soll das heißen?«, fragte Bernd Peters.

»Vielleicht haben wir ihn«, sagte Scheller. »Das Opfer, meine ich.«

Peters hatte am Montagmorgen Scheller, die beiden anderen Kollegen und Jenny zusammengerufen und ihnen von der Aussage Joçelines berichtet. Seine Skepsis war nicht zu überhören, aber trotzdem ließen die anderen sich darauf ein und diskutierten die vorgestellte Szenerie.

»Ein Mann vor einem Gestell mit zwei Gewehren, ein anderer hinter dem Gestell mit einer Schrotflinte in der Hand, die Gewehre gehen los, der erste Mann ist tot, wenig später schießt ihm der andere noch eine Ladung Schrot ins Gesicht«, fasste Scheller zusammen.

»Und – nicht vergessen«, sagte Jenny, »der Mann vor dem Gestell trug den Mantel von Sebastian Mahler und hatte seinen Ausweis bei sich.«

»Welchen Sinn ergibt eine solche Inszenierung – falls es so gewesen ist?«, fragte einer der beiden anderen Kollegen.

»Wo liegt das Motiv?«, fragte Bernd Peters. »Eine Beziehungstat kann das nicht sein. Da fehlt jede Spontaneität, jeder Zorn.«

»Sieht eher aus wie eine Hinrichtung«, sagte Klaus Scheller. »Nur ist nicht ganz klar, wer der Henker ist. Was hat die Gewehre ausgelöst?«

»Vermutlich etwas, das Joçeline nicht gesehen hat«, sagte einer der beiden anderen Kollegen und erntete allgemeines Nicken.

»Wir könnten auch die Frage stellen, was der Zweck gewesen ist«, sagte Bernd nachdenklich. »Was ist hinterher anders gewesen als vorher?«

»Ein Mann war tot«, meinte ein Kollege.

»Sebastian Mahler war tot«, sagte Jenny. »Jedenfalls stand das am nächsten Tag in der Zeitung. Vielleicht war das der Zweck des Unternehmens.«

»Und es gibt bis jetzt nur wenige, die wissen, dass das nicht stimmt«, sagte Klaus Scheller.

»Wer hatte also einen Nutzen von der ganzen Aktion?«, fragte Jenny.

»Sebastian Mahler. Er könnte der zweite Mann gewesen sein. Der den anderen vor dieses Gerät gestellt und ihn mit der Drohung, ihn schmerzvoll zu verletzen, fixiert hat«, sagte einer der Kollegen.

»Es gibt aber noch eine ganz andere Möglichkeit«, sagte Peters.

»Genau«, sagte Scheller.

»Ich lasse dir den Vortritt.«

»Vielleicht spielt es eine Rolle, dass der Getötete schwer krank war, wohl nur noch zwei Wochen zu leben hatte«, dozierte Scheller. »Vielleicht hat er sich freiwillig erschießen lassen und Mahler musste ihn gar nicht zwingen.«

»Was hatte er davon?«, fragte ein Kollege.

»Vielleicht die eine Million Euro, die über Dänemark nach Hamburg gegangen sind?«, meinte Jenny. »Da sollten wir noch einmal nachfragen. Bisher haben die Kolleginnen in Hamburg den Mann nicht erreichen können.«

»Wenn er unser Toter ist, werden sie ihn auch nicht mehr erreichen«, frotzelte einer aus der Gruppe.

»Aber wir kämen vielleicht an DNA Material zum Abgleich oder jemand aus der Familie könnte ihn an einer körperlichen Besonderheit erkennen. Am Ende bliebe noch der Zahnstatus.« Jenny kam in Fahrt.

»Also gut«, sagte Bernd Peters, »dann schau mal, was du herausbekommen kannst. Ihr anderen geht noch einmal die Liste mit den Übernachtungsgästen durch, ob da ein Hamburger dabei war. Und du, Klaus, kümmerst dich um den Aufenthalt von Mahler in den Tagen um den Mord herum.«

Als Scheller sich so unüberhörbar mit dem Ausruf »Treffer« meldete, hatte er bereits mit der Bundespolizei telefoniert und erfahren, dass man die Anfrage aus Pirmasens zwar bearbeitet habe, aber noch nicht dazu gekommen sei, offiziell zu antworten.

Dass Sebastian Mahler das Land nicht unter seinem wirklichen Namen verlassen haben konnte, hatte sich bei den Überprüfungen der Abflüge an den Tagen um den Mord herum schnell herausgestellt. Auch im angrenzenden Ausland war sein Pass nicht aufgetaucht. Nun bestand die Möglichkeit, dass er unter anderem Namen mit einem gefälschten Pass ausgereist war. Da half nur ein Abgleich des Gesichtes mit Aufnahmen von Sicherheitskameras oder eingescannten Pässen. Die Bundespolizei hatte viel zu tun, aber auch hier lief manches automatisiert und im Hintergrund ab. So entdeckte man ihn am Tag der Tötung am frühen Morgen auf dem Stuttgarter Flughafen, wie er für einen Flug nach Heathrow eincheckte. In London weiter nach ihm zu fahnden, hätte keinen Sinn. Zu viele Passagiere, zu viele Flüge trotz guter Überwachung durch Kameras. Die wichtigste Frage war beantwortet: Sebastian Mahler konnte nicht der zweite Mann im Wald bei Gebüg gewesen sein.

»Treffer!« Dieser Ausruf von Scheller bezog sich nicht auf Sebastian Mahler. Vielmehr ging es um eine Nachfrage beim Hotel *Blick zum Maimont* in Ludwigswinkel. Dort hatten die Daten auf einen Mann gepasst, der sich als Vertreter für Arzneimittel aus München ausgegeben hatte. Dass sein Zungenschlag eher ans nördliche, denn ans südliche Ende der Republik passten, war es nicht, was der jungen Frau an der Rezeption die Herkunft aus München unwahrscheinlich erscheinen ließ – denn schließlich bestand Freizügigkeit in Deutschland. Erstaunt hatten sie seine geografischen Unkenntnisse, die er offenbarte, als sie ihm von der Schönheit Bayerns vorschwärmte. Seiner Meinung nach lagen der Chiemsee direkt neben dem Starnberger See und Mittenwald auf halbem Weg zwischen München und Garmisch.

Sofort wurde ein Kollege nach Ludwigswinkel geschickt, der zusammen mit der Rezeptionistin ein Phantombild erstellen sollte. Das würde man dann zu den Kollegen nach Hamburg schicken, mit der Bitte, bei der Familie des Kontoinhabers nachzufragen. Mit etwas Glück würden sie am nächsten Tag eine Rückmeldung haben.

Jenny kam ins Büro von Bernd Peters und Klaus Scheller. »Nehmen wir einmal an, dieser Mann, der im Hotel *Blick zum Maimont* übernachtet hat, wäre der Inhaber des Kontos, auf das die Million überwiesen worden ist – stand er dann hinter oder vor dem Gestell, von dem Joçeline erzählt hat?«

»Hinter dem Gestell selbstverständlich«, sagte Scheller.

»Vor dem Gestell natürlich«, sagte Peters.

Die beiden schauten sich an.

»Ist doch klar: Der hat die Million bekommen, damit er den anderen tötet. Auftragsmord!« Klaus Scheller war aufgesprungen.

»Der andere hat sich umbringen lassen und dafür die Million kassiert«, sagte Peters. »Im Übrigen, darf ich daran erinnern, dass Joçeline gesagt hat, dass es kein Mord war?«

»Was sie aber in keiner Weise plausibel gemacht hat. Wieso soll es kein Mord gewesen sein? Wie soll das denn abgelaufen sein? Und warum war da überhaupt noch eine zweite Person?«

»Na ja«, dachte Peters laut nach. »Für den Schuss ins Gesicht, damit der Tote unkenntlich wird – und zum Aufräumen: Gestell wegbringen, Waffen entsorgen.«

»Putzkolonne also«, grinste Scheller.

»Okay, wir haben also noch etwas Arbeit vor uns. Wir müssen herausbekommen, woher der andere kam. Ob er auch vorher in einem Hotel oder einer Pension übernachtet hat – oder ob er aus der Gegend stammt.« Peters seufzte. »Also, ran an die Arbeit!«

Die Idee mit den beiden Gewehren war von mir. Überhaupt, eigentlich habe ich alles geplant. Bei der Umsetzung hatte ich allerdings meine Probleme. Handwerkliches Geschick ist mir leider nicht gegeben. Da hat der andere geholfen. Das Gestell, die beiden Waffen besorgen – und die dritte. Die hätte nicht sein müssen. Am Anfang habe ich mich gesträubt. Sicher, ich würde davon nichts mehr merken. Allerdings – allein diese Vorstellung, das Gesicht zerschossen zu bekommen. Aber es gehört zum Deal. Und ich mache es für Euch, meine Familie, damit ihr gut weiterleben könnt, ohne Sorgen. Ich hätte euch nichts hinterlassen können, wenn die Krankheit mich dahingerafft hätte. So ist es besser. Keiner wird es euch nehmen können, denn es gibt keinen schriftlichen Vertrag, und ich hoffe, alle Spuren werden sich im Nichts verlieren, wie wir es wollen. Ihr sollt es jedoch wissen. Also, verzeiht mir – und vielleicht könnt ihr mir später ein wenig dankbar sein.

17

Für den Abend hatte Alfred von Boyen Barbara und
Bernd auf ein Glas Wein zu sich eingeladen. Wein war
eine Leidenschaft von ihm, wobei das Trinken des
Weines eher eine untergeordnete Rolle spielte. Es fas-
zinierte ihn, wie man aus einer Frucht so viele unterschiedliche Geschmacksrichtungen erzielen konnte.
Dabei machte nicht nur die Traubensorte den Unterschied, sondern auch die Lage, der Boden, die Sonne,
das Wasser, die Besonderheiten des Wetters im jeweiligen Jahr und schließlich das feine Gespür und das Wissen der Winzerin und des Winzers bei der Arbeit im
Keller. Sein Rückzug ans Ende der Welt, wie es Anne
Matthissen immer nannte, hatte den Vorteil gehabt,
dass es ihn näher an die Weinanbaugebiete der Pfalz
und des Elsass gebracht hatte – und selbst Mosel, Saar
und Ruwer oder Baden und Rheinhessen waren nicht
weit. Er war ein intellektueller Weintrinker, den die
Entstehung des Produktes mindestens genauso sehr in-
teressierte wie sein Genuss. Barbara Fouquet und
Bernd Peters kompensierten das dadurch, dass sie zwar
interessiert seinen Ausführungen zum Thema Wein zu-
hörten, sich jedoch vor allem an Aroma und Geschmack erfreuen konnten.

»Anne hat mir vorhin eine E-Mail geschrieben«,
wechselte Alfred das Thema. »Das Autokennzeichen,
das der Nachbar von Sebastian Mahler in Pirmasens
notiert hatte, gehört nicht zur rumänischen Botschaft.

Es war zwar im Stil der Botschaftskennzeichen gestaltet, jedoch eine Fälschung.«

»Ein Ablenkungsmanöver also«, sagte Bernd. »Die Drohungen gegenüber Mahler müssen von anderer Seite gekommen sein. Für wen könnte Mahlers Software bedrohlich gewesen sein?«

»Die Mafia«, sagte Barbara und lächelte, »im Zweifelsfall immer die Mafia.«

»Das ist keineswegs auszuschließen«, meinte Bernd. »Immerhin war durch diese Inszenierung mit dem angeblichen Wagen einer europäischen Botschaft politischer Sprengstoff gelegt worden. Wenn das die Boulevard-Presse spitz bekommen hätte, wäre es nicht ohne diplomatische Verwicklungen abgegangen. Und wenn die Politik mit sich selbst beschäftigt ist, ist das immer zum Vorteil für das Verbrechen.«

»Wobei nicht außer Acht gelassen werden darf«, sagte Alfred, »dass Rumänien Mitglied der EU und der NATO ist – und damit ein westlicher Staat, der wenig Interesse daran haben kann, in Deutschland zu spionieren.«

Barbara lächelte süffisant. »Aber du glaubst doch nicht, dass unsere Freunde auf der anderen Seite des Atlantiks oder auch nur des Ärmelkanals nicht mit allen Mitteln versuchen, an geheime Informationen unserer Regierung zu kommen.«

»Das ist vermutlich richtig«, gab Alfred zu und schmunzelte. »Bei den Geheimdiensten traut niemand niemandem.«

»Das Besondere an der Firewall, die Sebastian Mahler zusammen mit Martin Engel entwickelt hat, ist dieser Automatismus. Sie nutzt die Schad-Software, die eingeschleust werden soll, sozusagen als Brücke oder als Tunnel in das System des Angreifers und legt es lahm. Jeder Angriff auf ein derart geschütztes System ist also eine Art digitales Himmelfahrtskommando oder digitaler Selbstmord.«

»Wobei wir wieder bei dem Toten im Wald dort unten am Ende der Maimontstraße wären«, sagte Barbara. »Das soll nach Aussagen von Joçeline auch ein Selbstmord gewesen sein.«

»Ich möchte noch bei den Motiven für die Drohungen gegenüber Mahler und Engel bleiben. Es stellt sich doch die Frage, wer ein derartiges Interesse daran hat, dass diese Software nicht zum Einsatz kommt, dass er zu solchen Mitteln greift?«, lenkte Alfred das Gespräch wieder zurück.

»Jeder, der mit Hackerangriffen Geschäfte machen will«, sagte Bernd.

»Oder Politik machen will, dem Staat schaden, die öffentliche Meinung beeinflussen«, ergänzte Barbara.

»Es muss schon eine große Organisation sein«, meinte Alfred, »wenn sie einen derartigen Druck aufbauen können. Eine kleine Gruppe krimineller Hacker und Erpresser kommt nicht infrage.«

»Also doch eher aus dem Bereich der Politik als des Verbrechens?«, fragte Bernd in den Raum hinein.

»Möglicherweise«, murmelte Alfred vor sich hin.

Alle drei griffen zu ihren Gläsern und schwiegen eine Weile nachdenklich.

»Mahler soll Kontakte mit dem BND oder einem der beiden anderen Nachrichtendienste aufgenommen haben«, meldete sich Bernd als Erster zu Wort. »Mit offiziellen staatlichen Stellen also. Er beabsichtigte vermutlich, seine Software dort anzubieten.«

»Zum Schutz des Staates sozusagen.«

»Genau.«

»Das legt noch einmal nahe, dass ein Staat beziehungsweise der Geheimdienst eines Staates hinter den Drohungen steckt«, sagte Alfred. »Vorschläge hätte ich da einige.«

»Das würde ich allerdings gerne staatlichen Stellen überlassen«, sagte Bernd. »Mahler und seine Familie sind in Sicherheit. Wir wissen nicht, wo sie sich derzeit aufhalten, die anderen hoffentlich auch nicht. Martin Engel hat seinen Polizeischutz bekommen. Er selbst verfügt gar nicht über diese Software, und ich hoffe, das werden die Hinterleute der Drohungen bald verstehen. Ich muss vor allem klären, wer den Mann getötet hat – oder was da sonst abgelaufen ist.«

»Wenn Joçeline sich nur etwas klarer ausgedrückt hätte«, meinte Barbara. »Aber andererseits: Sie war aufgeregt und konnte von ihrer Position aus nicht alles sehen.«

Alfred füllte den kräftigen Burgunder nach, sie nahmen einen Schluck und schwiegen im Anblick des goldroten Schimmers im Glas.

»Bona mors«, sagte Alfred. »Der gute Tod. Gestern in Kassel wäre Anne beinahe überfahren worden, da fiel mir die Geschichte aus Kaiserslautern wieder ein. Und Anne erzählte, sie habe einen Artikel über eine Organisation gelesen, die Todkranken die Möglichkeit eröffnen möchte, mit ihren ohnehin unabwendbaren, nahen Sterben noch etwas Gutes zu tun. Die nennt sich *Bonamors*.«

»So nach dem Motto: Tue Gutes und stirb dabei!?«, fragte Barbara erstaunt und entrüstet.

»Nun, das ist vielleicht etwas sehr prägnant formuliert«, sagte Alfred. »Aber im Prinzip schon.«

Wieder trat eine Pause ein, in der die Gläser bemüht wurden.

»Nehmen wir einmal an«, sagte Bernd, als müsste er jedes Wort einzeln suchen, »das würde hinter dem Tod da unten im Wald stecken. Dann wäre die gute Tat vermutlich nicht das Erschießen des Mannes, sondern das Sich-erschießen-lassen. Dadurch galt Mahler als tot, seine Verfolger würden nicht länger nach ihm suchen und er hätte zumindest genügend Zeit, sich und seine Familie in Sicherheit zu bringen. Dann hätte möglicherweise der Mann, der sich erschießen ließ, zuvor eine Million Euro von Mahler bekommen, die dann für seine Erben bestimmt sein musste.«

»Der andere«, setzte Barbara ein, »hätte dann im Auftrag von *Bonamors* gehandelt und geholfen.«

»Dann war es vermutlich kein Mord«, schob Alfred ein, »sondern tatsächlich Selbstmord und der Mann von *Bonamors* hätte lediglich dem Toten ins Gesicht geschossen.«

»Immerhin noch eine Leichenschändung«, sagte Bernd, »aber kein Mord.«

»Dann müsste es ein Video geben, auf dem deutlich zu sehen ist, dass es sich um einen Selbstmord handelt«, sagte Barbara. »Zur Absicherung des Agenten von *Bonamors*.«

»Wäre schon etwas ungewöhnlich«, sagte Bernd.

»Schräg«, sagte Barbara.

»Skurril«, schloss sich Alfred an.

Er musste eine neue Flasche des Burgunders holen.

»Aber so völlig abwegig ist das nicht«, sagte er schließlich. »Wir hatten es doch vor ein paar Tagen mit der Frage nach Sterbehilfe, assistiertem Selbstmord und so weiter. Das ist für viele Menschen ein brennendes Problem.«

»Es hat mit dem Vermeiden von Leiden zu tun«, sagte Barbara, »und dem Wunsch nach Autonomie. Wenn ich mir schon mein Schicksal und meine Krankheiten nicht aussuchen kann, dann möchte ich wenigstens über meinen Tod entscheiden.«

»Und wenn ich damit noch etwas Gutes tun kann«, ergänzte Bernd, »dann hat mein Tod einen Sinn.«

»Den ich in meinem Leben vielleicht nicht gefunden habe«, fügte Alfred hinzu.

»Oder ich kann damit eine Million Euro verdienen«, sagte Barbara erzürnt.

»Es wird diesem Mann wohl mehr um seine Familie gegangen sein«, schloss Alfred versöhnlich.

»Und das alles basierend auf einem sittenwidrigen Vertrag zwischen Sebastian Mahler und diesem Mann aus Hamburg«, sagte Bernd. »Ich weiß nicht, wie ich das finden soll. Einerseits kann ich mich in das Denken der beiden hineinversetzen – andererseits darf das nicht zur Grundlage eines allgemeinen Sittengesetzes werden.«

»Oh«, sagte Alfred, »höre ich da Immanuel Kant aus deinem Mund: *Handle so, dass die Maxime deines Willens jederzeit zugleich als Prinzip einer allgemeinen Gesetzgebung gelten könne.*«

»Genau das meine ich. Was wäre, wenn alle das täten: Die Notlage eines anderen ausnützen oder das eigene Leben verkaufen? Und wieder einmal hätten die Reichen einen Vorteil! So wie früher Menschen sich in die Sklaverei verkauft haben, um ihre Schulden abzulösen. Leben gegen Geld – so etwas darf es nicht geben!« Bernd war sichtlich erregt.

»Gibt es jedoch bereits«, sagte Barbara. »Söldner zum Beispiel. Verkaufen ihre Kampfkraft mit dem Risiko, bei der Arbeit zu sterben. Bei Berufssoldaten ist es nicht anders.«

»Da gibt es ein Risiko«, sagte Alfred. »Aber nicht den sicheren Tod. Der Söldner möchte eigentlich als alter Mann im Bett sterben.«

»Und vorher möglichst viele andere umbringen«, ergänzte Bernd sarkastisch. Er zögerte. »Aber ich glaube, wir kommen vom Thema ab.«

»Also müssen wir jetzt mehr über diese Organisation *Bonamors* herausfinden«, sagte Alfred.

»Damit werden wir gleich morgen beginnen«, sagte Bernd. »Wenn wir den Sitz der Organisation gefunden haben, können uns die dortigen Kolleginnen und Kollegen vielleicht unterstützen.«

Gerade als Alfred hinzufügte: »Ich will schauen, was ich herausbekommen kann«, klingelte das Handy von Bernd.

Sein Gesicht wurde immer besorgter, während er zuhörte. Schließlich sagte er nur: »Ich werde gleich losfahren.«

Er stützte seinen Kopf in die Hände und starrte vor sich auf die Tischplatte. Barbara legte eine Hand auf seine Schulter. Er schaute auf. »Die Firma von Sebastian Mahler und seinem Kompagnon Thorsten Briegel ist in Flammen aufgegangen und nahezu zeitgleich wurde bei Mahlers Freund Martin Engel eine Handgranate durch die offene Balkontür geworfen. Zum Glück war er gerade im Bad und hat nur ein paar Splitter von der zerborstenen Tür abbekommen. Die Feuerwehr war schnell da.«

»Es ist noch nicht zu Ende«, seufzte Alfred.

Barbara schwieg.

18

Die Handgranate stammte aus französischen Militärbeständen. Mehr konnte die Spurensicherung nicht herausfinden. Martin Engel hatte die Tür seines Balkons im ersten Stock offen stehen lassen. Auch ein wenig geübter Werfer hätte die Granate ins Wohnzimmer lancieren können. Niemand hatte den Werfer gesehen. Wo war der Polizeischutz gewesen? Die Nachbarn meinten, nach der Explosion ein Motorrad gehört zu haben, aber kein Mensch hatte einen Motorradfahrer gesehen. Wenn man hier weiterkommen wollte, dann müsste man sich an die Granate halten, aber so etwas konnte sich jeder im dunklen Teil des Internets besorgen.

Bei dem Anschlag auf das Firmengebäude im Konversionspark bei Ludwigswinkel sah es nicht viel anders aus. Es wurde Brandbeschleuniger um das Haus vergossen, zwei Handgranaten durch die Fensterscheiben geschleudert und dann der Brand gelegt. Auch hier waren es französische Granaten. Man wollte offenbar klarstellen, dass die beiden Anschläge zusammengehörten.

Bernd Peters besuchte Martin Engel im Saarbrücker Krankenhaus. Auf dem Weg dorthin rätselte er, wie es zu diesem Anschlag hatte kommen können. Die Saarbrücker Kollegen hatten doch Personenschutz angeboten. Dann hätte ein Wagen vor dem Haus gestanden und der Täter wäre abgeschreckt oder gesehen worden.

Er nahm die Autobahn hinunter nach Zweibrücken und dann am Homburger Kreuz ab nach Westen und immer geradeaus. Es war jedes Mal ein schöner Moment, wenn die Fahrt hinab ins Tal der Saar ging und die Stadtautobahn sich an deren Ufer entlangschlängelte. Nun musste er nur noch die richtige Ausfahrt finden, um zum Krankenhaus zu kommen.

Martin Engel lag im Bett, sein Körper war übersät mit Verbänden und Pflastern. Das Gesicht hatte nur kleinere Verletzungen erlitten, war jedoch angeschwollen. Das Sprechen fiel ihm schwer, aber es brodelte in ihm und er wollte reden.

»Die wollten mir Angst machen – und das ist ihnen gelungen«, sagte Engel. »Ich weiß noch nicht einmal, ob eine meiner Versicherungen für den Schaden aufkommt. Wenn ich Pech habe, ist nicht nur meine Wohnung zerstört, sondern auch die Statik des ganzen Hauses betroffen.«

»Wir haben die Drohungen nicht ernst genug genommen und hatten gedacht, nach der Flucht von Sebastian Mahler wäre bald Schluss.«

»Ich habe die Drohungen nicht ernst genug genommen«, widersprach Martin Engel. »Das muss ich zugestehen. Ihre Kollegen hier aus der Stadt hatten mir Personenschutz angeboten. Ich habe ihn abgelehnt. Sie sind vermehrt Streife gefahren, aber da gab es selbstverständlich ausreichend Lücken, um mal kurz mit einem Motorrad vorbeizufahren.« Er schüttelte den

Kopf. »Nein, da kann ich niemand anderem einen Vorwurf machen.«

Damit war eine wichtige Frage für Bernd Peters beantwortet. Die Polizei hatte sich an dieser Stelle also professionell und korrekt verhalten.

Das Reden fiel Martin Engel immer schwerer. Der zugeschwollene Mund ließ nur undeutliche Worte heraus.

»Es wird nicht leicht sein, den Täter zu fassen«, sagte Bernd Peters. »Das war Profiarbeit und könnte von allen möglichen Organisationen durchgeführt oder beauftragt worden sein.«

»Angst habe ich jetzt, aber die Software, um die es geht, die ist nicht zerstört«, grummelte Engel vor sich hin.

»Gestern Abend wurde auch das Firmengebäude bei Ludwigswinkel in die Luft gejagt. Viel ist nicht mehr übrig.«

»Ich hoffe, es ist niemandem etwas passiert. Die sind gründlich, erschreckend gründlich. «

»Genau das wollen sie sein, erschreckend«, sagte Peters. »Haben Sie wirklich keine Ahnung, wer dahinterstecken könnte?«

»Diese Software ist jedem unwillkommen, der andere ausspionieren will. Sei es Industriespionage, Wissenschaftsspionage oder militärische Spionage. Ich hatte Ihnen erzählt, dass Sebastian sich mit dem BND oder einem der anderen Nachrichtendienste in Verbindung gesetzt hatte – aber ich bin mir eigentlich sicher, dass es der BND war. Die kennen die Software. Sonst niemand.«

»Also vielleicht war es der BND selbst. Das halte ich für unwahrscheinlich. Welchen Grund sollte es dafür geben? Andere, fremde Geheimdienste könnten schon eher ein Interesse daran haben, diese Software in die Hand zu bekommen oder sie zu vernichten. Dann müsste es ein Leck beim BND geben – denn nur die wissen davon – und jemand von denen hat es an einen anderen Geheimdienst oder wen auch immer durchgestochen und der jagt nun Mahler, Sie und alle, die von der Software wissen könnten.«

»So sehe ich das auch«, sagte Martin Engel und es war ihm anzumerken, dass das Sprechen allmählich sehr schwerfiel. »Lecks hat es beim BND immer gegeben.«

»Kennt Thorsten Briegel eigentlich diese Software?«

»Ich glaube nicht. Sebastian hat gesagt, dass nur wir beide davon wüssten. Und ebendieser eine Geheimdienst.«

»Die den Anschlag auf die Firma verübt haben, gehen wohl zu Unrecht davon aus, dass man dort Bescheid weiß. Eine schwierige Situation für Briegel.« Peters trat ans Fenster und schaute hinaus. Der Blick auf die Saar mit den wenigen am Ufer festgemachten Booten hatte etwas Friedliches an sich. Ganz anders als die Situation, in der sich Engel, Briegel und die anderen aus der Firma befanden. Wenn die Anschläge vor allem einschüchtern wollten, dann waren sich die Täter und ihre Auftraggeber durchaus bewusst, dass sie damit die Software nicht zerstört hatten. Denn die war nun einmal in der Welt und auf irgendeiner Festplatte oder einem Server am anderen Ende des Globus gesichert. Jeder, der sich einigermaßen mit dem Metier auskannte, wusste darum – und die Hinterleute der Anschläge waren vom Fach.

Peters drehte sich zu Martin Engel um, der die Augen geschlossen hielt und schwer atmete.

»Diese Anschläge ergeben nur Sinn, wenn die Auftraggeber davon ausgehen, dass die Software noch nicht bei den Nachrichtendiensten angekommen ist. Wenn es also darum geht, Sie und Thorsten Briegel daran zu hindern, sie weiterzugeben. Deshalb ist anzunehmen, dass man nicht mehr hinter Ihnen her sein wird, wenn Mahlers Neuentwicklung offiziell beim BND eingesetzt wird. Sie müssten also das Produkt an den BND verkaufen und das sollte dann in einer Pressemitteilung oder wie auch immer offiziell bekannt gegeben werden. Dann wären Sie nicht mehr interessant für diejenigen, die nun hinter Ihnen her sind.«

»Zunächst noch einmal!« Martin Engel sprach so pointiert, wie es ihm möglich war. »Ich habe keinen Zugang zu der Software. Kann sie also auch nicht an den BND weitergeben.« Er atmete schwer. »Außerdem: Die werden weiterhin davon ausgehen, dass wir diese neuartige Firewall kennen und sie in Zukunft perfektionieren«, lispelte er. »Es wäre immer noch von Interesse für diese Typen, dass sie uns ausschalten.«

»Okay«, sagte Bernd Peters nachdenklich, »Sie haben recht. Ich will Sie jetzt auch nicht weiter unnötig

anstrengen. Wir müssen nach einer Lösung suchen.«
Er reichte Engel die Hand. »Alles Gute, vor allem gute
Besserung. Ich melde mich in den nächsten Tagen wie-
der bei Ihnen.«

Er machte sich auf die Rückfahrt nach Pirmasens
und rief noch von der Stadtautobahn aus Klaus Scheller an, um zu fragen, wie seine Gespräche verlaufen
waren.

»Thorsten Briegel kommt heute Nachmittag zu uns
in die Polizeidirektion«, hörte er Scheller aus der Freisprechanlage. »Er meint, wir hätten dort doch wohl ab-
hörsichere Räume. Er wolle mit uns beiden reden. Um
was es geht, hat er nicht gesagt.«

Zum Mittagessen musste es dieses Mal ein Döner
sein. Peters und Scheller waren beide in derselben
Weise frustriert und suchten nach Kompensation. Da
war ein Döner mit viel Knoblauchsoße noch eine der
gesünderen Varianten. Sie gingen hoch in die Fußgängerzone zu ihrem Lieblingstürken – der in Wirklichkeit
aus Albanien stammte – und bestellten die XL-Variante
mit extra Soße. Dann fanden sie einen Platz auf einer
Bank vor der Lutherkirche und betrachteten kauend die
Passanten. Die Fußgängerzone war nicht sehr belebt,
es war warm und die Schattenplätze waren rar. Im
Haushaltswarengeschäft schräg gegenüber wurde die
Auslage umdekoriert, eine Gruppe junger Männer ging
von der Berufsschule zur Bushaltestelle oberhalb des
Schlossbrunnens, zwei Eis schleckende Mädchen folg-
ten ihnen kichernd, eine alte Frau führte eine Promena-

denmischung am Pfarrhaus entlang und ein dunkel-
brauner Lieferwagen stand mit laufendem Dieselmotor
vor der Buchhandlung. Der Obdachlose mit der Bier-
flasche an seiner Seite war im Eingang der Kirche ein-
geschlafen.

Sie hatten gedacht, der Fall sei gelöst. Sie müssten
nur noch diese obskure Organisation *Bonamors* finden,
denjenigen ausfindig machen, der als zweiter Mann im
Wald bei Gebüg dabei gewesen war und anschließend
die Angelegenheit der Staatsanwaltschaft übergeben.
Die konnte dann sehen, was sie daraus machen wollte
oder musste. Jetzt waren jedoch noch diese Anschläge
dazu gekommen. Sie könnten sich auf den Standpunkt
stellen, dafür seien andere Kolleginnen und Kollegen
zuständig, ihr Chef würde das jedoch vermutlich nicht
so sehen. Allerdings, auch wenn der Chef sie für nicht
zuständig erklären würde – sie wollten die Sache klären. Das verlangten Pflichtgefühl und Ehrgeiz.

»Die Sache ist eine Nummer zu groß für uns«, begann Klaus Scheller. »Wenn hinter den Anschlägen die
organisierte Kriminalität oder gar ein fremder Staat
steht, dann braucht es eine ganz andere Ausstattung
und Erfahrung, als wir sie haben.«

»Das gefällt mir gar nicht«, sagte Peters widerwillig,
»aber du hast recht.«

Jetzt mussten erst einmal wieder Fleisch, Salat und
Knoblauch zugeführt werden. Das wohlige Gefühl im
Bauch kompensierte allerdings nur ansatzweise das
Unwohlsein im Kopf. Die Hormone lagen in einem of-
fenen Streit miteinander.

»Was wir vielleicht erreichen können«, sagte Peters nach einer Weile, »ist, dass Engel und Briegel und die anderen aus der Schusslinie gezogen werden, damit ihnen nichts mehr passiert und wir in unserem Zuständigkeitsbereich Ruhe haben.« Er fluchte laut. Knoblauchsoße war auf seinen rechten Schuh getropft.

»Ich bin gespannt, was uns Briegel so Wichtiges mitzuteilen hat«, sagte Scheller, während sein Mund hinter dem Döner verschwand und ein Geräusch wie das Mahlwerk einer Kaffeemaschine von sich gab.

»Meine Frau und die Kinder habe ich erst einmal zu den Schwiegereltern geschickt.« Man sah Briegel an, dass ihm der Schreck immer noch in den Knochen saß. Das Hemd hing halb aus der Hose, die Haare waren ungekämmt und verschwitzt, die Füße steckten in Latschen, wie sie von anderen als Hausschuhe benutzt werden. Er roch wie ein Jakobspilger kurz vor Santiago de Compostella. »Den Mitarbeitern habe ich Urlaub gegeben. Ich kann es nicht verantworten, sie weiterhin einer solchen Gefahr auszusetzen. Das war ein Schuss vor den Bug. Sachbeschädigung. Nächstes Mal sind Menschen dran.«

Trotz allem wirkte er gefasst und redete in einem sachlichen Ton, wenn auch abgehackt und atemlos.

»Sie wollten etwas mit uns besprechen, das nicht für fremde Ohren bestimmt ist«, setzte Bernd Peters ein.

»Ja, ich weiß nicht, wie weit Sie über die neue Software informiert sind, die Sebastian entwickelt hat.«

»Wir wissen, dass es sich um eine Firewall handelt, die im Falle einer Virenattacke gewissermaßen selbsttätig einen Gegenangriff durchführt und die Schadsoftware des Gegners wie einen Tunnel benutzt, um in dessen System einzudringen.«

»Dann wissen Sie schon mehr, als ich gedacht habe. Sebastian hat das zusammen mit einem alten Schulfreund entwickelt.«

»Martin Engel, heute Berufsschullehrer und am Studienseminar tätig«, fiel ihm Scheller ins Wort.

»Den kennen Sie also auch schon.«

»Und wir haben gehört, Herr Mahler hätte sich mit dem BND in Verbindung gesetzt«, ergänzte Peters.

»Das kann ich nicht bestätigen«, sagte Briegel nachdenklich. Er schaute an sich hinunter und bemühte sich anschließend, sein Hemd in der Hose unterzubringen. »Zwar hat mir Sebastian, was diese Software angeht, nicht alles gesagt. Aber ich meine mich zu erinnern, dass er nur vom MAD gesprochen habe, also vom militärischen Abschirmdienst, nicht vom zivilen Bundesnachrichtendienst.«

»Das macht keinen großen Unterschied für uns«, meinte Scheller. »Es ist nur die Frage, bei welchem Nachrichtendienst die undichte Stelle ist, durch die Informationen nach außen gedrungen sind.« Er zögerte. »Übrigens: Möchten Sie etwas zu trinken?« Briegel nickte erschöpft.

»Es hat aber schon etwas damit zu tun, wie unser weiteres Vorgehen aussehen wird«, sagte Bernd Peters, und zu Thorsten Briegel gewandt, fuhr er fort: »Sie sind also sicher, dass Herr Mahler nur mit dem MAD gesprochen hat, nicht mit dem BND?«

»Da bin ich mir ziemlich sicher. Sebastian war vier Jahre bei der Bundeswehr und ist immer noch Oberleutnant der Reserve. Also, er hat Beziehungen zur Bundeswehr, trifft regelmäßig andere Soldaten.«

»Das leuchtet ein«, gab Scheller zu.

»Außerdem«, fuhr Briegel fort, »und deswegen wollte ich hauptsächlich mit Ihnen reden, habe ich heute in aller Frühe einen Anruf erhalten, von einem Mann, der sich als Mitarbeiter des MAD ausgab und sagte, der MAD habe großes Interesse, die Software zu erhalten und ob er übermorgen einmal bei mir vorbeikommen könnte.«

»Also, die haben die Software tatsächlich noch nicht.« Bernd Peters schaute nachdenklich aus dem Fenster. »Wunderbar, das hatte ich vermutet.«

»Er hat wohl nur Gespräche mit einem Kameraden darüber geführt, ihm mitgeteilt, was er entwickelt hatte«, meinte Briegel.

»Dann sollten die beiden Anschläge also doch nicht nur erschrecken, sondern auch Hardware vernichten«, mutmaßte Scheller.

Peters schaute skeptisch unter sich.

»Was aber nicht viel Sinn ergibt«, sagte Briegel. »Die Software liegt mehrfach gesichert auf verschiedenen Servern, auf die nur Sebastian Zugriff hat – und vielleicht Martin Engel.«

»Zu Ihrer Information, Herr Briegel«, sagte Bernd Peters. »Ich habe vorhin mit Martin Engel gesprochen.

Er sagt, er habe keinen Zugriff auf die Software.« Er erhob sich und ging unruhig auf und ab. Scheller wusste, dass man ihm nun die Zeit lassen musste, die er benötigte, und gab Briegel ein entsprechendes Zeichen.

Plötzlich blieb er stehen und sagte: »Herr Briegel, das war ein äußerst wichtiges Gespräch. Ich bitte Sie, Ihrem Gesprächspartner vom MAD den Termin für übermorgen zu bestätigen, wenn er sich noch einmal meldet. Bitte teilen Sie uns Ort und Zeit mit, sobald Sie es wissen. Der Mann vom MAD wird Sie bitten, mit niemand anderem über das Treffen zu reden. Bitte sagen Sie ihm das fest zu und erwähnen Sie dieses Treffen tatsächlich niemand anderem gegenüber. Herzlichen Dank.«

Die Geschäfte liefen schon seit zwei Jahren schlecht. Ich habe euch davon nichts erzählt, ich wollte euch nicht beunruhigen. Musik CDs laufen nicht mehr so gut, die Leute gehen lieber ins Internet und laden sich dort die Lieder herunter. Dann müssen sie nur die bezahlen, die sie wirklich wollen und nicht noch zehn andere mit. Manche streamen auch ohne zu kaufen. In einer Stadt wie Hamburg, da machen sich solche Veränderungen am Markt schnell bemerkbar. Jedenfalls – die Geschäfte wurden immer schlechter, aber ich konnte nicht aussteigen, war vertraglich gebunden. Der Pachtvertrag für das Geschäft läuft auch noch acht Jahre, aber es ist viel zu groß. Ich habe die Geschäftsrücklagen aufgebraucht. Jetzt ist nichts mehr da. Noch zwei Monate, dann ist es aus.

Außerdem fehlt mir die Kraft. Ich bin krank, Leukämie. Vielleicht habt ihr etwas bemerkt. In letzter Zeit war ich viel müde und oft erkältet. Ich habe euch nichts gesagt, euch allein in den Urlaub geschickt, das Geschäft vorgeschoben. So konnte ich die beiden Chemotherapien über mich ergehen lassen, ohne dass ihr etwas mitbekommen habt. Sie haben nicht geholfen. Noch zwei Wochen, einen Monat vielleicht, sagen die Ärzte, schmerzvolle Wochen des Verfalls. Davor habe ich Angst. Aber noch mehr Sorgen hat mir gemacht, dass ich euch ohne etwas zurücklasse. Ihr vier seid mir die liebsten Menschen auf der Welt. Von dem Geld, was jetzt auf dem neuen Konto ist, könnt ihr ein paar Jahre leben. Vielleicht zahlt auch die Lebensversicherung. Ich hoffe, am Ende der polizeilichen Untersu-

chungen wird »Tötung durch unbekannt« stehen. Es sollen keine Spuren bleiben, keine von unserer Konstruktion zum Selbstmord, keine von dem Mann, der mir helfen wird. Ich denke, die Organisation wird sich darum kümmern.

Ich helfe mir und ich helfe dem Mann, in dessen Mantel ich sterben werde. Mein Tod verschafft ihm die Zeit, unterzutauchen und vor seinen Verfolgern zu fliehen. Auch er hat eine Familie, die ihm wichtig ist und für die er das tut. Wenn er eine Ahnung hätte, wer genau hinter ihm her ist, würde er zur Polizei gehen. Aber er hat den Eindruck, niemandem trauen zu können. Die ihn verfolgen, wissen alles von ihm. Er hat sich mit ihnen verabredet, will aber schon zwei Tage vorher am anderen Ende der Welt sein. Ich verschaffe ihm die Zeit, euch das Geld und mir einen hoffentlich schmerzfreien Tod.

19

Für *Bonamors* hatte Bernd Peters keine Zeit. Jenny brachte in ihrer unvergleichlichen Fähigkeit, an Informationen zu kommen – was sie sowohl für den MAD als auch für den BND qualifiziert hätte –, den Sitz der Organisation *Bonamors* und die Vereinsvorstände in Erfahrung. Vorsitzender war ein ehemaliger Gymnasiallehrer für Latein und Griechisch, Mitglied der Humanisten Union und kämpferischer Verfechter des Rechts auf einen selbstbestimmten Tod. Die zweite Vorsitzende war ein ehemaliges Vorstandsmitglied der Deutsche Bahn AG, zu ihrer aktiven Zeit zuständig für Logistik. *Bonamors* unterhielt eine Geschäftsstelle in Chemnitz und hatte eine ganze Reihe freier Mitarbeiter, die überall im Bundesgebiet verstreut lebten. Die Organisation scheute die Schlagzeilen, war aber geschickt darin, ihr Angebot durch Vorträge und Newsletter unter die Menschen zu bringen. »*Der Tod muss nicht sinnlos sein!*« war eines der Mottos, mit denen man für die Idee des Vereins warb. »*Ihr Tod wird Sie zu einem Helden machen!*« lautete ein anderes. Altruistische Menschen sollten durch den Satz: »*Ich habe mit meinem Tod etwas Gutes getan.*« angesprochen werden, wobei die Situation, in der dieser Satz gesprochen worden sein sollte, nicht geklärt wurde.

Es fiel Jenny schwer, sich in die Denkweise der Menschen von *Bonamors* einzufinden. Für sich selbst wünschte sie das Recht auf einen ruhigen, schmerzfreien Tod, jedoch frei von dem Zwang, damit noch Gutes tun oder zur Heldin werden zu müssen. Eines fand sie nirgends in den Veröffentlichungen des Vereins, und das hatte etwas von Bescheidenheit: Nirgends machte er Werbung mit den helfenden oder heldenhaften Toden, bei denen die Mitglieder vermittelt oder assistiert hatten. Diskret waren sie.

»Vielleicht wollen sie auch nur nicht, dass man ihnen auf die Spur kommt«, sagte Scheller, als sie ihm das erzählte, und widmete sich gleich wieder seiner aktuellen Aufgabe.

Scheller und Peters waren nicht ansprechbar für sie. Die beiden waren derart von der Aufklärung der Anschläge in Anspruch genommen, dass sie für Jennys Anliegen keine offenen Ohren hatten. Dann musste sie die Sache eben selbst aufklären, dachte sie sich. Das war ganz in ihrem Sinn. Nun flog sie sozusagen unter dem Radar der Kommissare und konnte tun, was sie wollte.

Mit den Kolleginnen und Kollegen in Chemnitz hatte sie sich schon in Verbindung gesetzt. Die würden sich um den Verein kümmern. Dass die Geschäftsführung oder der Vorstand den beim Tod im Wald bei Gebüg hilfreichen Agenten des Vereins benannte, war alles andere als wahrscheinlich. Man würde sie kaum dazu zwingen können, wenn es keine Spuren gab.

Aber dieser Helfer, Agent, Assistent oder wie auch immer sie ihn nennen sollte, würde sicher nicht aus Chemnitz angereist sein. Es hieß, der Verein hätte Mitglieder und Helfer über die ganze Republik verstreut. Dann musste die gesuchte Person doch aus der Gegend stammen, der Westpfalz, der Pfalz als ganzer oder vielleicht auch aus Frankreich, denn vom Ort des Todes bis zur Grenze waren es nur ein paar hundert Meter. Was sie jetzt also brauchen konnte, war ein aufmerksamer Zeitungsleser oder jemand, der die Menschen in der Gegend gut kannte – also Alfred von Boyen oder Barbara Fouquet, oder beide.

Sie griff zum Telefon, rief die beiden nacheinander an und fragte, ob sie irgendwann irgendetwas von Aktivisten für die Erleichterung der Sterbehilfe, von öffentlichen Diskussionen zum Thema oder sonst etwas gehört hatten, was zu einem möglichen Helfer beim Tod am Fuße des Maimont führen könnte. Barbara machte ihr wenig Hoffnung. Ihrer Meinung nach war so ein kämpferischer Humanismus, wie er hinter *Bonamors* stand, vorwiegend in den Großstädten anzutreffen, und die Anhänger waren meist gut situierte Akademiker. Vielleicht würde sie in Universitätsstädten fündig, aber hier in der Westpfalz eher nicht.

Alfred von Boyen stimmte dem zu. In überregionalen Zeitungen könnte man bisweilen etwas zu dem Thema finden, aber weniger im Südwesten Deutschlands. Allerdings habe er von einer *Union Citoyenne Humaniste* im Elsass mit Sitz in Strasbourg gelesen. In Frankreich habe der engagierte säkulare Humanismus eine größere Tradition als in Deutschland. Er kenne jedoch keine konkrete Person. Im Übrigen sei es in Frankreich genauso wenig legal, einem Toten mit

Schrot ins Gesicht zu schießen, wie in Deutschland. Sie werde also kaum jemanden finden, der sich mit einer solchen Tat brüstete.

Jenny gab nicht auf.

»Und, haben Sie den Fall lösen können?« Jean Lemaitre war wie immer guter Laune, als Jenny bei ihm anrief. Sie erzählte zunächst von ihren Tagen in Paris und schwärmte eine Weile von der Stadt an der Seine und der Hilfsbereitschaft der dortigen Kollegen, bis sie zu ihrem eigentlichen Anliegen kam.

»Kämpferische Humanisten kenne ich nicht bei uns im Elsass. Die *Union Citoyenne Humaniste* ist ein Verein, der die Freiheit gegenüber dem Staat und von der Kirche im Programm hat und ansonsten seine Aufgabe darin sieht, die Einhaltung der Menschenrechte in Frankreich zu kontrollieren, Madame.«

»Wer würde sich denn sonst dafür hergeben?«, fragte Jenny ein wenig verzweifelt. »Ich weiß nicht, wo ich weitersuchen soll.«

»Alors«, sagte Lemaitre nachdenklich, »es gehört schon etwas dazu, erst zu überprüfen, ob ein Mensch wirklich tot ist und ihm dann ins Gesicht zu schießen. Vielleicht Sadismus oder Lust am Zerstören. Vielleicht Lust am Töten. Wir hatten in jüngster Vergangenheit mit einem Wilderer zu tun, der die angeschossenen Tiere ausgeweidet hat, obwohl sie noch nicht tot waren. Vielleicht sollten Sie in dieser Richtung weiter suchen.«

»Vielen Dank für den Tipp. Solche Leute gibt es auch bei uns, Menschen, die gerne töten.«

Sie verabschiedete sich, legte den Hörer auf und holte sich erst einmal eine Tasse Kaffee. Vielleicht würde das Koffein die Arbeit der Synapsen ihres Gehirns beschleunigen.

Sie setzte sich an ihren Schreibtisch und legte die Beine zur Entspannung auf dessen Platte. Wenn der Helfer, Assistent, Agent – oder wie er sich auch immer nennen würde – nicht aus der unmittelbaren Umgebung stammte, dann müsste er mindestens eine Nacht vor der Erschießung hier übernachtet haben. Wenn die beiden – also der Mann aus Hamburg und der Helfer von *Bonamors* – sich ohnehin kennenlernen mussten, dann war es doch sinnvoll, dass sie beide in einem Hotel übernachteten. Sie rief noch einmal in dem Hotel an, in dem der Hamburger übernachtet hatte und fragte nach anderen Gästen jener Nacht.

»Ja, da war noch ein Franzose, aus Langres«, sagte die Mitarbeiterin des Hotels *Blick zum Maimont*.

»Hat der vielleicht mit dem Mann aus Hamburg zusammengesessen?«, hakte Jenny nach.

»Das kann ich Ihnen leider nicht sagen«, lautete die Antwort, »ich hatte keinen Dienst im Restaurant. Hier in der Lobby habe ich sie nicht zusammen gesehen. Ich könnte aber heute Abend die Kolleginnen vom Service fragen. Gerne rufe ich Sie morgen früh an.«

»Wie hat er bezahlt?«, wollte Jenny wissen.

»Bar, das weiß ich noch, und im Voraus. Es kommt selten vor.«

»Haben Sie seinen Ausweis kopiert? Ich bräuchte ein Bild von ihm.«

»Nein, wenn im Voraus bezahlt wird, benötigen wir keine weiteren Sicherheiten. Er hat folgende Adresse angegeben.« Es entstand eine kleine Pause. Die Mitarbeiterin schien in ihrem PC zu suchen. »Also, er hat angegeben: Pascale Dumortier, 34 rue de Metz, 52200 Langres.«

»Vielen Dank«, sagte Jenny, »ich hätte noch eine Bitte. Ich würde gerne jemanden vorbeischicken, der mit Ihnen und dem Servicepersonal zusammen ein Phantombild erstellt. Falls Name oder Adresse nicht stimmen, könnten wir ihn vielleicht so finden.«

»Gerne, am besten kommt Ihr Kollege gegen Abend, wenn das Lokal öffnet und der Service da ist.«

Jenny war ganz zufrieden damit, wie sie die Sache angegangen war, und organisierte sich einen Latte macchiato mit einem Schuss Karamellsirup.

Die Angelegenheit war wirklich eine Nummer zu groß für die beiden, wie Klaus Scheller bereits bemerkt hatte. Als Thorsten Briegel ihnen Ort und Zeit des Treffens am nächsten Tag genannt hatte, wussten sie, dass sie das nie mit den ihnen zur Verfügung stehenden Mitteln bewältigen könnten. Aber kaum war Briegel aus dem Büro, machte sich Peters an die Vorbereitungen.

Sie hatten sechsunddreißig Stunden Zeit, den konkreten Einsatz zu organisieren. Viel zu wenig, wenn man den Abstimmungsbedarf berücksichtigte. Nach

Bernd Peters' Meinung war es jedoch alternativlos. Als Erstes musste er seinen direkten Vorgesetzten, Polizeidirektor Alexander Lang, überzeugen. Er machte sich zusammen mit Klaus Scheller auf den Weg zum Büro des Chefs.

»Die GSG 9 gegen den MAD einsetzen? Polizei gegen Militär? Und du meinst das ernst? Hast kein Fieber und stehst auch nicht unter Drogen?« Der Polizeidirektor ging in seinem Zimmer auf und ab, wie ein Raubtier in einem zu kleinen Käfig.

»Ich bin mir zu einhundert Prozent sicher, dass dieser Mann nicht in offizieller Mission kommt«, erwiderte Peters. »Er ist das Leck, er ist derjenige, der die Neuentwicklung von Mahler und Engel nach außen weitergeben möchte und für die Anschläge verantwortlich ist.«

»Zu einhundert Prozent, sagst du? Wie kannst du dir jemals zu einhundert Prozent sicher sein, wenn du es nicht selbst gesehen oder gehört hast?« Polizeidirektor Lang war ein scharfsinniger, geduldiger Mann, dem man nichts vormachen konnte. Peters' Plan schien ihn nicht zu überzeugen.

»Auch dann kann man sich nie zu einhundert Prozent sicher sein«, warf Klaus Scheller ein.

»Scheller!?«, kam es wie aus einem Mund von Polizeidirektor Lang und Bernd Peters. Letzterer fügte noch hinzu: »Jetzt werde nicht auch noch philosophisch!«

»Schon gut«, wiegelte der ab und sagte mit einem beleidigten Unterton: »Ich mein' ja nur. Aber ansonsten sehe ich die Sache genauso wie Bernd.«

Man einigte sich darauf, die Angelegenheit zunächst noch einmal in einer größeren Runde zu besprechen. Der Polizeidirektor ließ eine Telefonkonferenz mit dem Polizeipräsidenten in Kaiserslautern, einem Staatssekretär aus dem Innenministerium in Mainz und dem Kommandanten der GSG 9 vorbereiten. Sie konnte jedoch erst am Abend stattfinden.

Die Stimmung am folgenden Tag war angespannt. Bernd hatte kaum geschlafen. Die Telefonkonferenz am Vorabend war nervenaufreibend gewesen. Er hatte keine Beweise für seine Hypothese, dass der unbekannte Mann vom MAD illoyal und auf eigene Rechnung handeln wollte. Sie hatten keinen Namen und kein Bild. Lediglich die Tatsache, dass Polizeidirektor und Polizeipräsident dringlich darum baten, Bernd Peters' Überlegungen ernst zu nehmen, und ihn als einen einwandfreien, zuverlässigen und erfolgreichen Kollegen schilderten, veranlasste Innenministerium und GSG 9 sich auf eine Erörterung der Sachlage einzulassen. Dennoch war ein hohes Maß an Zurückhaltung zu spüren. Man verblieb so, dass am nächsten Tag, wenn Ort und Zeit des Treffens feststanden, noch einmal miteinander geredet werden sollte. Bis dahin traf jeder in seinem Bereich so viele Vorbereitungen wie möglich.

Am Abend in Schönbach war nichts von der Honey-moon-Stimmung der ersten Ehewochen zu spüren gewesen. Bernd setzte sich vor den Fernseher, schaute sich erst einen alten Tatort an, dann einen Bericht über das Liebesleben der Delfine und schließlich eine Politiksatire. Die Politiksatire unterschied sich seiner Meinung nach nicht von der Wirklichkeit, der Tatort dagegen sehr. Der Bericht über die Delfine war interessant, führte ihn in der momentanen Situation aber auch nicht wirklich weiter.

Gegen halb neun am Vormittag meldete sich der Polizeipräsident bei Polizeidirektor Lang. »Ich hatte einen Anruf des Innenministers. Er war sehr verärgert über unsere Aktion von gestern Abend und fragte, ob wir uns von Peters hätten um den Finger wickeln lassen. Schließlich sei der Mann wegen Alkoholismus und Versagen im Dienst strafversetzt worden. Ich habe ihm erklärt, dass es so nicht gewesen war, sondern Peters freiwillig zu uns gekommen sei und sich ausgezeichnet bewährt habe. Am Ende wirkte er etwas ruhiger. Ich sage dir das nur, damit du weißt, wie gering der Rückhalt in Mainz ist.« Lang bedankte sich und beschloss, Peters von diesem Anruf nichts zu erzählen.

Minuten zuvor hatte Bernd Peters von Thorsten Briegel Ort und Zeit des Treffens am nächsten Tag mitgeteilt bekommen: Flugplatz Söller, 16.00 Uhr. Sie mussten also damit rechnen, dass der Mann mit einem Flugzeug oder Hubschrauber käme. Das machte die Kontrolle des Treffens alles andere als einfach.

»Wie stellst du dir das vor?«, fragte Kriminaldirektor Lang. »Wenn der angeflogen kommt, kann er genauso schnell wieder abfliegen. Also brauchen wir zwar nicht unbedingt Kampfjets, zumindest aber Hubschrauber. Außerdem schnelle und gepanzerte Fahrzeuge. Beamte in der Luft und am Boden. Vielleicht kommt er nicht allein.« Der Kriminaldirektor redete sich in Fahrt. »Wenn Briegel nicht auf seine Forderungen eingeht – welche immer das auch sein mögen –, wird er gewalttätig, nimmt Briegel mit oder erschießt ihn. Es gibt so viele Szenarien, auf die wir vorbereitet sein müssen, das kann man nicht von einem auf den anderen Tag planen und vorbereiten.«

»Wir haben keine Alternative«, sagte Peters.

»Verschieben! Einen neuen Termin vereinbaren!«

»Dann wird er misstrauisch. Und mit welcher Begründung? Weil Briegel Halsschmerzen hätte?«

»Zieh es nicht ins Lächerliche. Das lässt sich nicht innerhalb von dreißig Stunden organisieren.« Lang war spürbar angespannt.

»Muss es aber. Oder wir kriegen den Kerl nie. Wir haben keinen Namen, kein Bild. Nur zwei Anrufe, die tatsächlich über die Telefonzentrale des MAD kamen, aber automatisch, sodass wir den eigentlichen Anschluss nicht kennen.«

»Außerdem, wie stellst du dir das vor? Wir müssten uns zuvor mit dem MAD in Verbindung setzen.«

»Und so unseren Mann warnen? Wenn wir nicht direkt den Leiter ans Telefon bekommen, wissen wir nicht, wo die Informationen über den Anruf landen.«

»Für die GSG 9 brauchen wir in diesem Fall Kontakt mit dem Innenministerium in Berlin. Das ist auch nicht so einfach.«

Es reichte Bernd Peters. So kamen sie nicht weiter. »Du hast völlig recht«, sagte er zu seinem Chef. »Das ist alles andere als leicht, darum lass uns sofort anfangen. Wenn es dir recht ist, kümmere ich mich um den MAD, und es wäre schön, wenn du die Einsatzfreigabe für die GSG 9 erwirkst. Um die konkreten Absprachen kümmere ich mich dann wieder.«

Die Sache mit dem Anruf beim MAD war wirklich eine Nummer zu groß für ihn, dachte Peters. Wie sollte er das hinbekommen? Hätte er es jedoch seinem Chef nicht angeboten, so hätte der vermutlich den ganzen Einsatz abgelehnt. Wie sollte er an den MAD kommen?

»Klaus, wir haben ein Problem«, sagte er, als der Kriminaldirektor das Büro verlassen hatte.

»Das stimmt«, kam es von Scheller zurück.

»Wie kommen wir an den MAD?«

»Genau das ist die Frage«, sagte Scheller.

»Eine schwierige Frage!«

»Das sehe ich genauso.«

»Schade, dass du die GSG 9 dem Chef überlassen hast. Da hätte ich helfen können.«

»Aha? Erzähl mal!«

»Da kenne ich jemanden«, sagte Scheller lakonisch.

»Wieso das?«

»Aus meiner Sturm-und-Drang-Zeit.«

»Aus jenen Jahren, in denen keine Frau vor dir sicher war.«

»Ja, so ähnlich. Keine, die mir gefiel.«

»Da warst du bei der GSG 9? Das wusste ich noch gar nicht.«

»Ich wollte hin. War auf zwei Auswahlseminaren. Hat dann aber nicht geklappt.«

»Warum nicht?«

»Wir mussten immer früh aufstehen, und so kam ich in mancher Nacht gar nicht zum Schlafen. Das war schlecht für mein Leistungsprofil.«

»Habt ihr so lange Skat gespielt?«

»Nein, es gab ein paar wirklich hübsche Mädchen in dem Ort.«

»Das alte Laster.«

»Das überwundene Laster, bitte!«

»Also, du kennst jemanden bei der GSG 9?«

»Ja, einige von denen, die nachts mehr geschlafen haben als ich und die Aufnahmeprüfung geschafft haben. Da habe ich immer noch Kontakte.«

»Klasse, dann nichts wie ran! Der Chef spricht mit dem Kommandanten und du redest mit deinen alten Kumpeln.«

»Und für das Innenministerium habe ich auch schon eine Idee.«

Peters war überrascht. »Wolltest du da auch schon einmal hin?«

»Nein, aber ich kenne jemanden, der jemanden kennt – und du kennst den auch.«

Peters schaute fragend und erstaunt zugleich: »Wen?«

»Alfred von Boyen.«

»Klar, da hätte ich auch selbst drauf kommen können, prima Idee!«

Die schwierigste Aufgabe von den Dreien hatte der Kriminaldirektor. Er spürte den Widerstand bei den vorgesetzten Stellen und glaubte selbst nicht so ganz an den Plan von Peters und Scheller, wusste aber auch keine Alternative. Keine Alternative zu wissen, ist ein schwaches Argument, wenn man seine Vorgesetzten von etwas überzeugen will. Er befürchtete, sich Antworten einzuhandeln wie: »Dann haben Sie noch nicht lange genug nachgedacht.« Oder: »Es gibt immer eine Alternative, man muss sich nur bemühen, sie zu finden.«

Nun hatte Polizeidirektor Lang den Vorteil, dass er bei seinen Vorgesetzten hoch angesehen war. Das hohe Ansehen ging einher mit einem Vertrauensvorschuss, den er dieses Mal einsetzen musste. Das Gespräch mit dem Polizeipräsidenten in Kaiserslautern war von mindestens so vielen Fragen geprägt, wie er sie gerne an Peters und Scheller gestellt hätte. Von dort ging es weiter an das Innenministerium in Mainz, dann in Berlin und schließlich zur Bundespolizei. Ein langer Weg durch die Zuständigkeiten.

Da hatte Klaus Scheller es leichter. Er wählte die private Handynummer eines alten Bekannten bei der

GSG 9, der gerade Bereitschaft hatte, und erzählte ihm von Briegel und dem Mann vom MAD.

»Im Moment haben wir zum Glück keinen Einsatz«, sagte der alte Kumpel, »aber das kann sich natürlich jede Minute ändern. Solange ziehe ich mal durch die Büros und spreche ganz unverbindlich mit den Einsatzleitern und wen ich noch so treffe. Dann wären wir bei einer offiziellen Anfrage zumindest mental schon einmal vorbereitet.« Scheller hörte ihn fast am Telefon schmunzeln, als er fortfuhr: »Im Übrigen – ich glaube, hier gibt es eine Menge Leute, die gerne einmal jemandem vom MAD in die Quere kämen. Wenn wir mit denen zu tun haben, ist das jedes Mal ein unglaublich arroganter Haufen.«

Nach diesem Gespräch war Klaus Scheller guter Dinge, was die Einsatzbereitschaft der GSG 9 in dieser Angelegenheit anging – eine Einsatzbereitschaft, die ohnehin und eigentlich immer unvergleichlich hoch war.

Inzwischen profitierte Bernd Peters von seinem Privileg, jederzeit Zugang zu Alfred von Boyen zu haben. Er war einer der wenigen Menschen, denen er seine Handynummer gegeben hatte.

»Da müssen wir vorsichtig vorgehen«, meinte Alfred, nachdem er sich die ganze Problematik hatte schildern lassen. »Der MAD ist dem Verteidigungsministerium unterstellt, der Bundesnachrichtendienst dem Kanzleramt und das Bundesamt für Verfassungsschutz dem Innenministerium. Nicht immer sind sie sich grün und verwenden gerne einen Teil ihrer Energie darauf, einander zu kontrollieren. Führt manchmal zu skurrilen Vorgängen, hat aber auch sein Gutes.«

»Hast du Verbindungen zum Leiter des MAD, sodass wir direkt mit ihm sprechen können, um zu vermeiden, dass ein möglicher Verräter zu früh informiert wird?«

»Der derzeitige Präsident oder besser Leiter des MAD ist ein Jurist, der auf Soldatenrecht spezialisiert ist und seine Karriere im Verteidigungsministerium gemacht hat. Ich kenne ihn nicht persönlich, aber Anne wird ihn kennen. Schließlich ist sie als Europapolitikerin auch immer wieder mit Verteidigungsfragen beschäftigt.«

»Es wäre nett von dir, wenn du sie kontaktieren könntest. Es geht primär darum, Vertrauen zu schaffen. Wenn die GSG 9 gegen einen möglicherweise hochrangigen Mitarbeiter des MAD eingesetzt wird, könnte es leicht zu Verwicklungen kommen. Wer weiß, auch wenn er in dieser Angelegenheit sein ganz privates und illegales Süppchen kocht, vielleicht spielt er doch die Karte eines offiziellen Einsatzes, wenn es eng für ihn wird. Wer sollte denn am besten das Telefonat mit dem Leiter des MAD führen? Das muss doch jemand auf Augenhöhe sein.«

»Du meinst euer Polizeipräsident oder ein Staatssekretär der Landesregierung? Ich glaube, das ist nicht nötig. Nutze doch die Zeit, bis ich dir eine Rückmeldung geben kann, und schreib auf ein oder zwei Seiten zusammen, was ihr bisher wisst, und warum ihr annehmt, es gäbe ein Leck beim MAD. Das würde ich dann dem Leiter über Anne zukommen lassen. Das müsste reichen. Sie wird ihm klarmachen, dass es nicht gegen den MAD, sondern nur gegen diese eine Person geht.«

20

Das Phantombild lag am nächsten Morgen auf Jennys Schreibtisch und stand als Datei im Intranet der Polizeidirektion. Es war eine Enttäuschung. Nicht, weil es ungenau gewesen wäre. Es zeigte ein männliches Gesicht in allen seinen Details. Offensichtlich hatten die Mitarbeiterinnen des *Blick zum Maimont* sich einigen können. Man meinte, jedes einzelne Haar erkennen zu können. Das Problem war lediglich, dass es davon zu viele gab, Haare nämlich. Der Mann trug einen Vollbart, der jedem Untergrundkämpfer zur Ehre gereicht hätte. Da war von Mund und Wangen nichts zu erkennen. Auch die Nase schien in ihrer unteren Hälfte verdeckt. Die obere trug eine große Brille mit Horngestell und Gläsern einer höheren Dioptrienzahl, die die Augen völlig unnatürlich vergrößerten. Die Haare standen in einer eigentümlichen Weise an den Ohren über, sodass Jenny gleich an eine schlecht angepasste Perücke dachte. Wenn das die originale Kopfdekoration dieses Menschen war, wäre sie bereit, freiwillig die Toiletten beim nächsten Schützenfest in ihrem Heimatort Luthersbrunn zu putzen.

Sie nahm den Hörer ab und rief Philippe in Paris an. Es dauerte eine Weile, bis die persönlichen Angelegenheiten der beiden in Erinnerung an Jennys Aufenthalt in Paris angemessen besprochen waren. Dann bat sie ihn, die Identität von Pascale Dumortier zu überprüfen und schickte ihm das Phantombild. Allerdings war sie sich sicher, dass Name und Adresse genauso falsch waren wie der Bart.

Oberst Grasshoff vom MAD kam mit einem Hubschrauber. In seiner aktiven Zeit bei der Bundeswehr war er Heeresflieger gewesen und ein beliebter dazu. Als eine neue Generation von Hubschraubern angeschafft wurde – das war schon mehr als dreißig Jahre her –, behielt man einige Exemplare der abgelösten Variante – zum Teil aus Nostalgie, zum Teil, um eine Notreserve zu haben – und Grasshoff gehörte zu denjenigen, die diese Modelle fliegen konnten und zur Erhaltung fliegen durften. Der Bell 47 G-2, mit dem er sich dem Landeplatz Söller näherte, sah mit seiner runden Plexiglaskabine aus der Ferne wie eine große Hummel aus.

Thorsten Briegel wartete wie abgesprochen an dem kleinen, nur wenige Meter hohen Tower des Platzes. Er war kaum höher als ein einstöckiges Haus und wurde selten besetzt. An diesem Vormittag mitten in der Woche war sonst niemand auf der großen Wiese und im angrenzenden Wald zu sehen. Oberst Grasshoff flog zunächst die Umgebung in konzentrischen Kreisen ab. Aus dem Cockpit dieses Hubschraubertyps hatte man nach allen Seiten eine perfekte Sicht. Trotzdem konnte er die unter Tarnzelten verborgenen Einsatzfahrzeuge der GSG 9 nicht erkennen. Auch ahnte er nichts von den beiden modernen Polizeihubschraubern, die in den Hallen einer Schreinerei in Bundenthal und eines Steinmetzes in Fischbach untergebracht waren.

Schellers Gespräch mit dem Kumpel aus der Zeit seines Bewerbungsverfahrens bei der GSG 9 hatte sich als äußerst nützlich erwiesen. Die offiziellen Wege entpuppten sich trotz der politischen Unterstützung als schlammige Pfade, auf denen ständig die Gefahr bestand, stecken zu bleiben und ohne fremde Hilfe nicht weiterzukommen. Dennoch war es mit den Vorbereitungen verhältnismäßig schnell gegangen. Der Einsatz der Spezialtruppe der Bundespolizei wurde am Vormittag genehmigt, der Leiter des MAD hatte sein Plazet unter der Bedingung gegeben, dass zwei seiner engsten Vertrauten dabei waren. Für die logistischen Vorbereitungen hätte die Zeit jedoch nicht gereicht, wenn die GSG nicht schon am Vortag inoffiziell durch Klaus Scheller informiert worden wäre.

Niemand wusste, was Oberst Grasshoff wirklich von Thorsten Briegel wollte. Er wollte ein Treffen. Er wollte mit Briegel über die Drohungen ihm gegenüber und Sebastian Mahler, die Anschläge und Mahlers Verschwinden sprechen, hatte er am Telefon gesagt. Der MAD hätte Erkenntnisse, die ihn sicher interessieren würden. Die Polizei sollte man außen vor lassen, das sei eine Nummer zu groß für sie. Hier ginge es um Geheimdienstangelegenheiten und die sollten geheim bleiben. Der MAD habe jedoch Hinweise darauf, wer hinter den Anschlägen stecke, die wolle er ihm mitteilen und das weitere Vorgehen mit Thorsten Briegel absprechen.

All das war nicht besonders glaubwürdig auf dem Hintergrund der Tatsache, dass niemand außer dem

MAD von der neu entwickelten Software wissen konnte und die Anschläge also von dort kommen mussten. Außer in dem Fall, ein Mitarbeiter des MAD hätte sie bereits an einen fremden Staat oder eine kriminelle Organisation verraten. Dieser Mitarbeiter konnte dann nur Oberst Grasshoff sein. Oder er wollte die Software erst noch in die Hand bekommen, um sie dann später zu Geld zu machen. Verrat war das eine wie das andere.

Die Hummel drehte eine letzte Runde über dem Landeplatz und setzte dann wenige Meter vom Tower entfernt auf. Die Rotorblätter drehten langsamer, der aufgeladene Boxermotor des alten Fluggerätes blieb in Betrieb. Grasshoff stieg für sein Alter recht leichtfüßig aus und kam auf Thorsten Briegel zu. Er war vermutlich Mitte fünfzig, von kräftiger Statur, in Einsatzuniform und trug an dem dicken Koppel eine Pistole. Die Mütze saß fast ein wenig keck auf seinem grauhaarigen Schädel. Er lächelte sympathisch und unverfänglich, als er sagte: »Schön, dass Sie es einrichten konnten, Herr Briegel. Grasshoff ist mein Name, Oberst Grasshoff.«

»Schön, dass Sie sich die Mühe gemacht haben, hierherzukommen. Ich bin gespannt, was Sie mir zu sagen haben.« Thorsten Briegel versuchte neugierig und unbekümmert zu wirken, was ihm auch weitgehend gelang. Er spielte seine Rolle gut.

»Wie Sie vielleicht wissen, stand Ihr Kompagnon Sebastian Mahler mit uns in Kontakt.«

Briegel nickte.

»Er hatte zusammen mit einem alten Schulfreund eine äußerst interessante Software entwickelt, die einen eindrucksvollen Vorsprung bei eventuellen Cyberattacken verschaffen könnte. Wir waren in Verhandlungen über einen Ankauf. Herr Mahler wollte dann weitere speziell angepasste Varianten anderen westlichen Geheimdiensten und im Bereich von Wirtschaft und Forschung verkaufen.«

»Davon habe ich erst nach seinem Verschwinden erfahren, muss ich zugeben«, sagte Thorsten Briegel. »Er hat dies ausschließlich zusammen mit Martin Engel, einem alten Freund, entwickelt. Unsere Firma war nicht involviert.«

»Das ist kaum zu glauben. Solch eine komplexe Software kann man doch nicht am Computer zu Hause entwickeln. Dafür braucht es viel größere Rechner.«

»Sebastian war zu Hause perfekt ausgerüstet. Fast so gut wie wir in der Firma.«

»Nun, nehmen wir einmal an, dass dem so ist.« Das sympathische Lächeln in Gesicht von Oberst Grasshoff war verschwunden und einer kalten Mine gewichen. »Das ist auch nicht unser derzeitiges Problem. Ich will offen mit Ihnen reden.« Grasshoff streckte sich, um größer zu wirken. »Wir gehen davon aus, dass Sie wissen, auf welchem Server die Software gelagert ist. Die Rechner in Ihrer Firma sind seit dem Anschlag vor ein paar Tagen zerstört. Aber keine ernst zu nehmende Software-Firma speichert nur im eigenen Haus. Sie werden mehrere externe Server benutzen. Wir wüssten gerne, wo die Software ist, die uns angeboten wurde. Sie könnten uns den Weg dorthin zeigen.«

»Ich soll also alle unsere externen Server durchsuchen«, fragte Thorsten Briegel, »ob ich dort eine mir unbekannte, eventuell von Sebastian abgelegte Software finde? Warum sollte ich das tun?«

»Nun, wir sind an einer exklusiven Nutzung interessiert und möchten sichergehen, dass sie nicht noch anderen angeboten wird.«

»Das könnten Sie sich doch vertraglich zusichern lassen, wenn Herr Engel und Sebastian sich darauf einlassen würden – was ich nicht glaube. Warum soll nur der MAD diese Software nutzen können und der BND, Wirtschaft und Forschung zum Beispiel nicht?«

»Das mag Ihnen unverständlich erscheinen, entspricht aber der inneren Logik in unserem Amt. Wir sind dafür zuständig, die Bundeswehr vor inneren und äußeren Feinden zu schützen. Wenn es einem fremden Staat – und da dürfen Sie ruhig an Russland oder China denken, Putin ist lange nicht so nett, wie er sich gerne gibt – gelingen sollte, in die Rechner der Bundeswehr einzudringen, dann kann es ihm möglich sein, die Steuerung unserer Panzer und Flugzeuge oder auch unsere innere Kommunikation zu manipulieren. Das wäre im Ernstfall ein Desaster. Wenn Herr Mahler nun andere Varianten der Software an Firmen oder Forschung verkauft, dann wissen zu viele davon und die Geheimhaltung wäre nicht gewährleistet. Ich hoffe, dass Sie unser Interesse nun verstehen können.«

»Ich kann Ihre innere Logik nachvollziehen, auch wenn sie mir nicht alternativlos erscheint«, sagte Thorsten Briegel und bemühte sich um einen skeptischen Gesichtsausdruck. »Allerdings stellt sich mir immer noch die Frage, welche Rolle ich bei der ganzen Sache spiele.«

»Sie wissen, wie wir an die Software kommen und können somit sicherstellen, dass wir die alleinigen Nutzer sein werden.«

»Sie irren sich in diesem Punkt«, antwortete Thorsten Briegel und es fiel ihm leicht, ehrlich zu klingen.

»Sie machen es mir schwer«, sagte Oberst Grasshoff. Die Aggression in seiner Stimme versuchte er gar nicht erst zu verbergen. »Sie wissen um die Anschläge auf Mahler und Engel und auf Ihre Firma. Ich verstehe nicht, wie Sie davon ausgehen könnten, wir würden es nicht ernst meinen.«

»Wer ist eigentlich ‚Wir‘, Herr Grasshoff? Hat etwa der MAD meine Firma zerstört?«

»Nun, Sie vermuten richtig. Nicht nur der MAD ist an der Software interessiert.«

»Und gehe ich auch richtig in der Annahme, dass Sie, Herr Grasshoff, nicht nur für den MAD arbeiten?«

»Nun, man muss flexibel sein, wenn man es zu etwas bringen will.«

»Was gedenken Sie nun weiter zu tun?«, fragte Thorsten Briegel und es fiel ihm schwer, ein Zittern in seiner Stimme zu vermeiden.

»Ich mache Ihnen ein Angebot: Sie sagen mir, wo die Software abgelegt ist – und nennen ausnahmslos alle Server oder sonstigen Speichermedien – und wir trennen uns heute wie alte Freunde. Wenn Sie sich jedoch weigern, dann werde ich Sie bitten, mit mir einen kleinen Rundflug zu machen. Ich werde versuchen zu vermeiden, dass Sie aus dem Helikopter fallen, denn wir würden Sie gerne anschließend einer Spezialbefragung unterziehen. Falls Sie mir jetzt Speicherorte nennen, die sich jedoch später als falsch oder unvollständig herausstellen, werden wir uns an die Mitglieder Ihrer Familie halten – eines nach dem anderen.«

»Und wenn ich mich weigere, mit Ihnen zu fliegen?«

Oberst Grasshoff zog seine Pistole aus dem einen Halfter und einen Elektroschocker aus dem anderen.

»Dann werden diese beiden kleinen Geräte Sie unweigerlich überzeugen, dass es besser für Sie ist, mit mir zu fliegen. Auf jeden Fall wird es schmerzfreier sein.« Er streckte den Elektroschocker vor. »Dieses kleine Teil hat bisher alle überzeugt, mit denen ich zu tun hatte.«

»Sie haben mich jetzt schon überzeugt«, gab Thorsten Briegel zu. »Aber bitte sagen Sie mir doch zuvor, wer denn Ihre Kooperationspartner sind, die so ungewöhnlich stark an der Software interessiert sind.«

»Ich glaube nicht, dass Sie das wirklich wissen wollen – denn wenn Sie es wüssten, dürfte ich Ihnen nicht länger erlauben zu leben.«

Grasshoff richtete die Pistole auf Briegel und sagte: »So, genug gequatscht! Nennen Sie mir die Speicherorte – oder steigen Sie ein!«

»Wenn Sie mich erschießen, werden Sie gar nichts erfahren. Das ist Ihnen sicher bewusst.«

»Wenn Sie meinen.«

Grasshoff rückte den Elektroschocker an Briegels rechte Schulter und löste ihn aus. Die schusssichere Weste Briegels ließ einen Kurzschluss entstehen und einen kleinen Lichtbogen. Trotzdem schoss ihm ein unglaublicher Schmerz durch den Arm. Er versuchte sich umzudrehen und wegzulaufen, da erwischte ihn die zweite Ladung an der anderen Schulter. Er verlor das Gleichgewicht und fiel zu Boden.

»Verdammt«, schrie Grasshoff, »ich hätte es mir doch denken können. Wo haben Sie die schusssichere Weste her?«

Er richtete die Pistole auf Briegels Kopf, der vor ihm im Gras lag.

Thorsten Briegel hatte nicht nur eine schusssichere Weste angezogen bekommen, er war auch mit einem Mikrofon und Sender ausgestattet worden. Bernd Peters, Klaus Scheller und der Einsatzleiter der GSG 9 hatten das Gespräch mit angehört. Zugleich waren mehrere Scharfschützen in deutlicher Entfernung positioniert worden. Sie sollten Grasshoff kampfunfähig machen und nur als letzte Möglichkeit töten. Als Grasshoff die Pistole auf Briegel richtete, gab der Einsatzleiter den Schießbefehl. Grasshoff ließ die Pistole fallen, bevor er den Schuss hörte. Das Projektil, das seine Hand durchschlagen hatte, war schneller als der Schall herangeflogen.

Mit der Linken riss er Briegel hoch, zog ihn an die Brust und ging rückwärts zum Helikopter. Er schleifte ihn durch das Gras, Briegel war völlig benommen und ließ sich davon schleifen. Mit Briegel als Schutzschild konnte Grasshoff sich sicher fühlen. An der Tür des Bell 47 angekommen, stieß er Briegel weg, zog sich auf den Pilotensitz und gab Gas. Der altertümliche Boxermotor des Helikopters drehte hoch und mit ihm die Rotorblätter. Nach zwei Sekunden begann der Hubschrauber abzuheben.

Diese zwei Sekunden genügten für eine Entscheidung der Einsatzleitung. Es bestand keine Gefahr mehr für Leib und Leben der Geisel. Das verbot einen Abschuss des Helikopters. Um gezielt die Rotorblätter zu zerstören und das Abheben der Maschine zu verhindern, fehlten die entsprechenden Waffen. Also blieb als nächste Möglichkeit die Verfolgung durch die beiden Hubschrauber der Einsatzstaffel, die in der Nähe stationiert waren. Der Einsatzleiter gab den entsprechenden Befehl, während sich die Sanitäter um Thorsten Briegel kümmerten.

»Und jetzt?«, fragte Bernd Peters.

»Jetzt hat Grasshoff nicht mehr viele Handlungsalternativen. Sein Hubschrauber hat eine Reichweite von fünfhundert Kilometern. Er ist aus Frankfurt gekommen, das Benzin reicht also noch für knapp vierhundert Kilometer. Unsere Hubschrauber können noch fast eintausend Kilometer fliegen. Wohin er auch fliegt, sie werden an ihm dran bleiben, bis er landet – oder bis ihm der Treibstoff ausgeht.«

»Und er abstürzt?«, fragte Klaus Scheller.

»Genau, und er abstürzt«, sagte der Einsatzleiter. »Das heißt, die Entscheidung liegt jetzt bei ihm. Landen und sich gefangen nehmen lassen oder abstürzen. Wenn er versucht, mit dem kleinen Fluggerät in einem unwegsamen Gelände zu landen und zu Fuß zu fliehen, so werden aus jeden unserer Hubschrauber vier schwer bewaffnete Männer springen und ihn gefangennehmen. Das sind die Szenarien, auf die wir vorbereitet sind.«

»Grasshoff hatte jedoch von ,Wir' gesprochen«, wandte Bernd Peters ein. »Könnte es nicht sein, dass er an einem unbekannten Ort Helfershelfer stationiert hat, die ihm bei der Flucht helfen?«

»Wenn dem so sein sollte, dann haben wir die acht gut Ausgerüsteten in den Helikoptern. Wenn die ihn allerdings nicht aufhalten können, werden wir Großalarm geben müssen, je nachdem wo er verschwunden sein sollte – was ich mir aber nicht vorstellen kann.«

Grasshoff war gut vorbereitet.

Die Besucher des Fashion-Outlets neben dem Zweibrücker Flughafen waren überwiegend damit beschäftigt, nach qualitativ hochwertigen Schnäppchen zu suchen. Wenn man hierherfuhr, dann wollte man Markenware zu günstigen Preisen und glaubte damit auch qualitativ Hochwertiges zu kaufen – was immer wieder einmal zutraf. Diejenigen, die nicht an den Regalen und Kleiderständern ihrer Konsumfreude Ausdruck gaben und in einem der Cafés saßen oder gerade auf dem Weg zum nächsten Store waren, hörten die ungewöhnlichen Motorengeräusche vom naheliegenden Flughafen.

Zuvor hatte ein museal wirkender Kleinhelikopter das Outlet überflogen, gefolgt von zwei deutlich größeren modernen Maschinen. Derweil starteten auf dem Flughafengelände die Turbinen eines mehrsitzigen Jets.

Der Zweibrücker Flughafen wurde nicht mehr so umfänglich genutzt wie in den Vorjahren. Die Randlage an der Grenze zum Elsass und die Konkurrenz des Saarbrücker Flughafens machten den Betreibern zu schaffen. Aber in der Reisesaison starteten noch Chartermaschinen in die Türkei, nach Rhodos, Mallorca und auf die Kanaren. Für die Reiselustigen der Region war dieser Flughafen ein bequemer Start in den Urlaub.

Grasshoff landete mit einem gekonnten Manöver und stellte seinen Bell 47 in unmittelbare Nähe einer zweistrahligen Maschine ab, stieß die Tür auf und rannte zur ausgeklappten Treppe des Twinjets. Die Embraer EMB-500 war startklar. Sollte es Grasshoff gelingen, in dieses Flugzeug zu wechseln, so war eine Verfolgung durch die Hubschrauber der GSG 9 nicht mehr möglich. Einer der beiden Helikopter platzierte sich direkt vor dem Twinjet auf der Startbahn, der andere landete auf der Seite der Eingangstür. Grasshoff war verschwunden, die Turbinen des Jets legten an Drehzahl zu. Beide Hubschrauber übertrugen mithilfe fest installierter Kameras den Einsatz in einen der Allradbusse, die im Wald neben dem Landeplatz Söller standen.

Dort saßen Scheller, Peters und der Einsatzleiter und verfolgten, was in Zweibrücken geschah.

Das kleine Düsenflugzeug war wieder stehen geblieben, die Tür öffnete sich, die Treppe wurde herabgelassen. Sie erwarteten, dass Grasshoff sich ergeben würde. Stattdessen kamen drei Männer mit Maschinengewehren die Treppe herabgestürmt und eröffneten das Feuer auf die beiden Hubschrauber. An dem kleinen Bildschirm im Einsatzwagen konnten sie nicht alles genau verfolgen, zumal die Kameras an den Hubschraubern fest installiert waren und nicht mitschwenken konnten.

Der Einsatzleiter grummelte: »Das hat uns noch gefehlt. Aber meine Leute sind darauf vorbereitet.«

Was die Polizisten der GSG 9 im Einzelnen machten, wurde von den Kameras nicht erfasst. Es waren eine Zeit lang immer wieder Maschinengewehrsalven und laute Detonationen zu hören. Die Triebwerke des Twinjets zerbarsten.

»Das waren die Maschinenkanonen der Hubschrauber«, kommentierte der Einsatzleiter.

Dann war zu sehen, wie die drei Männer, die aus dem Flugzeug gestürmt waren, in wenigen Sekunden im Kugelhagel aus sechs Maschinengewehren zu Boden fielen. Die Besatzung der beiden Hubschrauber schwang sich heraus und stürmte das Flugzeug. Wieder waren Schüsse zu hören. Nach einer knappen Minute wurde Grasshoff aus der Maschine geführt. Alle GSG 9 Männer schienen unverletzt.

21

Dieses Mal gab es keine Abschlussfeier zu viert oder fünft. Dieses Mal musste es eine große Runde sein. Denn an diesem Fall hatten mehr Menschen mitgearbeitet, als in den vorangehenden Fällen zusammen.

Der Parkplatz des Gasthauses im Gebüg war bis auf den letzten Platz belegt, die angrenzenden Straßen waren zugeparkt. Man hatte zuvor Handzettel in den wenigen Häusern des Ortes verteilt und um Verständnis gebeten. Das wäre eigentlich nicht nötig gewesen, waren doch alle Einwohner des kleinen Dorfes froh darüber, dass der ungewöhnliche Tod am Ende der Maimontstraße aufgeklärt war. In den letzten Wochen hatte eine eigentümliche Depression über dem Ort gelegen, eine Mischung aus Anspannung und Entsetzen. Kaum jemand hatte es gewagt, über die Maimontstraße in den Wald zu gehen. Der Platz, an dem der Tote gelegen hatte, wurde möglichst weiträumig umgangen.

Das Gasthaus unten an der Kreisstraße war von seinen Besitzern zu einer Art Westernranch umgebaut worden. Pferde waren ihre Leidenschaft. Selten fanden sich so viele Gäste wie an diesem Tag ein, aber Alfred von Boyen war der Meinung gewesen, man müsste am ‚Tatort‘ selbst das gute Ende aller Aktionen feiern. Von der GSG 9 konnten leider nicht alle kommen, die am Einsatz beteiligt waren, aber der Einsatzleiter und vier seiner Kollegen waren da. Thorsten Briegel hatte seine Familie und alle Mitarbeiter der Firma mitgebracht,

Martin Engel lediglich seine Familie, von der Polizeidirektion waren sie insgesamt zu acht.

Barbara Fouquet saß an einem Tisch mit Alfred von Boyen und ihrem Ehemann Bernd Peters. Daneben Klaus Scheller mit seiner geliebten Krankenschwester. Anne Matthissen hatte nicht kommen können. Alfred würde in den nächsten Tagen zu ihr fahren.

»Und – wäre das hier nicht die richtige Location für eure Hochzeitsfeier?«, frotzelte Alfred. »Ein Hauch von Wildwest in Südwest.«

»Ja, wann ist es denn endlich so weit?«, fragte Klaus Scheller. »Wir haben schon eine gute Idee für ein Hochzeitsgeschenk und warten ungeduldig, es euch übergeben zu können.«

»Anfang Oktober, am Samstag vor dem Erntedankfest, soviel steht fest«, sagte Barbara Fouquet. »Wie allerdings bereits mitgeteilt, lieber Klaus, falls du dich erinnerst. Eigentlich wollten wir in Schönbach feiern, aber hier hat es schon eine besondere Atmosphäre. Mit der restlichen Planung beginnen wir morgen, wenn Bernds Urlaub anfängt und wir endlich Zeit haben, miteinander zu reden.«

»Vorgezogene Flitterwochen?«, fragte Jenny.

»Nachgeholte!«, sagte Bernd Peters. »In den vergangenen Tagen war doch keine Minute Zeit. Noch nie hatten wir so viel Arbeit mit einem Mordfall, der keiner war.«

»Und – habt ihr ihn, euren Helfershelfer?«, fragte Alfred von Boyen, der an diesem Tag in ungewöhnlich gelöster Stimmung war.

»Pascale Dumortier wird wohl für immer verschwunden bleiben«, meinte Jenny. »Die französischen Kolleginnen und Kollegen haben ihr Bestes gegeben, waren aber erfolglos.«

»Und mit ihm wird wohl dieses eigentümliche Gerät verschwunden bleiben, mit dem der Hamburger sich selbst getötet hat«, sagte Klaus Scheller. »Um seiner Familie eine Million Euro zukommen zu lassen.«

»Dürfen die das Geld behalten?«, fragte Barbara.

»Vermutlich schon«, sagte Bernd. »Es lässt sich kein Vertrag zwischen Sebastian Mahler und dem Hamburger nachweisen. Er hat ihm eine Million Euro überwiesen, das kann er machen. Dass dafür eine Gegenleistung erwartet wurde, kann nicht nachgewiesen werden.«

»Vermutlich wird das Finanzamt zugreifen«, sagte Klaus Scheller. »Schenkungssteuer oder Ähnliches. Dann ist von der Million nur noch eine halbe übrig.«

»Auch nicht gerade wenig«, meinte seine geliebte Krankenschwester.

»Was war das für eine Konstruktion, mit der er sich getötet hat?«, wollte Barbara wissen.

»Wir haben sie nicht gefunden«, sagte Klaus Scheller. »Nach den Aussagen von Joçeline und den Rekonstruktionen der Kriminaltechnik muss es ein Gestell gewesen sein, an dem zwei Pistolen oder Gewehre befestigt waren, deren Ziel vermutlich mit einem Laserlicht präzise bestimmt werden konnte, und die dann ferngesteuert durch den Hamburger selbst ausgelöst wurden. Pascale Dumortier hat bei der Ausrichtung geholfen, jedoch nicht abgedrückt, vermuten wir. Beihilfe zum Selbstmord also.«

»Mit anschließender Störung der Totenruhe durch den Schuss aus der Schrotflinte«, ergänzte Alfred von Boyen.

»Für die wir Monsieur Dumortier vermutlich nie werden belangen können«, sagte Jenny.

»Wer ist nur auf diese ungewöhnliche Konstruktion gekommen?«, fragte Barbara.

»Vielleicht Sebastian Mahler«, sagte Bernd Peters. »Der ist ein äußerst kreativer Kopf. Wir können ihn ja nachher selbst fragen.«

Alle am Tisch schauten ihn erstaunt an und Peters genoss dies sichtlich.

»Er will uns nachher aus seinem Nowhereland anrufen, wie er es formuliert hat«, sagte Peters lächelnd. »Damit wir wissen, dass es ihm und seiner Familie gut geht. Wo er sich aufhält, möchte er aber nicht verraten – noch nicht.«

An allen Tischen wurde angeregt diskutiert. Als die meisten ihren Hauptgang beendet hatten, stand Polizeidirektor Alexander Lang auf, klopfte mit dem Nachtischlöffel an ein leeres Glas, wartete, bis es ruhig war, und begann dann mit den Worten: »Ich habe Ihnen allen herzlich zu danken.«

Dann folgte eine für ihn erstaunlich lange Rede. Eigentlich war er eher wortkarg, zumindest empfanden das seine Mitarbeiterinnen und Mitarbeiter so. Heute hatte er sich ein paar Stichworte gemacht.

»Ich möchte sozusagen mit dem Ende beginnen. Dass die Zusammenarbeit mit der GSG 9 so unkompliziert sein würde, hatte ich nicht gedacht. Sie sind hoch spezialisiert, hervorragend ausgebildet und müssen hart trainieren. Dass es Ihnen bei so hohen Anforderungen noch gelingt, sympathische Menschen zu bleiben, finde ich beachtlich. Sie haben uns geholfen, unsere Probleme zu lösen, vor allem aber haben Sie dem MAD geholfen, ein Leck zu stopfen. Oberst Grasshoff schweigt nach wie vor beharrlich bezüglich der Frage, wer seine ausländischen Kooperationspartner waren. Aber sein Leben wird nun in jeder Hinsicht durchleuchtet werden und man wird Spuren finden, da bin ich sicher. Die Software, die Sie, Herr Engel, zusammen mit Sebastian Mahler entwickelt haben, liegt inzwischen bei den drei Nachrichtendiensten unserer Republik. Wir hoffen, dass sie da sicher ist.« Klaus Scheller meinte, ein Lächeln auf dem Gesicht seines Chefs zu sehen. »Ihre Versionen für Wirtschaft und Forschung können Sie in den nächsten Monaten und Jahren weiterentwickeln und verkaufen. Vielleicht kehrt Herr Mahler mit seiner Familie irgendwann aus dem selbst gewählten Exil zurück und Sie können wieder hier vor Ort zusammenarbeiten. Vielleicht gefällt es ihm aber in der Karibik – da vermuten wir ihn – so gut, dass er nicht mehr zurückkommt. Nun ja, zunächst einmal muss auch geklärt werden, ob er sich nicht strafbar gemacht hat. Also, noch einmal, herzlichen Dank an Sie alle. Der Mord war kein Mord, aber er hat uns zu einem anderen Verbrechen geführt.«

Das Handy von Bernd Peters klingelte, er wechselte ein paar Sätze mit dem Anrufer und ging dann zu dem Laptop, der in der Mitte des Raums neben einem Beamer aufgebaut war. Die Lampe des Projektors wurde immer heller, die Startseite des Rechners wurde sichtbar, der Zeiger der Maus wanderte über den Bildschirm und plötzlich tauchte das Bild von Sebastian Mahler auf der Leinwand auf. Aus einem Lautsprecher war seine Stimme zu hören.

»Hallo, hört ihr mich?«

»Wir sehen Sie und hören Sie, Herr Mahler«, sagte Peters.

»Schön. Ich weiß allerdings nicht so recht, wie ich anfangen soll. Ich glaube, ich muss mich entschuldigen. Ich habe den meisten von Ihnen viel Arbeit und einigen Ärger bereitet.«

»Eigentlich waren das andere, Herr Mahler«, meinte Bernd Peters. »Sie hätten uns allerdings mit besseren Informationen helfen können.«

»Ich hatte Angst, dass meine Flucht bekannt würde. Wir hatten alle entsetzliche Angst, meine ganze Familie. Sie haben feststellen können, mit wem wir es da zu tun hatten. Die waren nicht zimperlich. Ich möchte mich bei Martin Engel und Thorsten Briegel entschuldigen. Wenn ich gewusst hätte, dass ihr auch noch in das Visier von Grasshoff geraten könntet, hätte ich anders gehandelt.«

»Wo sind Sie denn jetzt?«, fragte Peters.

»Es wäre mir recht, wenn das zunächst mein Geheimnis bliebe. Ich bin nicht sicher, ob die Angelegenheit wirklich ausgestanden ist. Und außerdem: Wie ist das denn so, wenn man mit gefälschten Pässen reist? Ist das nicht auch strafbar?«

»Was ein Richter unter den gegebenen Umständen dazu sagen würde, weiß ich nicht.«

»Also dann – bis irgendwann. Herzliche Grüße an alle. Martin Engel weiß, wie man mich erreichen kann. Auf Wiedersehen.«

Das Bild auf der Leinwand wurde unscharf, dann war wieder die Startseite des Laptops zu sehen. Peters schaltete den Beamer aus.

»Wo ist Mahler wohl?«, fragte ihn sein Chef, der Polizeidirektor.

»In der Karibik, da stimme ich dir zu.«

»Im Hintergrund war europäischer Mischwald zu sehen. Hat mich an den Schwarzwald erinnert.«

»Mich auch – vielleicht war es eine Fotoleinwand.«

»Wo ist eigentlich deine Frau, Bernd?«, fragte Alexander Lang.

»Die steht mit ihrer Freundin Anna Hoger da vorn an der Theke. Ich vermute, sie lässt sich Vorschläge für das Hochzeitsmenü machen.«

Wenn ihr das hier gelesen habt, solltet ihr das Geld schon haben, und ich werde tot sein. Vernichtet diesen Brief und denkt an mich.

Personen

Alfred von Boyen Professor, Politikberater

Barbara Fouquet Pfarrerin von Schönbach

Anna Hoger Bäckersfrau

Bernd Peters Kriminalkommissar

Klaus Scheller Kollege von Peters

Jenny Kommissariatssekretärin

Anne Matthissen Mitglied des Bundestages

und dann noch

Sebastian Mahler Inhaber einer Softwarefirma

Yvonne Mahler dessen Ehefrau

Jacqueline, Robert, deren Kinder

Thorsten Briegel Kompagnon von Mahler

Martin Engel Lehrer, Freund von Mahler

Joçeline eine alte Frau

Lina Danner Lehrerin, Lokalhistorikerin

Traude Heimlich Pfarrerin in Pirmasens

Alexander Lang Polizeidirektor

Grasshoff Oberst beim MAD

Weitere Bücher von Michael Gärtner

Mehr Informationen auf www.michaelgaertner.info

Alle bei BoD verlegten Bücher auch als E-Books

Felsenland-Krimis

Maimont

Wellhöfer Verlag 2020, ISBN 9 738954 2826 85, 12,95 €.

Geschichte holt einen bisweilen ein, auch den emeritierten Geschichtsprofessor Alfred von Boyen, der in der Südpfalz an der Grenze zum Elsass ein Trauma überwinden will. Doch sein Eremitendasein wird gestört durch den Todesfall eines dreijährigen Mädchens. Parallel zu den Ermittlungen der Polizei beginnt er, eigene Nachforschungen anzustellen.
Auf dem Hintergrund der wechselvollen Geschichte des Grenzlandes, der waldreichen Südpfälzer Natur, der verlockenden französischen Küche und zweier Liebesgeschichten werden Menschen in kriminelle Machenschaften hineingezogen, denen sie sich nicht mehr entziehen können.

Mascara

Bod 2021, ISBN 9 783754 346778, 9,95 €

Die schöne Belarussin Ludmilla liegt tot im Saarbacher Mühlweiher. Die Kommissare Bernd Peters und Klaus Scheller aus Pirmasens wissen zunächst nicht, wo sie nach dem Mörder des Zimmermädchens suchen sollen. Ist er in dem neu ausgebauten Wellnesshotel, in dem Ludmilla gearbeitet hat, zu finden? Oder auf dem Campingplatz auf der anderen Seite des Weihers? Ihnen zur Seite stehen Professor Alfred von Boyen, emeritierter Historiker und Politikberater, sowie Pfarrerin Barbara Fouquet. Es bedarf einiger raffinierter Täuschungen, um die Täter zu ermitteln.

Historische Romane

Tertullian. Der Roman

2., durchgesehene und erweiterte Auflage, gebunden
Bod 2020, ISBN 9 78752 6428 10, 22,00 €.

Römisches Reich im Jahre 197 nach Christus. Der reiche
und berühmte Redner Tertullian kommt aus Rom zurück
in seine Heimatstadt Karthago. Dort trifft er auf seine Ju-
gendliebe Salvia und die alten Freunde. Die freuen sich
auf rauschende Feste und großzügige Spiele in der Arena.
Doch Tertullian hat sich merkwürdig verändert. Viele
wenden sich enttäuscht ab, nur sein Freund Marcus hält
zu ihm. Beim Besuch des Kaisers in der Stadt kommt es
zu einer Jagd auf die Christen. Für Salvia wird es immer
schwieriger, mit ihrem wohl gehüteten Geheimnis zu leben.

Ein spannender Roman über die Zwiespältigkeit der
menschlichen Seele und die Schwierigkeiten, den eigenen
Weg im Leben zu finden.

Die Schmiedin von Treveris

Verlag Michael Weyand Trier 2021
ISBN 978-3-942-429-68-9, 10,90 €

Die Geschichte der Schmiedin Rigani. Sie versucht in den kirchlichen und politischen Verwicklungen des vierten Jahrhunderts in Trier das Leben ihres jüdischen Freundes Samuel und seiner Kinder zu retten. Der berühmte Bischof Ambrosius, ein Freund aus Kindertagen, ist ihre letzte Hoffnung. Die Erinnerung an frühere gemeinsame Zeiten, der Glaube an Freundschaft und Liebe geben ihr die Kraft für diese beschwerliche Reise und den von Hindernissen, Rückschlägen und Unwägbarkeiten gesäumten Weg. Für die Leserinnen und Leser wird die Welt des antiken Trier wieder lebendig. Der Roman ist eine Mischung aus Fiktion und Fakten. Es ist vermutlich nicht so gewesen, wie es hier erzählt wird, es könnte jedoch so gewesen sein.

Ein bisschen Satire

Das Vermächtnis des Bischofs
Bod 2019, ISBN 9 783749 4840 27, 7,99 €.

Der plötzliche Tod des amtierenden Bischofs löst eine große Unruhe in der kleinen Landeskirche aus. Sein Stellvertreter sieht seine Chance gekommen, dem allzu liberalen Kurs seiner Kirche ein Ende zu bereiten und selbst die Führung zu übernehmen. Hinter den Kulissen entbrennt ein unwürdiger Machtkampf. Satirisch überspitzt werden die Machtmechanismen in der Kirche und ihre Protagonisten aufs Korn genommen.

Die Basilika
Vier Erzählungen aus der kleinen Großstadt am Rhein
BoD 2020, ISBN 9 783752 648089, 9,99 €,

Eine unerwartete Entdeckung beim Tunnelbau stürzt die kleine Großstadt in Aufregung und die Lokalpolitik in Turbulenzen. Es beginnt ein großes Spiel, in dem sie alle auf ihre Weise mitmischen möchten: die Parteien, die Kirche, die Presse und die große Chemiefabrik. Ein Mann gerät in die Mühlen der Politik und zwischen zwei Frauen. Und das alles wegen ein paar Steinen.
Die Steine und ihre Folgen, eine Tote auf dem Filmfestival, die Beichte eines Binnenschiffers und eine seltsame Begegnung unter einer Brücke sind die Themen der vier in diesem Band zusammengefassten Erzählungen. Gemeinsam ist ihnen der Ort, an dem sie spielen: die kleine Großstadt.

9 783752 867374